史上第一混亂

卷二 玩轉歷史

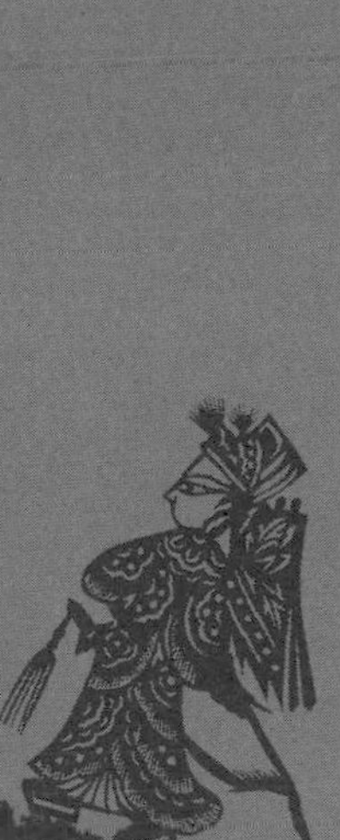

張小花——著

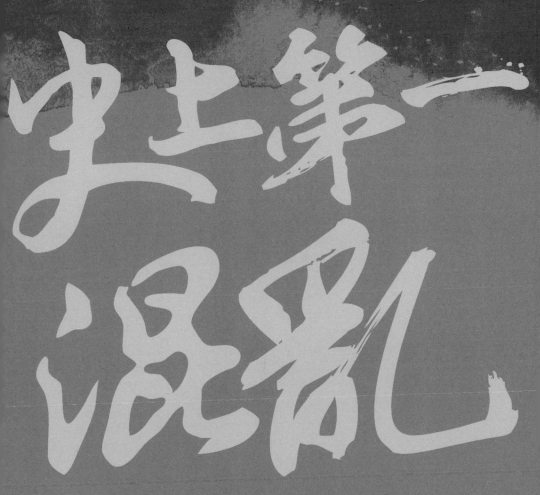

目錄

Contents

第一章

白蓮教主

「我們的社區是全封閉式管理，回到與世隔絕的愛情小屋，

不知有漢，無論魏晉，只有……」

我忍不住打斷她說：

「小姐，以你的煽動力完全可以再創個白蓮教什麼的組織。」

售樓小姐忽然臉紅：「你怎麼知道我叫白蓮花？」

朱貴這麼一說，陳可嬌反而不好意思了，勉強笑了幾聲說：「別這麼說，朱先生對這個酒吧有什麼看法呢？」

朱貴見我在看他，知道砸牆的事不能說，看了半天索性隨便一指：「我看這地方到了晚上肯定黑，為什麼不打倆大窗戶？」

陳可嬌：「……呵呵，朱先生真會開玩笑，具體的工作我會讓柳軒安排，那麼我就先告辭了。」

我把她送到門口，目送她上了一輛國產標緻。

陳可嬌上車前的一瞬間忽然朝我嫣然一笑，說了聲：「謝謝。」

我當然知道她在謝我什麼，剛才我阻止她說下去，保全了她的面子，維護了一個不知道為什麼會沒落的女老闆的最後一點尊嚴。

送走陳可嬌，還是那個很和氣的小夥子把朱貴和杜興領進了經理室，我正要回當鋪，接到包子電話，說今天可以早下班，要我三點半在新開的宜家家居城門口等她，我納悶地說：「去那幹什麼？」

包子壓低聲音卻惡狠狠地說：「你不是要老娘嫁給你以後還守著那堆破爛過吧？」

我這才恍然，說：「買傢俱我不反對，可是好像應該先看房子吧？」

包子還是惡狠狠地說：「看個屁房，你的意思是我們再租一套二手房過日子？」

「幹嘛租呀，咱買一套不就行了，我都想好了，要那種小別墅……」

包子這次可真有點生氣了：「你不想去別去了，我叫表妹陪我。」說完就掛了電話。

我剛反應過來，這不怪她，我們倆工資合起來正好兩千出頭，在這個小城市裡也剛夠生活而已，雙方的父母都是普通工人，攢了一輩子，加起來不到二十萬，這些錢除了籌辦婚禮、買傢俱，剩下的別說買房，連頭期款都不夠。

而我們現在住的當鋪，雖然產權不歸我們，但它畢竟有一百多平，而且離包子上班的地方還近，所以包子一直對它相當滿意，因為地處偏僻，徹底買下來應該用不了五十萬，但我現在有個自私的想法，就是等聽風瓶修復以後，用它來換一所大房子。

這麼幹有點對不起老郝，不過兩百萬對他來說只是一塊雞肋，對我卻是一輩子的幸福。

我一看錶都三點了，索性打消了先回當鋪的念頭，就陪著朱貴他們待一會兒，然後直接奔「宜家」算了。

因為接了電話，我才發現我居然有三條未接簡訊，對了，一會兒上街，當務之急就是物色一款新手機。

第一條是某網站的彩色圖鈴廣告，兩元包月。

第二條是某公司承辦低率信貸、二手黑車以及替人復仇業務，連絡人黑先生，電話……電話就不說了，但願你不需要。

第三條最有意思：恭喜您成功註冊為天庭俱樂部會員，您的回執編號為七四七四七四八，具體守則請諮詢入會介紹人。

這大概是皮條公司的新把戲，令我奇怪的是，寄件者既不是一串號碼也不是具體名稱，而是片空白。

杜興現在一有時間就拿出紙筆來籌畫他的釀酒術，看他那矮小的身材、碩大的頭顱、還有臉上充滿智慧的褶皺以及那專注的眼神，酷似科學怪才。

我把垃圾簡訊刪了，跨上摩托車直奔「宜家」。剛到門口就見包子拉著李師師的手施施然來了。包子見我來了，親暱地踹了我一腳，李師師捂嘴笑。

「宜家」是世界有名的家居連鎖，但凡在一個地方落戶就是大手筆，這次也不例外，我們面前這棟七層大廈，「宜家」獨佔了其中的三層，一進去就見密密麻麻擺了各式各樣的床，配上梳粧檯和檯燈，儼然像是無數的小臥室。

包子不知道為什麼一見床就興奮，她大喊一聲撲進一張天藍色的雙人床上，像個中了彈的逃犯一樣，把臉埋進柔軟的床墊裡痛並快樂地呻吟著。

李師師大概也沒見過這麼多床，她小心翼翼地坐在包子邊上，還顛了顛身子試了一下彈性，包子一把把她拉倒在床上，李師師笑著掙扎出包子的懷抱，兩個人就這樣打鬧著。

因為是夏天穿的少，兩個人不同程度的春光外洩，引得路過的男人們留連忘返，不過在這買東西有一個特點，就是身邊都跟著女伴，當男人們腳步遲疑的時候，大多會有一雙女人的手擰住耳朵把他們牽走。

我咳嗽了一聲，兩個人停止嬉戲，包子拍拍旁邊，對我說：「你也躺上來。」

你別看我臉皮厚，那是分時候的，現在我就有點不好意思，這麼多人呢。不過我也不忍心拂逆了包子，她陪著我在當鋪的木板床上睡了兩年，如果這次再不遂了她心願，作為男人也太不是東西了。

我不自然地躺在她邊上，發現這床雖然很舒服，但好像不夠大，因為我轉不了身，直脾氣的包子立刻喊：「會不會太擠了？」

這時趕來的服務小姐臉紅地說：「我們這是標準的雙人床……」

包子說：「那為什麼……」

我幽幽地說：「你不覺得我們多了一個人嗎？」

我終於發現了問題的所在：我左邊是包子，右邊是李師師，這就是服務小姐為什麼會臉紅的原因了，而且我剛才沒注意，她特別重點強調的是雙人床的「雙」。

反應過來的李師師「啊」的一聲逃走了，臉紅得跟蘋果一樣。包子神經有些過於大條，還直喊說：「你跑什麼呀？」

包子真偉大！難道在她的潛意識裡並不反對二女共侍一夫這種傳統文化？

直到我們要走了，服務小姐還用猜測曖昧的眼光看著我們，還很含蓄地提示我們：二樓不但有更大的床，還有可供多人洗澡的浴盆……

二樓相對來說更偏重於整體搭配，專業的設計師精心為你拼湊出各種效果的居家氛圍，大到床和書櫃，小到鞋架和掛鉤，包子很容易對那些小東西感興趣，時不時拎起一個精緻的鞋架問我的意見，或者指著一盞床頭燈說：「那個擺在我們床邊怎麼樣？」

我背著手很少發言，可我也沒閒著，這些搭配出來的空間都太小了，或者我也請一個專業的設計師？到時候先別管別的，項羽那麼高的書櫃先給我來一萬塊錢的。

我滿腦子都是些亂七八糟的想法，包子和李師師忽然在前面停了下來，一個占地大約有十多平米的兒童樂園吸引了她們，李師師扶著只到她腰際的樂園欄杆，饒有興趣地看著裡面的小滑梯、小木馬、塑膠球堆成的游泳池……

包子說：「你看多好玩——我們要有錢就弄一套，當擺設也行呀！」

我說：「你喜歡就買吧，你說是放在樓上呢還是樓下？」

包子：「你腦袋讓驢踢啦？放在一樓還怎麼做生意，二樓哪還有地方放？到時候你睡滑梯上！」

我們說的根本就不是一個地方嘛！

包子往前逛著，挑了一把壺，又選了一大把除臭的假花，看來她的老毛病又犯了，我追上她：「你不是說看傢俱嗎？」

包子說：「那不急，我忽然想起來我們的壺好像漏了，我們結婚那天拿什麼給親戚朋友喝？而且那天人那麼多，在廁所裡撒幾把乾燥花會不會好一點？」

你說，這女人的思維真是像宇宙一樣浩瀚不可捉摸呀！

在去廚具專區的連接處，我看到一張小廣告，一看是房屋廣告：清水家園，這是一家很有實力的房地產開發商，看上面的地址，他們的售樓部居然就設在「宜家」對面。

我拉了拉準備去買菜刀的包子：「我們去對面看看吧。」

包子不耐煩地說：「你幹嘛老要看房子，清水家園有二手房嗎？」

我也很不滿地說：「你幹嘛老跟二手房過不去，我們就不能自己買一套嗎？」

看著包子懷疑的眼神，我氣焰消滅了不少，囁嚅說：「趁著地震便宜，說不定有適合我們的呢？」

包子拗不過我，二來擁有一套自己的房子，對每一個女人來說都是不可抵擋的誘惑，她終於同意了。

李師師拿過宣傳單，指著其中一間花園別墅說：「這個看來不錯呢。」

包子一把搶過去翻到背面，對李師師說：「那個等你傍到個有錢人再說，你哥和我連廁所都買不起。」

我的意思是要去看樓，手裡的東西就先別買了，包子當然不幹，不但如此，她還非買一把菜刀拎著，我們結了帳，她把假花和菜刀放進壺裡提著，我們一路拐進了對面的售樓中心。

到底是瘦死的駱駝比馬大，清水家園售樓部占了整整一層樓，一進門就可以看到籃球場那麼大的桌上擺著模型，幾棟房子被大面積的綠絨環繞，不遠處還有好幾堆擦腳石，那表示：房子在草地中央，旁邊有假山。

售樓部巨大敞亮的落地窗前，全是給顧客休息用的竹椅和玻璃桌，上面擺著糖果。大廳裡有七八對來看房子的人，在這個時期來看房的人，大多是貪便宜的百姓，不過看他們橫挑鼻子豎挑眼那樣，更像是來投資的新加坡人。

包子手提水壺，菜刀在裡面叮噹作響，我們就這樣進了大廳。

如果是平時，我們這樣的顧客肯定是少人疼沒人愛的被漠視族群，但在這個非常時期，清水家園有足夠的人手來接待每一個訪客。

一個眉清目秀的售樓小姐親切地迎上來，沒有急著讓我們看房，而是先介紹自己，然後和我閒聊了幾句，馬上試出水來，知道我們三個人裡，包子是有決定權的人，她就跟在包子身邊，不時嘮幾句家常，我不由得暗嘆現在推銷員的專業素養。

包子背著手，拎著壺，繞著模型看著，我想她之所以感興趣，是因為那模型做得十分逼真。

透過有一句沒一句的閒聊，售樓小姐已經大致瞭解了我們的情況，她見包子眼光始終在小面積的房上轉，猜出我們囊中羞澀，便帶著職業微笑說：

「先生和小姐既然還沒有孩子，這種小型戶正好能讓兩位體會二人世界的親密，也避免因為工作忙，打掃房間佔用太多時間的問題。」

李師師調皮地說：「那以後要有了孩子呢？」

那小姐回頭看了她一眼，滿眼裡是好奇，她應該是搞不明白我們三個之間的關係，不過李師師這樣的問題顯然早就在她的準備之內，售樓小姐不慌不忙地說：

「現在每家都是一個孩子，我們最小面積的房子也是兩房，就算以後孩子長大，也互不影響啊。」

李師師呵呵笑道：「那如果是兩個孩子呢？」見售樓小姐又胸有成竹的樣子，忙加了一句：「孩子可是一男一女哦。」

售樓小姐被她牽住了鼻子，只能勉強回答：「那男孩跟爸爸睡，女孩兒跟……」說到這她也覺得不靠譜了，聲音小了下去。

這時包子回頭瞪了李師師一眼，跟那小姐說：「你別理她。」

李師師衝我吐了一下舌頭。

我一直在偷眼看旁邊的小別墅，紅白相間的小樓，草坪邊上立著信筒，裝著感應門的車庫，房子旁邊甚至還有一個狗窩……想像一下，以後我開著車緩緩進到自己的車庫，小狗搖著尾巴歡迎我，我一進寬敞明亮的客廳就把領帶扔在衣架上，然後我和包子趴在地板上看書……

我心癢難搔，終於忍不住問：「那個多少錢？」

售樓小姐掃都沒掃我一眼，隨口說了句「一百八十萬」，就繼續和包子討論六樓那間房去了，她並沒有看不起我的意思，而是以為我只是好奇而已。

包子看中那間房買下來要十八萬多，把物業和搬家費用算進去就二十萬了，這正好是我們兩家所有的積蓄，包子已經被售樓小姐忽悠得暈頭轉向，開始無限憧憬擁有自己房子以後的幸福生活。

「您看，我們有大片的草坪，以後你們有了孩子，可以讓他在上面奔跑，這裡我們將建一個大型的健身場，您和先生晚飯之後漫步到那兒，看夕陽西下……」

說話間，售樓小姐眼神迷離起來，李師師背著手，笑咪咪地看她表演。

包子興奮得滿臉通紅，問我：「你看呢？」也不知道剛才是誰說打死不買房的。

我不置可否，售樓小姐眼見勝利在望，索性火上澆油：

「而且我們的社區是全封閉式管理，您想想，工作了一天回來，回到與世隔絕的愛情小屋，不知有漢，無論魏晉，只有……」

我終於忍不住打斷她說：「小姐，以你的煽動力完全可以再創個白蓮教什麼的組織。」

售樓小姐忽然臉紅：「你怎麼知道我叫白蓮花？」

包子忽然把壺塞我手裡，說了句「我去廁所」就匆忙跑了，看來是真的有些激動了。李師師跟著她，走出兩步，忽然回頭一指那棟小別墅：「我覺得那個不錯，嘻嘻。」也走了。

等清靜了我才問白蓮花：「一百八十萬連車庫什麼的都包括了嗎？」

白蓮花有點發懵說：「啊，對，能停放兩輛車——是您要？」語氣裡充滿了不信任，她大概還沒見過自己上街買把壺提著一路走的百萬富翁。

我繞到那模型前，居高臨下仔細打量著它。白蓮花手指著包子的背影，語無倫次地說：「可是……」她肯定是想不通連買經濟房都要衡量再三的顧客，怎麼會一下產生了買別墅的想法。

我突然惡作劇心起，跟她開玩笑說：「你知道剛才那兩個女的什麼關係嗎？」

「……好像是姐妹，可長得太……不太一樣。」

我笑著說：「說姐妹也沒錯，你想賺錢嗎？想賺錢就得把你剛才說的話全收回去，讓老大死了這條心，我就能經你的手買別墅了。」

白蓮花更糊塗了，我壓低聲音，在她耳邊神秘地說：「不是血緣關係那種姐妹……」

白蓮花這下明白了，臉一下變得通紅說：「您可……您可……」憋了半天，憋出一句啼笑皆非的話來，「您可真有本事呀！」

隨之她對我的態度完全產生了變化，從那種職業的敷衍，一下子變得發自內心的恭謹，看來領倆女逛街和騎倆自行車就是不一樣。

「那我該怎麼幫您呢？」

「一會兒你盡全力把老大——就是長得醜的那個，忽悠得不想買房了就算成功；至於別墅，咱們私下交易，憑你的口才，這應該不難——我看好你喲。」

白蓮花點點頭，堅毅地說：「您放心，三個轉折以後，我保管讓您的大夫人倒貼錢也不要了。」

我把我的名片給了白蓮花一張，因為我是真的很喜歡那棟一百八十萬的房子。

我使壞也是有目的的，眼見傻包子被白蓮教主侃暈了，以她的性格，把所有積蓄拿出來買那套六樓不是沒有可能。

一切都安排妥當以後，包子她們也出來了，包子興致勃勃地說：「你繼續說，還有什麼好處？」

白蓮花依舊是笑容可掬，一點也看不出要轉折的跡象：

「您要的這套六樓，夏天還有一個好處，就是蚊子進不去……」

我使勁給她遞眼色，她全當沒看見一樣，難道我碰上的還是一個社會正義心特別強的推銷員？

包子搓著手說：「對，這點我都沒想到。」

「不過……」

來了來了，第一個轉折點！

「您最好也不要打開窗戶，因為離您家不到兩百米的地方是一個大煙囪，現在空氣污染很嚴重，如果過量吸入很容易呼吸道感染，當然這還是輕的。」

一點也看不出白蓮花有恐嚇的意思，反是顯得很關切。

包子皺眉說：「怎麼這樣啊，那你說的草坪和健身場真的有嗎？」

「真的有……」

這次我不動聲色地聽著，知道第二個轉折馬上就要來了，果然：

「不過不能確保我們的開發商走以後它們還能活，而且我得提醒您走路要小心，現在養狗的人增多，草坪裡有很多狗屎。」

我很適時地說：「不要緊，我們可以踩著高蹺過草地。」

包子瞪我一眼，猶豫地說：「我看咱們還是先不買了吧？」

我說：「你不想坐著看夕陽了？」

白蓮花：「哦，那個其實我們已經規劃了做停車場了。」

包子轉身就走，我見她出了門才跟白蓮花說：「幹得不錯！」

白蓮花嫣然一笑：「實話實說而已，不過我們的別墅是真的很不錯喲。」說著向我拋了一個媚眼。

然後我大步跨上摩托車，沉著地囑咐包子：「抱緊我！」

包子把水壺交給斗裡的李師師後貼在我背上，我一踩油門，黑煙瀰漫，就在售樓部全體員工的目瞪口呆中揚長而去。

我看時間還早，問身後的包子：「現在去哪兒？」

包子說：「找地方吃飯吧。」

「那軻子贏哥他們怎麼辦？」

「打電話叫上。」包子說。

我往家裡的座機上打過去，響了老半天才有人接起，但不說話。我知道劉邦肯定不在家，剩下的三個都還沒學會熟練使用電話，我大聲問：「是誰呀？我是強子。」

對方一聽我名字，這才說：「你猜餓絲（是）隨（誰）？」

我說：「我猜你是軻子。」

秦始皇也知道我在和他開玩笑，呵呵笑說：「撒（啥）四（事）？」

「我請你們吃飯，你叫上軻子和羽哥，劉邦那小子要在麻將館也叫上，你們來……」我這才發現飯館還沒決定，包子捏著我的腰說：「吃火鍋。」說著用手一指馬路對面的「四川紅」火鍋店。

「對，你們四個來『四川紅』，正好搭一輛車，把地方告訴司機，起價是六塊，車錢讓軻子算……」我很仔細地交代著。

「好咧好咧，包（不要）再社（說）咧，餓又不絲（是）掛皮（編按：陝西話，傻子、笨蛋之意）。」

他還嫌我囉嗦了！

所謂的「四川紅」，其實走的是重慶麻辣燙的路線，這家從我很小時候就有，這些年幾經擴建，儼然成了火鍋龍頭，店裡十六根裝飾性的巨木漆得火紅欲滴，上面掛著一串串大紅的燈籠，連服務員都穿得小辣椒似的。

一進門，女服務員就用方言問我：「先生幾位唆？」我告訴她七個人，然後好奇地問她：「你們這兒的服務員真的都是重慶的？」

女服務員：「咋子可能麼，好多人只會說一兩句唆。」

「那你肯定是重慶人吧？方言說的這麼道地。」

女服務員不好意思地說：「我是唐山人。」

包子也樂了：「你到底會說幾種方言呀？」

服務員用普通話回答：「我十四歲出來打工，別的沒學會，各地方言學了個全，從山東話到廣東話沒有說不來的。」

我嘆道：「語言天才呀，那英語你會說嗎？」

服務員臉紅：「剛過四級……」

我們說一會兒再點東西，先泡三杯功夫茶喝著，李師師抽了抽鼻子，嗅著店裡濃郁的湯鍋味，我問她：「你們那會兒有火鍋嗎？」

李師師點頭：「我們那時叫古董羹，跟這個道理是一樣的。」

包子說：「你們說什麼呢，還有沒吃過火鍋的地方嗎？」

李師師笑：「荊大哥他們應該就沒吃過。」

包子忽然對我說：「強子，我覺得胖子大個他們……」說到這一指李師師，「包括你，小楠，為什麼我總覺得你們怪怪的，可是究竟哪裡不對勁，我又說不上來。」

李師師掃了我一眼，嫣然道：「表嫂，你和表哥訂了婚，就算一家人了，我沒什麼送你，這個留個紀念吧。」

說著，她隨隨便便從兜裡摸出一支金簪，簪眼裡嵌著一顆桂圓般大小的珠子，她在桌上輕輕一磕，那珠子便滾了出來，拉出幾條霧濛濛的寶氣，停住以後仍然熒熒潤潤，像在不住地眨眼。

這個東西她來的那天我沒見過，大概是一早收起來了。這也難怪，她以前經常在閣樓皇宮裡走動，自然是步履輕盈還行，現在老得幫包子剁個餡洗個碗什麼的，就不方便總戴著了。

包子抓過那珠子，手明顯往下一沉，開心地說：「喲，還挺重呢。」說著拿到燈下打量著，「表妹，你是不是上當了，這個怎麼不如玻璃的亮啊？」

李師師笑道：「把玻璃的珠子拿到我們那兒，確實要比這個還值錢。」

包子聽她這麼說，以為真的是地攤貨，從脖子裡拉出十字架卸下來，把珠子串在繩上掛在了胸前，那珠子被燈一打，氤氳氣大散，雖然不晃眼，但連包子長什麼樣都看不大清了。

儘管我不大懂，但畢竟在當鋪幹了這麼多年，多少有點眼力，那珠子一看就不是凡物，而且能被李師師這個二國母珍而重之的，只怕在宋朝也是無價之寶。至於李師師說不如玻璃值錢云云，完全是偷換概念，宋朝有玻璃嗎？包子以為這只是個代表心意的便宜貨，所以二話沒說就收下了。

李師師看了我一眼，意味深長地說：「表哥，我真的覺得那棟別墅不錯。」言外之意很明顯，要我把珠子賣了換房子。別說小別墅，這顆珠子能換這世界上任何一棟豪華別墅，可問題是我敢換嗎？

我結結巴巴跟包子說：「戴裡頭，放在外面不好看。」

「是嗎？」包子低頭看了一眼，把珠子放進了衣服裡。光華大減之下，又能看清她的臉了。我壞壞地想：或許以後我們在親熱的時候讓她戴上，還能起催情作用呢。

包子把拿下來的十字架敲著桌子，百無聊賴地說：「胖子和大個兒他們怎麼還不來呀？」

這時就見一輛計程車停在門口，後門一開，劉邦最先下來，他掏出個掀蓋電話，一邊撥號一邊探頭探腦地往裡面看著，荊軻坐前面，等著司機找錢，我一看樂了起來：這幾個人簡直跟現代人一模一樣了。

我電話一響，接起來直接說：「進門左拐就看見了。」

劉邦哦了一聲掛了電話，招呼著另外三個朝我們走來，他什麼時候買的電話我都不知道。

劉邦一見我就說：「怎麼又想起在外面吃？」

李師師說：「今天我們去看傢俱，這頓就當是正式慶祝表哥和表嫂訂婚吧。」

劉邦一揮手：「那這頓我請。」

我說：「你小子哪來的錢，喲，還夾個小包，裡頭揣板磚沒？」

劉邦嘿嘿一笑：「打牌賺了點小錢。」

那個剛過四級的服務員一見我們人來全了，拿著菜單過來了，我一路海點，什麼羊肉肥牛毛肚魚丸，看看不解恨，說：「你們這除了這些還有什麼？」

「炒菜也有，特色菜是清蒸魚頭。」

「揀最大的來。」

「幾位要什麼酒？」

荊軻：「軒尼詩……」

我擦著汗說：「兩打啤酒。」領著這五個人吃飯，隨時得做好為千夫所指的準備。

等鍋端上來，秦始皇和荊軻果然大感好奇，劉邦說：「這不就是『斗』嗎？」

荊軻夾起一片鮮紅的肉，看看這個瞧瞧那個，見沒人給出意見，就塞進了嘴裡。我一愣神沒來得及教給他，包子沒想到他真沒吃過火鍋，秦始皇他們幾個更不用說，荊軻嚼幾下，微微點點頭，別人問他味道怎麼樣，他默不作聲。

秦始皇首當其衝，然後是項羽劉邦，紛紛夾起生肉放在嘴裡大嚼特嚼，吧嗒有聲。連李師師都忍不住夾起一片小小的咬了一塊。

他們紛紛大皺眉頭，扯著脖子把肉咽下去，嘶聲裂氣地說：「生的……」然後一起佩服地看著荊軻。

荊軻面無表情地坐在那裡，見眾人都有痛苦之色，於是問身邊的劉邦：「你說是生的？」

劉邦使勁點頭，荊軻低頭把生肉吐在地上，說：「生的就不吃了。」

眾人都愣了，面面相覷，包子憋不住，撲哧一下笑出聲來，我也哈哈大笑。

李師師用餐紙擦著嘴嗔道：「荊大哥太壞了。」

項羽和劉邦終於在這個時刻找到了默契，互看了一眼，然後也放聲大笑。

這倆人都自詡一世英雄，今天居然一起被二傻耍了。

嬴胖子給了荊軻一拳，罵道：「你錘子騙餓捏。」

包子邊笑邊說：「我終於知道你們為什麼怪了——你們太鬧了！」

這時鍋開了，我把一盤肉倒進去，攪和攪和招呼他們：「現在可以吃了。」

包子邊吃邊隨意地把脖子裡的珠子扯出來給秦始皇看，嬴胖子瞄了一眼說：「餓以前帽子上有好些兒個。」

劉邦探過身子看了看，討好地說：「包子，你喜歡這個？早說啊！我帽子上也有來著，沒帶。」

秦始皇夾了一大片紅薯，包子把他筷子打開，說：「還沒熟呢。」

秦始皇繼續說：「要不絲（是）餓封你個齊王，就當送你和包子滴訂婚禮物咧。」

李師師笑道：「現在也可以封啊。」

秦始皇一擺手說：「能成麼，歪（那）強子你包（不要）嫌小——不過你也氣（去）不了餓碗兒（那）。」

雖然是一句戲言，但表明嬴胖子真是拿我沒當外人，秦朝統一以後就取消封王了，怕的就是眾王勢大喧賓奪主。而且齊是離咸陽最遠的屬地，也就是說，是最容易造起反來的地方，秦始皇想都沒想便把這塊地方給我，那就是對我的最大信任。

劉邦眼珠子一轉說：「封塊地有啥，沒王命，連京城都不敢進，強子，我封你個並肩王，與我完全平起平坐，所到處百舍（三千里）之內皆是你轄地，享有稅收赦免斷獄之權力……」

我說：「別扯淡了，不就是一個無敵縣令嗎，少來這開空頭支票過皇帝癮！」

劉邦縮著脖子說：「那這頓我請……」

「這頓本來就說的是你請，罰你一會兒請我們去酒吧消費去。」

劉邦愁眉苦臉地拉開皮包看看，問：「一千塊夠麼？」看來這小子前幾天打野麻將真沒少贏。

項羽把一杯酒喝光，鬱悶地說：「小強，你羽哥是要錢沒錢，要地沒地，真沒啥送你的。」

項羽自打來了以後就沒開心過，想想也是，天下丟了，女人更是憋屈死了，楚霸王喝了一杯又一杯，整桌人也都陷入了沉悶。

包子笑嘻嘻地看著我們說：「你們倒是很入戲呀，快點吃，吃完咱們唱歌去，不能便宜了劉季這小子——來，乾杯！」

這一次包子的無知拯救了我們的氣氛，項羽一掃陰霾，高舉起杯子，大聲說：「喝酒。」

李師師跟我開玩笑說：「齊王閣下，請問我們一會兒去哪玩呢？」

我還沒說話，荊軻忽然說：「逆時光……」

包子大聲喊：「好好，早聽說過這酒吧，一會兒我們就去那！」

眾人自然沒有意見，頻頻點頭。

我使勁瞪了一眼荊軻，感覺頭皮有點發麻。

出了飯館的門我看了一下，決定讓包子領三個搭車走，我騎在摩托車上喊：「隨便過來兩個人。」

荊軻坐在我身後，項羽一屁股坐在斗裡，摩托車差點翻了，我忙說：「羽哥你坐車走吧。」

結果項羽和劉邦都不樂意，項羽是想坐在摩托裡兜風，劉邦是嫌項羽塊頭太大，坐車裡太擠，我只好說：「那軻子你去換贏哥來。」

等贏胖子坐上來，這才勉強保持了平衡，我現在才懂什麼叫重量級人物了。這兩個人在摩托車上龍盤虎踞，我一路要躲交警，所以比包子他們晚到了一會兒。

包子說：「沒包廂了。」

我剛想說換地方，包子又說：「正好我們坐大廳裡，今天有街舞表演。」

「你什麼時候喜歡上街舞啦？」我納悶地問。

「我就喜歡看人把腦袋支在地上轉圈……」

我們進去以後，發現今天這裡來的大部分是穿著寬鬆衣褲的年輕人，還有抱著頭盔的，顯然都是街舞粉絲，我們挑了一張視野良好的桌子坐下，因為時間還早，舞臺上只有流光溢彩的燈在閃，樂隊的位置還沒人。

除了荊軻，李師師他們都是第一次來這種地方，不住好奇地四下打量，一個服務生過來招呼我們，見了我一愣，但也沒說別的，客氣地問：「先生喝什麼酒？」

我們七個人，基本上沒一個不能喝的，尤其項羽和荊軻，我雖然是半個老闆，可還不到拿臉結帳的時候，況且正因為我是老闆，才更不願意上好酒。

我問服務生：「現在人們都喝什麼？」

「我給您推薦幾種喝法，威士忌兌綠茶，傑克兌可樂……」

我打斷他：「不喝洋酒。」

「……那嘉士伯？百威？柯洛娜？」

我閉著眼睛搖頭晃腦，就是不說話，那服務生知道我和他們老闆「很熟」，見我這樣，只好繼續耐心地說：「或者您試試青島？」

我突然睜開眼睛，目光灼灼地說：「你們這有生啤酒嗎？」

「有的。」

「多少錢？」

「一壺廿五。」

「多大的壺，這麼大的壺嗎？」說著，我拎起我們下午買的大鋁壺提在服務生眼前晃。

小夥子結巴道：「比這個小……小很多……」

這時，一雙手按在我肩膀上，罵道：「你小子跑到這搞事來了？」

我回頭一看，卻是朱貴笑咪咪地站在我身後，我假裝意外地說：「呀，老朱怎麼是你呀，最近在哪發財呢？」

朱貴是何等樣人，聽我這麼說，順勢道：「好久沒見，我這不是就在這給人打工嘛。」說著使勁一捏我肩膀，朱貴吩咐那服務生，「給他就拿這個打一壺去。」

我把壺裡的東西掏出來遞給服務生，囑咐他：「倒之前先洗一洗啊。」服務生哭笑不得地走了。

朱貴看了看我們這群人，下意識地抬手就要抱拳，又想起來不妥，衝秦始皇他們招了招手說：「諸位好好玩，今天都算我的——一會兒開幾個皇家禮炮拿來。」

朱貴這人挺壞的，看出我想給自己省錢，故意拿我開心，我把他推開幾步，說：「你也挺忙的，快去吧，我們喝生啤就挺好。」

朱貴走後，包子說：「你這朋友挺夠意思的啊，怎麼不介紹介紹？」

我見李師師沒什麼異常，知道他們大概沒見過，隨即說：「不是什麼好人，早年當過反政府武裝分子。」

包子聽我滿嘴胡說八道慣了，也沒搭理我。

不一會兒服務生提著一大壺啤酒晃晃悠悠來了，我忙接過來，拍著他的肩膀說：「小夥子，該鍛煉身體啦。」

不過這壺也確實夠重的，我費勁地給他們倒上酒，又有人端來果盤和滿桌子的小零食，我要了一副撲克牌，包子給每人算了一把卦，說從卦像上看，秦始皇少年不幸，劉邦妻命不好，比較沒譜的是算項羽下個月有姻緣，我急忙岔開了話題。

玩了一會兒，不知不覺人開始多了起來，新來的幾桌人見了我們的大「酒壺」，以為是酒吧新推出的活動，直問服務生。

這時，酒吧的大頂燈忽然轉了起來，投下萬千斑點，音響裡傳出尖銳的哨聲，那些年輕孩子們都站起身，使勁鼓掌，吶喊尖叫，我們不知道發生了什麼事，一問才知道這是街舞表演開始前的信號，看來酒吧不是第一次搞這樣的活動了。

果然，三男二女五個年輕人快步走上了舞臺，那兩個女孩子纏著白頭巾，一上臺左右分立，擺了個很酷的對稱 Pose，三個大男孩開始和著音樂由慢到快做街舞動作，臺下女孩子們的尖叫聲頓時蓋過了音樂，頂燈也由剛才的緩慢轉動逐漸加快。

這場面和氣氛雖然很 High，我卻一點興趣也沒有，無精打采地說：「今天是小孩子專場，也不知道什麼時候才跳鋼管舞。」

包子也失望地說：「那幾個男的長得是滿帥的，就是動作太簡單了，啥時候才拿腦袋頂地轉圈呀？」

過了一會兒，那倆女的開始扭了，我才看得有點意思了。

音樂開始越來越激烈，也越來越震顫心臟，我見朱貴和杜興抱著膀子站在最後排往舞臺上看，走過去從後面趴在兩人肩膀，說：「這是誰搞的？」

杜興見我張嘴，大聲問：「你說什麼？」

我使勁喊：「你們這樣搞不行！得找倆女的上去抱根鋼管才夠勁。」

朱貴也喊著：「怎麼不行了？」

我回手指著滿桌子的啤酒說：「學生沒錢，只喝啤酒；跳脫衣舞，喝洋酒，賺錢！」

朱貴聽懂了，呵呵笑著說：「肯當眾脫衣服的女人不好找！」

看來他們人雖然滿嘴現代話了，但觀念還沒跟上，三條腿的蛤蟆不好找，肯脫衣服的女人還不好找嗎?!

杜興喊：「不是我們搞的，這酒館每個月的今天都是這個，是那個姓陳的小妞定的。」

我暗笑：這陳可嬌做了這麼多年酒吧生意，居然還像一個創業的大學生一樣天真和執拗。看來酒吧要按我的思路搞，一個月不止二十萬呀。

這時忽然從臺下又躥上去五個穿黑衣服的後生，一上去就搶了半個舞臺，其中四個壓陣，一個站出來衝對面的三男二女指指點點的，臺下開始有人興奮地喊起來。

我看了笑道：「熱鬧了，有人來『比舞』了。」

杜興說：「那我們管不管？」

我說：「別管，是好事。」

那三男二女組合看來遠比黑衣組合要嫩，不但舞技不如人，大概還從沒當這麼多人和人尬過舞，加上臺下一起鬨，只能手足無措地看人家表演。

黑衣組不斷換人出來挑釁，而且跳得確實很漂亮，臺下的孩子們是最公正的評委，他們才不會管你是不是被欺負了，誰跳得好就給誰掌聲，而且開始給男女組合喝倒彩，黑衣組愈發得意，終於其中一個人給了男女組合一個「倒下」的手勢。

我覺得挺有意思，正要回去，臺上的黑衣服組忽然把黑外衣都甩開，露出裡面的白色背心，每個背心上都有一個字母，五個人站在一起正好是「Apple」，那個「A」搶起舞臺上的麥克風，大聲說：「你們覺得我們跳得好嗎？」

臺下轟然：「好！」

A繼續說：「想知道我們是哪裡來的嗎？」

臺下：「想！」

A很有煽惑力地指著他們五個人背心上的字母，大聲說：「跟著我念：A-p-p-l-e——Apple！」

我也跟著念了一遍，感覺很熟，不是指英文的意思，而是這個地方，馬上我想起來了：

這是一間酒吧的名字！

A說：「大家如果還想看我們跳舞，歡迎光臨我們的Apple酒吧。」然後這個傢伙很狡猾地四下看了一眼說，「我想這裡肯定不歡迎我們了，請放心，我們並沒有挑戰的意思，不過如果貴吧能派人上來和我們鬥舞，我們歡迎，如果下逐客令，我們馬上離開。」

他這幾句場面話一說，再揍他們就不合適了。

第二章

最不該惹的人

朱貴屁股被人捅了一刀，那就是梁山屁股被捅了一刀，

現在有人惹到了他們頭上，無異於捅了一窩食人蜂，

不管那個幕後使壞的人到底是針對誰，他都惹了一個最不該惹的人：

梁山第九十二條好漢——「逆時光」酒吧副經理朱貴！

這回杜興馬上明白了：「媽的，這是踢場子來了！」他問我，「上去『比武』有什麼規矩？」

我倒是沒有生氣，巴不得這幾個小子把這幫只喝啤酒卻占著地方的學生都拉走呢，我不太熱衷地告訴杜興：「沒什麼規矩，能把人吸引住就行，不過不許和對方有身體接觸。」

杜興邁腿就往臺上走。

我們第一次來就招待過我們的服務生見杜興要上臺比舞，飛快跑上舞臺，搶過麥克風，大聲說：「現在歡迎我們的副經理杜興先生！」

我暗暗點頭，跟朱貴說：「這小夥子夠機靈，可惜我說了不算，要不就把他升上來。」

杜興走上舞臺，這次也不管合適不合適，衝臺下四面抱拳，他大腦袋大眼珠子，滿臉褶子，年紀卻又不大，不用化裝直接就能上《UFO》雜誌，下面的人竊竊低笑。

黑衣組的人也莫名其妙，那個A說：「請問你上來有什麼話說嗎？」

杜興氣哼哼地道：「比武！」

A撲哧一下樂了，杜興穿著襯衫西褲，腳上還蹬著澄亮的皮鞋，這個樣子就上來跳街舞的，他大概還是頭次見，但見杜興沒有開玩笑的意思，索性說：「我們五個人你只有一個，這樣不公平，這麼著吧，我做幾個動作，你要能跟著做出來就算我們輸，敢嗎？」

這時音樂已經停了，雷射燈都調成靜光，整個酒吧就顯得很安靜，杜興哼了一聲：「那請吧。」

A又看了一眼杜興，輕蔑地笑了一聲，說：「那你先做這個。」說著頭朝下一栽，用單手撐地，另一隻手抱住雙腿，頭下腳上穩穩停頓了足有五秒鐘，然後一個漂亮的翻身站好，臺下一片喝彩。

杜興托著下巴看著，見A做了一個請的手勢，想也沒想也是一個倒栽，單手支地，兩條腿像兩根蔥葉子似的飄來蕩去，這才想起用另一隻手抱住。

他立是立起來了，可因為沒練過，所以不穩，用手跳了幾下才算不搖了，杜興腦袋朝下問A：「是不是這樣？」邊說邊還又跳了幾下。

臺下的觀眾見他如此滑稽，都大笑起來，也有鼓掌叫好的。

明眼人一下就能看出來杜興完全沒有練過街舞，全憑單手的力量和身體的協調性勉強做到，但也正因為這樣，難度才更大。

A很不自然地說：「就算你成功了。」然後又倒立起來，雙手扒地在舞臺上轉了幾大圈。杜興懶得站起來，以手代腳，像芭蕾舞演員一樣繞著舞臺轉，一邊說：「這有什麼呀，這比翻跟頭還省事呢。」臺下又是笑聲和掌聲同時響起。

A的面子有點掛不住了，他把一個戴頭盔的推出來，自己站回到隊伍裡。這就是包子最愛看的拿腦袋拄地項目，那小夥子身手也真乾淨俐落，借著幾步助跑的力量一翻身，就像個大陀螺一樣轉了起來。

雖然他的表演很精彩，但人們都沒表示，大家更期待杜興又會耍出什麼花樣來。

杜興這次果然面有難色地說：「哎呀，這個可不好弄，怎麼才能轉起來呢？」他忽然對剛才輸得一敗塗地的那個組合的人說：「一會你們幫我個忙，等我立起來的時候，過來倆人幫我轉開。」

還沒等眾人反應過來什麼意思，他就頭朝下拿了大鼎，不過這回可沒用手扶，身子搖搖欲墜的，衝還在發愣的那五個人說：「快點過來倆人，一個站在左面一個站右面，順著一個方向推我一把。」

合著他把自己當做一個倒過來的酒瓶子，現在要想轉，需要一個順時針或逆時針的力。那兩個女孩子腦筋很快，急忙一起跑過來，同時端住杜興的腰眼一推，杜興果然就緩緩轉了起來。

他頭頂著地，手背在身手，轉得又歪又斜，忙喊：「再推幾把，要不拿衣服抽我也行。」那三個男的脫下上衣，一路追著杜興抽，杜興真就跟個大陀螺一樣，越抽轉得越歡了。臺下這樂子可大了，人們笑得上氣不接下氣，A的臉色越來越難看，在他看來，杜興這完全是在插科打諢諷刺他們。

等杜興起身，黑衣組又選出胸口上印著P的出來，這回沒有玩倒立，而是走起了踩雲步。

街舞跟早年的霹靂舞有很深的淵源，P同學舞功扎實，表演到位，看上去是在拼命跑，卻不前進半點，如同踩在一臺跑步機上。

看來黑衣組醒悟了，知道跟杜興比功夫不行，現在拿技巧來將軍。

這個沒練過確實跳不出感覺來，杜興學著他的樣子蹦了幾下，一點也沒看出蹬雲的樣子來，倒是有幾分像踢踏舞，觀眾見杜興又上場了，都笑著鼓掌吶喊，也不管他跳的是什麼東西。

杜興也有點人來瘋，最後索性不管跳什麼，在舞臺上只顧抽風，開始還看不出端倪，漸漸人們又被他吸引了，杜興就像一根在氣口上的羽毛，激烈又輕盈地飄來蕩去，幾乎足不沾地，儘管誰也叫不上他跳的這叫什麼舞，但那動感絕對是一種享受。

這次臺下的觀眾漸漸止住了笑，開始變得安靜，不知道誰說了一句：「他比麥可•傑克森跳得好多了。」然後開始有節奏地鼓掌，一聲尖銳帶有挑動性的口哨響起後，人們一起朝一個方向揮動手臂，拿著麥克風的那個服務生適時地喊：「Music！」

震耳欲聾的音樂再次響起，雷射燈瘋狂轉動，觀眾們都瘋了，一個女孩子不顧一切地大叫：「杜興我愛你！」

杜興頑皮地朝她眨了下眼睛，這下傾倒了無數少女，在她們眼裡，杜興再也不是他本來的樣子，儼然就是一代舞王加白馬王子，女孩子們跺著地，整齊劃一地喊：「杜興，我愛你，杜興，我愛你……」

黑衣組已經灰溜溜地跑了，混合組乾脆在臺上給杜興伴舞，下面的年輕人們自然更耐不住寂寞，跟著一起跳上了。

朱貴看著杜興在上面得風得雨的樣子，笑罵：「這龜孫子，早知道就我去了。」

我又跟他說笑了幾句後回到座位，見包子正在大口喝酒滿頭大汗，我瞪著她說：「你是不是跟著一起喊來著？」

李師師呵呵偷笑。

我見劉邦不在，指著他的空位說：「這小子呢？」

秦始皇衝舞池一努嘴，我回頭一看，見劉邦高舉雙手在那搖胯扭屁股的，跟他一起瘋的是一個滿臉疙瘩的中年婦女，兩個人眉來眼去的。

我拉住項羽低聲問：「羽哥，你和他畢竟打過交道，知道這小子在女人方面受過什麼刺激嗎？」

項羽說：「他女人我見過，看不出什麼來。」

「漂亮嗎？」

項羽點點頭。

我好奇心大起，問：「比師師怎麼樣？」

項羽看了李師師一眼：「不好說，師師好像還稍遜一籌。」

我駭然，看李師師，從容顏身材到氣質，無一不是極品中的極品，項羽和劉邦是死敵，還能這麼說，那擺明呂后比李師師強的不是「一籌」而已。

我問他：「那虞姬嫂子和師師比怎麼樣？」

項羽緩緩搖頭：「虞姬她長得並不是很漂亮，但她就是那種……那種……」項羽眼裡滿是熾烈，卻形容不出。

「貓女？」我給他提一個詞。

「貓女……」項羽喃喃地說著，突然點頭道：「這倒是很適合她，她溫柔起來就像小貓一樣，軟軟地躺在你懷裡，對你充滿信任，可有的時候又很淘氣，而在外人面前，又是那麼獨立和驕傲。」

我忽然很想知道項羽的審美是不是真的有問題，說：「那嫂子跟包子比，誰漂亮一些？」

項羽寬厚地笑了起來，用惋惜的目光看了我一眼：「要我說實話嗎？」

「不用說了……」

這時樓上不知道出了什麼事，七八個男人一路直跑下來，擠過狂歡的人群，從大門跑了出去。

沒過半分鐘，那個被我看好的服務生走到我近前，俯下身在我耳邊很沉著地說：「蕭哥，樓上出了點事，朱經理請你過去一下。」

我看他眼裡全是焦急，知道這事小不了，急忙站起身跟他走，離開座位老遠我才問：「怎麼了？」

「朱經理被人捅了一刀。」

「啊?!」我大驚失色。

他急忙安慰我說：「不過傷勢不要緊。」

我稍稍放下心，見這小夥子辦事沉穩，的確是塊材料，於是問他：「你叫什麼名字？」

「孫思欣，你叫我小孫就行了。」

「通知你們杜經理了嗎？」

「杜經理已經過去了。」

我點點頭，經過一張客人剛走的桌子時，順手拎了個酒瓶，然後背著手跟他上樓，劉邦以為有什麼好事，也偷偷摸摸地跟在我們後面。

上了樓進了一間包廂，先看見一片狼籍，幾個男服務生手忙腳亂地收拾，朱貴呲牙咧嘴地坐在沙發上，杜興在一邊走來走去，不住咒罵。看樣子朱貴沒受什麼大傷，我把酒瓶子放下，問：「人呢？」

「跑了。」說著，朱貴放開捂在屁股上的手，我這才看見他的臀部就在平時打針那個地方有一個刀口，血可沒少流，把沙發染得濕漉漉的，孫思欣也不知道從哪搞來了刀傷藥和紗布，朱貴接過來，說：「沒事的人都出去吧，一會兒再收拾。」

包廂裡只剩朱、杜、我和劉邦，我這才問他怎麼回事。

原來朱貴正在樓下，有服務生找到他，說樓上有人打架，朱貴上來一問，才知道是兩個隔壁包廂的人都嫌對方唱歌太吵起了爭執，說話間動起手來，朱貴上來勸架，卻被人誤捅了一刀。

朱貴把褲子脫了，杜興幫他上藥、包紮，看了一下朱貴的傷口，知道沒有大礙，口氣才多少放鬆了。

他故意使勁勒了一下朱貴的傷口，把朱貴疼得一哆嗦，笑呵呵地說：「你不是旱地忽律（鱷魚）嗎，屁股這麼嫩。」

朱貴趴在沙發上哼哼說：「這事可不算完！」他忽然抬起頭跟我說：「小強，你在本地有仇人嗎？」

「沒有啊，怎麼了？」

「沒事，你幫我通知一下吳軍師他們，咱們再說。」

第一天幫我看店就出了這種事，我也很彆扭，問他要不要去醫院，朱貴一擺手說：「別驚了客人，我這傷沒事。」

杜興把我們領出來，輕描淡寫說：「沒事了，他趴會兒就行，你們繼續玩吧。」然後又進了包廂。

我一時無法理清思路，在樓梯處，劉邦忽然說：「我看你的朋友是被人陰了。」

「什麼意思？」

劉邦摸著下巴，陰險地分析：「兩個包廂的人嫌對方吵，這就是第一個不對；你也見了，包廂裡面根本聽不見隔壁的聲音。然後兩幫人打架都沒動刀，勸架的人一來反而用上了，你不覺得奇怪嗎？剛才那些人往外跑我也見了，分明就是一夥的。再說，你那個朋友一看也不是省油的燈，要是尋常人打架，就算動刀也傷不了他，應該是旁邊的人把他的手腳都弄住以後幹的，好在人家只想嚇唬一下他，才沒真的傷他性命。」

他這番話我越聽越覺得對，只是最後一句我不以為然，想嚇唬梁山好漢？

「你怎麼分析得這麼門清呢？」

劉邦得意地說：「陰人、拉偏手、下毒、背後捅刀子，我是祖宗！」

我這才反應過來朱貴為什麼問我本地有沒有仇人了，他可不傻，知道自己是被人暗算了，他讓我通知吳用，就是要找個腦袋夠用的來幫他擺平這件事。

據我所知，梁山一百單八將之間的關係都很好，這一百零八個人不評職稱，不漲工資，席位既定沒有利害關係，天天坐在一起喝酒，關係能不鐵嗎？《水滸》的英譯名叫什麼來著，四海之內皆兄弟！

就算不是這樣，朱貴屁股被人捅了一刀，那就是梁山屁股被捅了一刀，這幫土匪，尤其是李逵，沒事捎帶手就殺人全家，而且最近正因為住帳篷一肚子氣呢，現在有人惹到了他們頭上，無異於捅了亞馬遜熱帶雨林裡最大一窩食人蜂，天罡地煞一起出動，我就是那天煞孤星……

不管那個幕後使壞的人到底是針對誰，他都惹了一個最不該惹的人：梁山第九十二條好漢——「逆時光」酒吧副經理朱貴！

我拿出電話考慮了很久，最後決定實話實說，好在朱貴沒有出大狀況。

我把電話打在癩子手機上，癩子已經回家了，他給了我一個號碼，說是一個叫宋清給他的。沒想到宋清也買手機了，我打過去一報名，宋清說：

「是強哥啊，你告訴杜興，他要的東西我都給他準備齊了，只要他一回來就能開工。」

我先跟他閒聊了幾句，才知道他用我給他的錢，直接盤了爻村一個釀酒的小作坊，萬事俱備。看來這年輕人辦事能力真的很強。

然後我才小心翼翼地跟他說：「朱貴出了點事，受了小傷，不過不要緊，你看先通知誰比較合適？」

宋清也沒多說，找到盧俊義把電話給他，我把大體的情況一說，盧俊義問：「朱貴現在怎麼樣了？」

「沒大事，趴著呢。」

盧俊義從容不迫地說：「我現在就帶著吳軍師他們過去。」

我忙說：「要不要我過去接你們，這麼晚了你們怎麼過來，知道地方嗎？」

「呵呵，這個你不用管了，東京我們都鬧過，這麼小點地方難不住我們。」

他最後這句話把我嚇得冷汗一身，一直以為盧俊義是溫和保守加投降派，沒想到光棍氣十足。

他們來得比我想像得要快，我剛坐下沒一會兒，就見盧俊義當先走進酒吧，我急忙迎上去，見門口一輛計程車裡走出吳用和「沒羽箭」張清，很納悶為什麼搭一輛車只坐三個人。張清笑笑地回手指了指那車說：「還有一個不認識，我們搭的順風車。」

我讓他們三個先等一會兒，跑到計程車前一看，司機正在打電話報警，副駕駛座上坐著一個驚魂未定的中年乘客。我讓他先別打，一問才知道，這三個人哪是搭的順風車啊，人家這剛從城裡搭計程車要出市，在相鄰的公路上被這三位給截了，非逼著司機再開回來不可。

我陪了無數句好話，又塞給司機一百塊錢這事才算完，那乘客見不是謀財害命，也不知是嚇的還是高興的，哇一聲哭了，我忙從酒吧給提出一捆柯洛娜來放在車上，說：「您別哭了，這酒送給你壓驚。」

我領著盧俊義他們上了包廂，朱貴還不敢動，正光屁股趴著看MTV呢，見長官來了，忙關了電視，拿了件衣服蓋在傷口上。

吳用上前看了看傷口，跟盧俊義說：「皮外傷，無礙的。」

朱貴委屈地說：「安神醫怎麼沒來，他們這藥可不好使。」

吳用說：「本來是要第一批來的，但車裡只能坐三個人，不帶上張清，眾位兄弟都不放心。」

張清抱著膀子問杜興：「知道誰幹的嗎？」

杜興指指朱貴說：「你問他，我當時不在場，要不也不能讓那幾個小子全跑了。」

吳用坐在朱貴身邊：「慢慢說——小強，你再去門口接應一下，兄弟們分批進城，後面還有很多人。」

我剛到門口，一輛奧迪Ａ６剛停下來，車上走下的是林沖、安道全、楊志和董平。

我叫孫思欣領他們上去，嘆了口氣，開這車的人看來不是能拿錢打發得了的，沒想到司機很豪爽，一看就是早年坐過牢，出來以後爆發了的那種款爺，跟我直誇：「就喜歡哥兒幾個這樣的，以後有事給我打電話，這朋友我交定了。」

下一輛車裡坐的是扈三娘帶著金大堅和阮氏兄弟，車主臨別還跟扈三娘招手呢，不用問，這車是三姐的功勞。

再然後是宋清帶著李雲和另外兩個人，我正奇怪他們是怎麼攔的車，這才發現司機是女的，宋清小白臉下了車，那女的還追出來要電話，這女的膽兒也太大了！

這梁山好漢簡直就是八仙過海，各有各的辦法，一批一批地到來，司機們十有八九當然是怨氣沖天的，我就在門口做善後工作。

最後，一輛拉煤的大卡車堵在酒吧門口，車上唏哩呼嚕往下跳人，李逵從車頭上跳下來，用山東話說：「謝了啊老鄉。」然後使勁摔上門，火急火燎地跟著孫思欣上樓去了。

五十四條好漢最後齊聚「逆時光」酒吧，我叉著手往樓上走，知道這回這事算徹底完不了了。

走廊裡站滿了好漢，他們分批進去探望朱貴，我擠進包廂，見盧俊義和吳用坐在一邊，現在陪朱貴說話的是李雲和扈三娘幾個，李雲是朱貴的哥哥，朱富的師父，拉著朱貴的手以長輩的口氣寬慰了幾句，扈三娘似笑非笑地看著我，我突然有一種很不好的預感……

果然，她一把摟住我，又用拳頭擰我腦袋，罵說：「我們的兄弟才跟著你一天就出事，嗯？」

旁邊的人都笑，急忙拉開她。

這回腦袋雖然疼，但好像還頂到一團軟綿綿的東西，很是舒服，也不知道是什麼。

扈三娘趁人不注意扶了扶胸，見我在偷看她，衝我一比畫拳頭，我忙做出若無其事的樣子看向別處。

這時李逵耐不住性子，從走廊最後面一路旋進來，把很多人都推得東倒西歪。

他進了屋，一把掀起蓋在朱貴屁股上的衣服，那傷口已經被安道全重新包紮過，非常精緻，新上的紗布只沁出一點血跡。

李逵哈哈笑道：「你這鳥廝，俺直以為你屁股被人剁下去了，巴巴地趕來看你最後一面，原來只是被蟲兒咬了一下。」說著，照著朱貴的傷口作勢欲拍，朱貴嚇得一個箭步蹦到了盧俊義身後，眾人無不失笑。

現場的氣氛很和諧，完全不是我想像的那樣，我以為他們會抱著朱貴的屁股大放悲聲，然後咬牙切齒地許下宏願必報此仇。看來土匪就是土匪，少胳膊斷腿都在可承受的範圍內。

我幻想著這件事情就到此為止，就算要查，也由我來慢慢著手，畢竟多個暗敵心裡不踏實，但如果給他們去做，天知道他們會幹出什麼事情來，不過我的期望很快就落空了。

盧俊義擺擺手道：「時遷和小強留下，其他兄弟且去樓下飲酒。」

阮小二扒住門框把頭探進來，瞪著三角眼說：「有了結果知會我們一聲。」然後這半百人就高呼下樓，雄據了酒吧的半壁江山開懷暢飲。

他們已經知道我是這酒吧的老闆，把酒當冷水似的灌，不幸中的萬幸是他們只叫了啤酒，而且覺得不合口味沒有放開喝，這才使今天的帳單控制在了兩萬塊錢以內。

包廂裡只剩朱貴、杜興、盧俊義、吳用和時遷。

朱貴從剛才站起來就再沒趴下了，撅著半個屁股倚在沙發角上，吳用拍拍他的手說：「現在詳細講來，怎麼回事？」

朱貴說：「其實打我一進這屋就感覺不對，他們一共八個人，有四個閃在我身後，把我堵在了中間，然後他們一邊假做爭吵一邊圍了上來，兩個人一夥抓住了我的胳膊，後面有人下的手。他們走的時候警告我『放聰明點』，顯然是有所指的。」

這些話朱貴沒跟我說過，顯然他不信任我的智商。

吳用忽然問了我一句莫名其妙的話：「小強，你真不是開黑店的？」

我苦著臉抖摟著手說：「這酒吧我才剛接手一天，就算想黑也還沒來得及啊！」

其實要不是有言在先，我真想改造一下這酒吧，弄點小女生來，戴上長耳朵扮兔女郎，再穿上反光的迷你裙，摸一下就一瓶洋酒，再在舞臺上立根鋼管，讓惹火的小妞上去摟著棍子勁歌熱舞一番……

吳用聽我說完，拈著放雲南白藥、碘酒還有紗布的托盤問：「你這酒館還賣刀傷藥？」

我悚然一驚，這才意識到這確實是個疑問。

盧俊義插口問朱貴：「那些人叫你放聰明點，所指何事，你得罪過人嗎？」

「我才來了不到半天，能得罪什麼人？」

杜興忽然說：「會不會是那些比舞輸了的人幹的？」

我堅決搖頭：「跳街舞的不過是些清水場子，沒這種膽子。」

吳用揣測說：「很明顯，上任第一天就遇到這種事，肯定是有人想讓你撂挑子別幹，朱貴如果不幹這個副……什麼，」

我提醒他：「經理。」

「……副經理，對誰最有好處？」吳用端起啤酒杯來喝了一口，皺了皺眉又放下了。

我忙叫人送來兩杯茶水，順便把孫思欣叫來。然後回答吳用：「不會對什麼人有好處的，這酒吧一年的盈利都是我的，就算我找幾百個副經理來，無非是不賺錢了。」

吳用點點頭說：「這今有些為難了。」

這時孫思欣端著兩杯茶進來了，這個精幹的年輕人眼見一批一批剽悍的漢子們紛紛到來，看出今天的事情有些複雜了，梁山的人雖然沒有長三頭六臂，但身上那種捨得一身剮的氣質很明顯，他在酒吧這種地方待了這麼長時間，自然能看出各種人的脾性來。

盧俊義和吳用雖然只是款款坐著，但那土豪劣紳的氣勢是一點也沒收斂，孫思欣把茶擺在二人面前，沒有離開，而是垂手等著問話。

吳用打量了他一眼，問道：「你們酒館裡怎麼會有這種東西？」說著，把放著藥的托盤推了推。

「那是我們柳經理的，酒吧這種地方經常出點小狀況也不奇怪，所以這些東西也就時常備著。」

盧俊義瞪了我一眼，那意思是說：還說你開的不是黑店?!

吳用繼續問：「你們這個柳經理什麼背景？」

孫思欣稍一猶豫，知道瞞也瞞不過幾天，索性說：「我們柳經理在『道』上頗有人緣，他的朋友與人爭執受了傷，經常來酒吧找他。」

「難道也是性情中人？你見過這柳經理嗎？」這句話是問朱貴的。朱貴搖頭。

「你們柳經理不常來看店嗎？」

「以前天天來，只有今天……」

我這會想起了陳可嬌跟我說的，看來這姓柳的是非常不歡迎朱杜二人，現在整件事情開始有了端倪。

吳用也是一副撥開雲霧見天日的表情，笑呵呵地說：「看來我這兩個兄弟礙了這位柳官人的事，今是不好意思得很。」

孫思欣打了一個寒戰，垂手說：「柳經理平時跟我們這些下面的人不怎麼說話，再多的事我就不知道了。」

這小子也夠賊的，這麼說，一來是推個乾淨，二來也是擺明立場。

吳用揮退孫思欣，道：「時遷兄弟。」

時遷細聲細氣地應：「在了。」

「你先在方圓幾里內探查一下，看能不能找到那八個人。」

「是了。」說著話，時遷推開小窗戶便跳了下去。

包廂的窗戶本來是通風用的，勉強只能鑽過一隻貓，時遷卻出去的遊刃有餘，他在樓下賣餛飩攤的帳篷上一點，身子便飛向二樓，趴在一家陽臺上，然後又躍向相鄰的三樓，幾個Z字後就升上了斜對面的六樓，他身材瘦小，悄無聲息，簡直就是一隻流浪成性的野貓。

我陪著小心問盧俊義：「如果這事真是姓柳那小子幹的，你們準備拿他怎麼辦？」

盧俊義看看吳用說：「好在朱貴也沒怎麼樣……」

我忙附和著點頭。

盧俊義用徵求意見的口氣說：「我看卸條胳膊就算了吧？」

吳用說：「我看行。」

我一屁股坐在地上，差點哭出來。

杜興把我拉起來，說：「看把小強氣的，你放心，抓住人以後讓你親自動手。」

我又掉在地上了，杜興問我怎麼了，我說：「沒事，我歇會兒……」

他們是一幫土匪，他們是一幫殺人不眨眼的土匪，他們是一幫壽命只有一年、殺人不眨眼的土匪，說他們是黑社會那都是在侮辱他們，他們是比黑手黨更黑，比恐怖主義還恐怖的山頭主義，講究的是「人不惹我，我沒事也要惹惹人」，他們雖然一直是談笑風生的，可絕沒有把朱貴的事不當回事，現在還有四十九條好漢就坐在樓下等消息，只要時遷一拿回準信來，他們就會興高采烈地殺人去……

這日子沒法過了，我乾脆入夥當土匪去算了，到時候我領上包子，山上不是有很多夫妻檔嗎，什麼菜園子母夜叉，什麼矮腳虎一丈青，我和包子就是梁山第一百零九和第一百一十條好漢，我綽號「不高興」，她就叫「沒腦」。

好在他們畢竟是從宋朝來的，雖然有蜘蛛俠時遷，終究不如我腦子來得快——我只要一個電話就能找到柳軒那小子，所以說他們的思維跟不上，朱貴他們雖然也有電話，就沒想到找人要號碼。

我得提前一步把事情弄清楚，這樣才不至於被動。

我單手扶牆，顫巍巍來到走廊，掏出電話找到陳可嬌的號碼，剛撥好號就被人拍了一把，回頭一看是杜興，他奇怪地說：「你抖什麼？」

原來是我的手指在電話上直磕打，陳可嬌的聲音傳出來：「喂？蕭先生嗎？什麼聲音？」幸虧她沒幹過特工，要不肯定以為我給她發摩斯密碼呢，這劇情都快趕上《無間道》了。

我壓住電話問杜興去哪兒，他說：「宋清給我弄了一個做酒的作坊，我回去看看。」

「在這當口？」

「嗨，你說朱貴的事啊！小事情而已，用不上我。」

陳可嬌不耐煩先掛了電話。

杜興一到舞廳就被一大群狂熱的舞迷圍在了中央，其中以妙齡少女為主，聽說杜興要走，一群人不依不饒，最後兩個有車的女粉絲還為了搶送杜興回去的權利差點打起來。

好漢們都在大廳，我看見林沖，向他那桌走去，半路上被阮氏兄弟和張順截住，這三人因為長時間沒進水，頭髮都捲了，像是頂了一頭速食麵。

張順奄奄一息地說：「小強，你們這地方連井也沒有嗎？」我忙答應明天領他們找水去。

我到了林沖他們桌上，李雲給我打開一瓶啤酒遞過來，環視著酒吧說：「你這酒吧太一般，沒有特色，尤其是裝潢，千篇一律。」看來前些日子他沒少去酒吧。

我說：「那你看應該怎麼弄？」

「門口掛四面匾，逆時光拿隸書寫，一到晚上點四個大燈籠，寫上『財源廣進』，這裡的服務員都短衣襟，肩膀上搭手巾，客人一來先招呼『來了您吶』，店裡全擺粗木桌，櫃檯上擺長排罈子……」

我愕然道：「這就是你所謂的特色？」

李雲道：「這在我們那當然不算特色，可放在你們這兒呢就算特色了。做生意是要動腦子的嘛。」

聽他這麼一說，我還真覺得有點意思了，復古式酒吧？

現在的酒吧都在追求個性和品味，弄光屁股妞雖然能掙點小錢，可是留不住常客，反倒不如往牆上掛草帽和辣椒來得吸引人，而且這酒吧要讓李雲裝修，那就不是簡單的復古了，只怕考古學家來了也得折服。

我正想著，包子氣勢洶洶地殺了過來，說：「你跑這幹嘛來了，找你呢，還回不回去了？」然後才發現我身邊還有人，跟林沖他們點頭招呼，問我：「都你朋友？」

林沖他們笑盈盈地看著我，我有些窘迫地說：「這是我老婆。」

包子把我手裡的啤酒拿過去，跟林沖和李雲他們挨個碰了一下，揚脖喝了一大口，說：「初次見面啊。」

這桌上林沖楊志一群頭領都站起來回敬她，一時間，幾十來號人有叫嫂子的，有叫弟妹的，有叫姑娘的，說完咕咚咕咚聲大起，包子嚇了一跳，小聲說：「這都是你朋友？」

扈三娘一下蹦起來，說：「你是這小子的老婆啊？」

包子嘿然，我跟她說：「快叫三姐。」

扈三娘大聲道：「叫三妹就行，我今年其實才廿三歲。」

包子應付了一輪敬酒，暈生雙頰，我跟她說：「你們先回吧，我跟他們再坐坐，都是大學同學，好幾年沒見了。」

包子納悶問：「你什麼時候上過大學？」

我說：「社會大學……」

我跟包子說：「你領著表妹他們先走吧，我說不定什麼時候回去。」

包子點頭，邊裝做柔情款款的樣子在我耳邊低語，其實她說的是：「你要敢跟他們洗澡去小心點！」然後站起身，跟好漢們道別，臨走又瞪我一眼。我忙說：「我會小心的。」

包子走了，扈三娘捏住我脖頸子問：「她跟你說的什麼？」

我苦著臉說：「她讓我離你遠點。」

扈三娘知道我在胡扯，把胳膊壓在我肩膀上，跟林沖他們說：「哎，你們發現沒，那姑娘特像我二姐。」

一干人都點頭笑。

我知道她可能是說孫二娘，不禁問：「二姐也長得她那樣？難怪我張青哥哥不能擁有正確的人生觀價值觀，變態到走人肉叉燒包的地步。」然後我笑嘻嘻地說，「原來你才廿四歲，你小強哥我今年廿七……」

扈三娘一拳揍我一個包：「老娘不是跟你說過了麼，今年我九百歲，你們蕭家往上十幾輩的祖宗說不定都跟老娘喝過酒。」

她掃了一眼，忽然指著「聖手書生」蕭讓說：「那個說不定就是你祖宗，快磕一個去。」

蕭讓居然也不客氣，搬了把凳子坐過來，說：「也許還真是呢，你家有族譜嗎？」這讀書人心眼就是壞！

我胡扯說：「我聽我爺爺說過，他爹原本不姓蕭，是跟著繼父改的姓。」

扈三娘道：「那你說姓什麼吧，我給你找，今天非讓你認祖歸宗不可。」

看他們一個個躍躍欲試的樣子，還真有想認我這個便宜十三代孫子的。我說：「從我身上就能看出我們家祖上肯定也是守法良民，說不定還是書香門第宦門之後呢，絕對和各位哥哥不會有半點關聯。」

好漢們大笑，都說：「宦門之後要都你這樣，我們還造的毛反?!」

只有林沖面有不豫之色，看來是勾起了他的傷心事。我忙岔開話題說：「林沖哥哥，上次你教我的槍法，我頗有長進。」

林沖果然精神一振：「哦，真的嗎？」說著，他把一瓶沒打開的啤酒擺在我眼前，然後四下踅摸，我問他找什麼，他說：「我找個棍兒給你，你要能把它點破，我再教你別的。」

聽他這麼說，臨近幾個人也幫著找。

蕭讓問：「要多長的棍兒？」

林沖說：「筷子那麼長就行。」

然後蕭讓從地下撿了根吸管給我……

林沖失笑道：「他要能用這個把酒瓶點破，我拜他為師！」

張清手裡一直把玩著一個開心果，這時忽然用拇指一彈，那小東西一道斜線射來，正打在那瓶啤酒的瓶口上，「砰」的一聲，酒瓶蓋子被頂飛，啤酒立在那紋絲沒動，只有幾縷氣從瓶口裡冒出。

張清笑道：「小強，這個比林家槍好學。」

我眼睛大亮，我要學會這一手了，以後泡美眉買瓶啤酒就搞定了，去參加電視直播也行呀！我拉住張清的手說：「哥哥快教我！」

張清道：「這個簡單，你只需看準一個目標，用意念和氣鎖定它，力道要自己掌握，經驗多了自然就熟了。」

張清把一個開心果塞進我手裡，指著遠處說：「照我說的做，你一定行的，先用意念鎖住它！」

我東張西望地看了半天，茫然道：「鎖住什麼？」

「那個酒瓶子，你只要把它打倒就算成功了。」

我順著他的手，見他說的是李逵他們桌上的一個空瓶子。

「鎖住了嗎？」張清問。

「鎖住了！」我心裡有夠緊張的，我就要練成彈指神功了，以後床頭放把瓜子，半夜上廁所就不用摸黑走那一段路了！

「彈！」

隨著張清一聲令下，我繃得發白的手指猛地一彈……

瓶子沒動，這個我早有心理準備，神奇的是開心果也不知道哪去了，過了一兩秒才聽見離我們十萬八千里的舞池裡有人罵：「媽的，誰拿開心果丟我？」

張清拍了拍我肩膀說：「準頭雖然差了點，但力量還不錯。」

我不好意思地說：「彈菸頭練的。」

這時時間已經很晚了，酒吧裡有八成的客人都散了，剩下的大多是依偎在一起喁喁而語的小情侶，音樂也舒緩了很多，好漢們酒喝了七八分，給音樂一催，都哈欠連天起來。

扈三娘站起來伸了一個大大的懶腰，胸前兩隻玉兔幾乎要破衣而出，更顯得小腰纖纖一握，我現在覺得王英戰死真是他的幸運，至少沒有墮了好漢的威名，要不然遲早也得死在這女人的肚皮上。

扈三娘不知道我滿腦子齷齪想法，大咧咧地問我：「今晚怎麼睡？」

戴宗站起抱拳道：「諸位兄弟，我回去了，我認床。」說罷，做起神行法一溜煙兒衝出酒吧，幾個服務生大驚，後來我說我結帳，他們才不打算追了。

現在要這五十多人搭車回去肯定是行不通了，一來沒那麼多車，二來就算有，司機也都不敢跑那麼遠的路。樓上八個大包廂，一圈沙發能睡四個，五個小包廂每間能睡兩個，經理室能睡兩個，每個沙發塞一個人正好勉強夠睡。

今天請好漢們喝酒是一萬八，我沒那麼多現金，陳可嬌電話打了過來，正好讓她擺平，反正這筆錢到了月底還是回到我的腰包。

忙完這些亂七八糟的事情，我才找到機會跟陳可嬌單獨說話，第一件事當然是跟她要柳軒的電話號碼。

陳可嬌警覺地說：「你要他電話做什麼，今天去酒吧那些都是什麼人？」

我懶洋洋地說：「既然你有內線，不可能光知道來了好些人吧——朱貴被人捅了一刀，你不知道嗎？」

陳可嬌很平靜地說：「我也正想跟你說這件事呢，讓你那兩個朋友別幹了，由我出錢賠償他們，他們儘管開口吧。」

我說：「這次不是錢的問題，問題是沒錢……」

「咦？」

「啊對不起，說溜嘴了——這次真的不是錢能解決的，我那兩個朋友，背景很複雜，你不看玄幻小說根本跟你解釋不清楚。」

陳可嬌帶著幾分輕蔑：「不就是有點小勢力嗎？能在這麼短時間裡叫來五十多個人也算不差了，不過柳軒跟你們不是一個檔次，你最好別想動他，我這是為你好，真的。」

我急道：「我沒想動他，我是想救他！」

陳可嬌帶著一貫高高在上的口氣說：「就你？你的朋友好像也沒怎麼傷到吧，二十萬行嗎？」

我眼紅地說：「二十萬，他們捅的為什麼不是我呢？你這麼說，是承認這件事的正主是柳軒了？」

「我不確定，就算不是他，我也不想再惹麻煩了，你沒告訴過我，你的朋友身家也不乾淨。」

「不是單純的不乾淨而已，都有血淚史的——你快把柳軒的電話告訴我，再晚就來不及了，說不定已經有人趴他們家窗戶上了。」

陳可嬌飛快說了一個號碼，冷冰冰地說：「既然你想自己解決我也沒辦法了，合約既然已經簽了，我不打算違約，但願這一年儘快過去——蕭先生，和你合作真是一點也不愉快！」說著她就掛了我的電話。

媽的！騙老子接這個爛攤子，我還沒跟你算帳呢。

我罵罵咧咧地撥號，剛響一聲就被人接起，一個梟唳般的聲音問：「誰他媽這麼晚打電話？」

我沒好氣地說：「這麼晚打電話你他媽不是還沒睡嗎？你是柳軒嗎？」

這小子一愣，大概是被嗆了一下，口氣緩了緩說：「你是誰？」

「我叫蕭強，今天酒吧的事是不是你幹的？」

柳軒遲疑了一下才知道我是誰：「嘿，我他媽正找你呢，姓蕭的你在哪呢？」

我很誠懇地說：「我真不能告訴你我在哪兒，不是怕你來找我，是怕你回不去。今天的事真是你幹的？」

「就他媽是我幹的，讓你那倆朋友趕緊給我滾，你和陳可嬌的事我不管，這酒吧就他媽我一個人說了算。」

「你能不能注意一下你的措詞？我不跟你吵，我很誠心地勸告你，馬上收拾東西離開這裡，一年以後再回來，最好你能帶上全家去大興安嶺躲上一陣子。」

柳軒毛了：「放他媽的屁，老子非抄了你不可。」看來他把我的話當成威脅了。

「對不起啊，是我話沒說清楚，你真的得罪了不該得罪的人，這些人的名字，你是從小聽著長大的，但我不能告訴你……」

「你說雷老四？」

「雷老四是誰？」

柳軒聽我連雷老四都不知道，又猖狂起來：「就算雷老四都得給我幾分面子，你算什麼東西，我他媽就跟你槓上了，有種你動我啊！」

看來我小強哥多年不問江湖真的是落伍了，雷老四我還真一點也沒聽過，看這意思，除了雷老四，這姓柳的是誰也不懼，他大概是確實有點黑道背景。今天這事說不成了。

我說：「先就這樣吧，以後我慢慢跟你解釋，哦對了，你看過《獨臂刀》沒有？」

柳軒一下被我的這個跳躍式問題問愣了，不由自主說：「沒有。」

「去看看吧，會對你有好處的。」

第三章

漂亮寶貝

這時一個身影默默坐到我身邊，

我扭頭一看，是那個身材絕好的黑色美人魚，

那是一張毫無瑕疵的瓜子臉，兩隻大眼睛，睫毛很長，

還掛著水珠，一頭短髮精神地攏在腦後，

年紀大約在十八九左右，真是個讓人驚豔的小美人。

這事不好弄了，對方是油鹽不進的東西，這破酒吧也不知有什麼好，值得連胳膊也不要了。

我站在走廊出了一會神，才發現好漢們都睡了，我睡哪兒？推開一個包廂門，都是橫七豎八的彪形大漢，按我的安排，正好能睡五十二個人，而杜興、戴宗和時遷都不在，加我應該剛剛好啊。

我剛推門找遍了一半房間，扈三娘上完洗手間往自己的房間走，她下身還穿著牛仔褲，再往上面一看，我差點休克，只見她穿了一件襯衫沒扣扣子，裡面空空蕩蕩的沒有戴胸罩，看見我在走廊，便隨便地用手捏住襯衫中間，走起路來，胸前圓潤的上半球和下半球時隱時現。

她本來有些睡意朦朧，見我不自在的樣子，站在我跟前，歪著頭打量我，忽然用食指撥了一下我的下巴，不懷好意地挑逗說：「要不要跟我進去？」

她的頭髮披散在肩上，呈波浪狀流淌，有幾縷垂進寬大的襯衫，看得人直癢癢，波浪波浪，真是又有波又有浪啊！

不過對她說的話我可不敢輕信，我知道她愛玩弄人，這倒不要緊，很多事情不就是弄假成真的嗎，可問題是我還知道這女人手上太黑，別真把我弄成太監就不太好了。

她見我猶豫不決的，失望地說：「算了，你不來我鎖門了。」

我這會兒滿腦子都是什麼江湖兒女相逢一笑，什麼門為君怎麼開，而且我對宋朝的女人有一個誤解，那就是以為只要是漂亮女人都難耐寂寞，你看閻婆惜，你看潘金蓮，你看潘巧雲……扈三娘身為一個妙齡人妻，現在對我發出邀請，你叫我怎能不獸血沸騰？

扈三娘在進房門的時候還風騷地回頭看了我一眼，然後緩緩關門，我一跺腳：「……那我就跟著湊合一夜吧。」

那天晚上我進了扈三娘的房門沒多久，就開始劇烈的喘息，我的身子不停上下起伏著，汗水大顆大顆滾落下來，氣喘吁吁地說：「……三……三姐，我真的不行了。」

扈三娘媚聲道：「不行，我還要……」

「……真的……不行了……呼呼……」

「你是不是男人呀？起來，繼續做！」

直到天都放亮了，扈三娘才坐在床上說：「一晚上才做兩百個伏地挺身，還敢偷腥，還想學功夫，嗯？」

我悔恨地捶著地說：「我是真的只想湊合睡一夜而已。」

扈三娘把一個枕頭扔在我腦袋上：「還只想睡一夜，不想負責，嗯？」

她一甩頭髮，不經意間露出了細潤的鎖骨和深深的乳溝，不過這次我可什麼歪心思都沒有了。兩百個伏地挺身做下來，四肢已經完全無法再配合我做任何運動了。

扈三娘把我踢出房間的時候還說，以後要是讓她知道我做對不起包子的事，她就沒收我身上某器官！現在的女人怎麼一點也不懂得含蓄呢，你看過去的女孩子多好，動不動就臉紅紅地說「你壞你壞」，要不是就是「再也不理你了」——扈三娘算是過去的女人吧？

哦對了，她是土匪，不一樣。以後我就把她當親姐處！

我剛顫巍巍地走過兩個房間，包廂門一開，張順和阮小二阮小五出來了，他們神清氣爽地跟我打招呼：「小強這麼早就起來了？咱們這就游泳去？」

我一趔趄腦袋撞牆上，游泳？我做了一晚上伏地挺身，現在去游泳？

張順在前面帶路，阮氏兄弟架著我風一樣出了門，我面朝後，像被拖出大殿的忠臣一樣面目堅毅，掙扎著指著一個早點攤子，大聲說：「讓我最後吃一根油條吧……」

他們三個也餓了，我們四個人吃了二十根油條，他們每人才吃三根，這是我第一次表現出長於梁山好漢們的地方。

今天是星期日，游泳館裡一早人就不少，我領著他們三個在游泳池門口買了泳衣和泳帽，還給自己多買了副潛水眼鏡。

在售票處他們好像已經聞到了水氣，開始變得興奮，在換衣間，作為主人，我很想提醒他們些什麼，可是張了半天嘴也想不起來該說什麼，最後我提醒我自己：千萬別去深水池！

當我們走到游泳館裡面，看著湛藍的、平靜如鏡的水面時，他們並沒有像我想的那樣歡呼著跳進水裡，阮小二下意識地把手擋在羞處前面，尷尬地說：「怎麼還有女人？」

我見游泳池裡已經有幾個年紀不等的女人在蛙泳，其中一個身材絕好，穿著一身黑色泳衣，在深水池裡穿來穿去，像一條美人魚，可惜看不清臉。

我見三個人都有點猶豫，笑道：「你們來這裡時間也不短了，別告訴我你們還沒見過光屁股女人。」

阮小二羞愧地說：「真的是第一次見……」

「嗨，各游各的，你管她們做什麼？」

張順狠了狠心，一個魚躍鑽進水，在入水的那一刻興奮地大叫了一聲，阮家兄弟緊隨其後，我剛走到池子邊，就見三人已經游到了另一邊，折身回來後，張順抹著臉說：「小強，你怎麼不下來？」

我嘿嘿說：「我不會游泳。」

張順吸著冷氣，對剛剛冒頭的阮小二說：「小強說他不會游泳。」

阮小二：「啊？還有不會游泳的人呢？」

我不平說：「李逵不也不會游泳嗎？」

張順一把水撩過來笑罵：「你的意思是我上去跟你比比陸上功夫？」

嘩的一聲阮小五鑽出水面，說：「這水太綿了，而且水裡沒魚。」說著又沉下去了。

張順又一把水撩過來：「下來玩會兒，總不能白花錢買門票吧？」

我說：「白花錢買門票總好過花錢買門票再淹死。」

我見張順有拉我下水的意思，急忙一溜小跑躲在潛水池，感覺憋不住的時候伸直一站，水才剛過我膝蓋。

可是人一多我就覺得沒意思了，幾個小孩子抱著塑膠鴨子在我腳邊刨來刨去，岸上的人一邊看著自己的孩子玩，一邊自己玩——他們都看著我樂。我這才老大沒意思的爬出來，悻悻地坐到深水池邊上。

張順在水裡跟我說了幾句話，忽然一沉，原來是被阮小二從下面拉著腳拽下去了。剛剛上班的救生員開始沒在意，吹了一聲哨子表示警告，但那兩人過了將近四十秒還沒出來，救生員一下慌了，他跑到我跟前緊張地往水裡看著，我腳划著水跟他說：「你別管，那倆都是兩棲動物，活在岸上的魚，在水裡能待到你下個月發工資。」站在岸邊上，能隱約看見張順和阮小二在水裡像兩條蛟龍一樣盤旋撕打，不時攪得周圍的水陣陣泛起暗波。

阮小五踩水的功夫真是一絕，幾乎多半個身子都能探出水面，就好像我剛才站在淺水池一樣，假以時日他整個人都能踩上來，大概就是傳說中的踏水無痕吧。

我讓阮小五把那倆叫上來，阮小五倒騰幾步像走樓梯一樣從水裡走到岸上，說：「不管，要叫你自己去，我上個廁所。」

那個救生員已經徹底腦殘了，他大張著嘴，好半天才說了一句話：「你確定那倆不是你帶來的海豚？」

這時一個身影默默坐到我身邊，我扭頭一看，是那個身材絕好的黑色美人魚，現在我終於能清楚地看到她的臉，那是一張毫無瑕疵的瓜子臉，兩隻大眼睛，睫毛很長，還掛著水珠，一頭短髮精神地攏在腦後，年紀大約在十八九左右，真是個讓人驚豔的小美人。

現在我就和剛才那個救生員表情是一樣的，她見我在看她，朝我客氣地笑了笑：「你好，我叫倪思雨。」

我狀若癡呆地衝她招了招手：「嗨！我叫小強。」

但倪思雨顯然根本不在乎我叫什麼，她眼睛盯著水底玩鬧的張順和阮小二說：「那兩個人和你什麼關係？」

挫敗感和虛榮心併發的我想也沒想就說：「那是我教出來的兩條不成器的廢柴。」

倪思雨果然眼睛一亮：「真的？能說說你是怎麼教他們的嗎？」

我嘿嘿冷笑，惡毒地說：「簡單的很，游不快就是一頓鞭子，憋不住冒出頭來就是一頓鞭子。」

倪思雨淡淡地笑，看樣子她沒有她表現出來的那麼好騙，笑裡居然透出幾分滄桑，遠不是這個年紀女孩子能有的。

她忽然伸出柔荑，抓住了我的手——真軟呀！然後她說了一句很恐怖的話：「我們一起下去把他們拉開吧。」再然後她就不由分說拉著我跳進了水裡。

我魂不附體地大喊一聲：「我不會——」後面的話沒喊完，因為我的嘴裡已經灌滿了水。

一個不會水的人掉進水裡，除了手刨腳蹬，還有一個顯著特徵就是不管抓住什麼都死也不會放手——倪思雨把我拉進水裡，自己先划著水往前躥了半個身子，我手忙腳亂地一把抱住了她的大腿，倪思雨俏臉一紅：「你幹什麼呢，放開！」

我當然不放！而且更加用力箍住她，因為我想把頭探出水面，臉居然都貼在了倪思雨的腿上，就這樣來回撲騰了幾下，我已經吃了好幾口水，耳朵裡都是嗡嗡聲。

我在水裡看見倪思雨好像罵了一句「色狼」，然後一翻身把我完全泡在水裡，我的手只稍稍一鬆，她就真的像條美人魚一樣游走了。

我越撲騰越往下沉，拼命把一隻手伸出水面，向救生員示意，救生員就坐在高高的鐵架子上，明明看見了我，偏偏無動於衷，隨著我更為激烈的揮手，他才把手伸到胸前朝我招了招表示回應。

完了，他見我跟張順他們是一夥的，肯定沒想到我不會游泳，見我呼救，還以為我在出什麼夭蛾子。

可能我現在的樣子也確實有點像花式游泳表演，只見我一會兒伸出胳膊，一會兒探出繃得直直的毛茸茸的腿，有時還會做出各種高難度動作，時而像蹬三輪，時而像抽風，而且，很多人注意到我已經半分多沒換氣了，這絕對是職業游泳隊員才有的素質……

沒想到我小強哥會在一個高手環伺的游泳池裡被淹死。

我一口氣憋不住開始大口喝水，然後我在水中挺直身子，高高舉起一隻手，像自由女神一樣緩緩下沉，在最後一刻，我衝救生員豎起了中指……

這時去廁所的阮小五回來了，他見情況不對，踩著水跑到我跟前，然後鑽到我肚子底下托住我往岸上游。

阮小五把我推到岸上，我只感到五臟六腑撐得難受，口鼻辛辣。張順他們倆和倪思雨這才都圍過來。倪思雨捂著嘴，抱歉地說：「對不起呀，我不知道你不會游泳。」

我微微睜開雙眼，嘴裡念念有詞，阮小五把耳朵支過來聽了半天，說：「他說他需要人工呼吸。」

倪思雨單腿跪在我面前，見我小肚子已經鼓起來了，趕緊用一隻小手捏住我的鼻子，櫻桃小口已經對了上來。

張順一把推開她，說：「不用那麼麻煩。」然後他抓住我的兩隻腳丫子把我倒提起來使勁抖摟，我就像破水囊一樣嘩嘩傾瀉出很多水。他把我扔在地上，問：「好多了吧？」

確實好多了，但我賴在地上不起來，裝做彌留的樣子說：「我覺得……還是需要人工呼吸……」這會兒那個救生員也跑過來了，按著我的肩膀說：「我來！」

我一把把他推出五米遠，站起身來精神抖擻地說：「我突然好多了。」

倪思雨嗔怒地看了我一眼，氣咻咻地說：「你怎麼回事，怎麼能不會游泳呢？」

我莫名其妙地說：「我為什麼不能不會游泳？」

「那你怎麼騙我說你是他們的教練？」

「我只教他們理論知識嘛，拳王泰森的教練就一定能打過泰森嗎？」

倪思雨見我有了胡攪蠻纏的力氣，知道我已經沒事，小小的啐了我一口，真是吹氣如蘭呀。她朝張順伸出手，自我介紹：「你好，我叫倪思雨。」

張順這條玩世不恭的好漢此時居然很拘謹，他小心地和倪思雨握了一下，不知道該說什麼。

我插嘴說：「這是我大徒弟張順。」

倪思雨瞪我一眼，又朝阮小二伸出手，阮小二雙腿緊收，在倪思雨的小手上輕輕拍了下，我只好替他說：「這是我二徒弟，你叫他二哥就行了。」

我又一把摟住阮小五：「這是五哥。」倪思雨衝他點頭示意，阮小五因為不用跟倪思雨握手，看樣子竟有幾分感激我。

「我們去休息一下好嗎？我請大家喝飲料。」倪思雨鶯聲燕語地說。

「好啊好啊。」我帶頭就走。

「偏不請你。」

我聞言作勢要往池子裡跳，一邊喊：「這次誰也別救我！」

阮小五是實心人，急忙攔腰把我抱住，張順笑：「你讓他跳。」

阮小五放開我，我溜到倪思雨身邊：「你不請我，我自己請自己。」

「呵呵，開玩笑的。」

我們走到休息席，倪思雨問我們喝什麼，這時我才發現我已經什麼也喝不下了，剛才我喝的水大概能澆一畝地，雖然吐了不少，但廿四小時內應該不會缺水分了。

張順說：「有酒嗎？」

倪思雨驚訝地說：「啊，你游泳還敢喝酒啊？這裡可沒有賣的。」

阮小二和阮小五乾脆連話也不說，就低著頭乾坐著，剛才因為救我，所以他們和倪思雨彼此都沒怎麼注意，現在安靜下來，倪思雨那動人的身段完全進入眼簾，尤其是那雙筆直無瑕的長腿，不經意的輕輕交疊在一起，還有那雪白的皮膚，在黑色泳衣的襯托下更顯嬌美。

咦？倪思雨的大腿上怎麼會有五根紅手印？在玉璧一樣的皮膚上白裡透紅分外顯眼，難道有姦情？這會是誰的魔爪呢？

我馬上想起來：那是我的魔爪，剛才在游泳池裡……我留戀地回憶著那香豔的一幕。

倪思雨見我眼光落處，臉一紅，假裝在換姿勢坐的時候把另一條腿壓在上面。她為我們叫了可樂，把胳膊支在桌子上問：「能說說你們是哪裡的麼？」

「什麼哪裡的？」我把吸管在兩手上繞著，伸到張順眼前說，「彈。」張順一彈，「啪」地了一聲響。

倪思雨鬱悶地說：「我在問他們三個，不過你說也行，他們不是游泳隊的嗎？」

「當然不是，你問這個做什麼？」

「那為什麼他們的水性那麼好？」

張順終於說：「我們這些人都是從小在水邊長大，又靠打魚為生。」

倪思雨恍然：「難怪，我就是想讓你們教我游泳。」

說到游泳，阮小五終於有勇氣抬起頭來說：「在這樣連魚都沒有的水裡怎麼能練出水性來，像我們那七弟，能在水底潛伏七天，靠吃魚蝦存活。」

我摸著下巴琢磨：難道阮小二只能在水裡待兩天、阮小五則能待五天故此命名？那本事越大，輩分不是越小了嗎？

當然，阮小五這套說法倪思雨是不會當真的，她認為那只是一種誇飾而已，她說：「你是說肌肉的鍛煉嗎？我每天都有在跑步機上訓練，還沒間斷過舉啞鈴。」

等我跟阮小二他們解釋了什麼是跑步機以後，他們都不以為然，說：「練游泳怎麼跑到岸上去練？」

阮小二道：「我們那兒的孩子，剛會走路的時候，大人抱著往水裡一扔，拍拍手走人，再回來那孩子八成就——」

我接口道：「淹死了？」

「會玩水了！所以說小強你連剛會走的孩子都不如。」

倪思雨睜著大眼睛說：「我就是從小開始游泳的，不過我爸爸教了我很久的理論知識才讓我下的水，光腿部動作就扶著欄杆練了一個月。」

張順說：「你爸爸一定是有錢人，不在乎小錢——那多耽誤打魚啊！」

「我爸爸是省游泳隊的教練，可是我覺得他不如你們棒，你們能教我游泳嗎？」

張順道：「小姐，以你的水性肯定是淹不死了，」說到這，張順鄙夷地看了我一眼，「再學得精些有什麼用呢？」

倪思雨：「比賽啊，我一直想拿省裡的冠軍。」

張順和阮家兄弟面面相覷，齊聲問：「這有什麼可比的？」

我忙解釋：「就是比誰游得快，而且是變著花樣比，比如蛙式、狗扒式什麼的。」

阮小二詫異地說：「你從小學這個，就是為了跟別人比快？」

倪思雨很自然地說：「有什麼不對嗎？我主修的項目是自由式。」

張順和阮家兄弟都嘿然不語，在他們眼裡，精熟水性是生存和戰鬥的依賴，是保護山寨的最後一道屏障，是不得已的選擇，很難說他們內心深處有沒有把這種技術當作很神聖的東西，但是學來只為了跟人比快，顯然被他們看成了一種褻玩，你很難跟他們解釋什麼叫體育精神。

倪思雨本來是興致勃勃，滿懷期待，她這麼漂亮的女孩子，大概很少遭人拒絕吧。但她看到三個人的表情時，一下就明白這事已經沒有可能了，雖然她不知道是為什麼。

我們就這樣僵持了一會，張順把可樂杯推開，站起身說：「小強，我們走吧。」

當我們走出十幾步遠的時候，忽然聽見後面一聲巨響，回頭一看，見倪思雨把杯子拍碎，黑色的可樂濺在雪白的皮膚上格外扎眼，憤怒地喊著：「我知道你們為什麼不教我，不就因為我是個殘廢嗎？」

殘廢？我仔細地再次打量著她，倪思雨忽然站起來，快步走過我們身邊，我看見她的香腮上已經流下兩行淚水。這時才發現她一走快就一瘸一點的。

她走到離我們很遠的地方，用手抹著眼睛，回過頭來，嘴角掛著一絲淒然的笑，淡淡地說：「醫生說我的腿已經不適合任何運動，我不信，偏要做給他看，但現在看來他是對的，我以後不會再游泳了。」

她慢慢轉過身，向出口走去。

張順三個又是面面相覷，張順小聲說：「我不知道她腿有毛病。」

阮小二說：「我也不知道啊，咱不教她也不是因為這個呀。」

阮小五道：「看她那麼難過，要不咱教教她？」

阮小二：「這女娃脾氣也太大了，為了跟一個郎中賭氣，硬是在水裡泡了那麼多年，以後打罵幾句還不死給咱看？」

我見這事有門，對著倪思雨的背影大聲說：「你怕打罵嗎？」

倪思雨愕然回首，臉上淚痕未乾：「什麼？」

「游不快就是一頓鞭子，憋不住氣就是一頓鞭子——他們三個出手可比我狠多了。」

倪思雨愣了一下，驀然間淚如雨下，她開心地跪在水池邊，捂著臉泣不成聲。

阮小五走到她身邊，想拉，又不敢伸手，看著倪思雨囁嚅說：「要我們教你也行，我有個要求。」

倪思雨急忙抬頭看著他。

「……以後你多穿點。」

後來我才知道，倪思雨的腿是天生的殘缺，類似小兒麻痺，會隨年紀的增長病情加重，表現就是單側肢體乏力，甚至最後會喪失活動能力，倪思雨的爸爸偏要逆天而行，從小教她游泳，現在，倪思雨只要不快步走，都不大能看出她腿有毛病，這已經是一個奇蹟了。

倪思雨聽張順他們說這是第一次來游泳館，表示難以置信，她是游泳館的高級會員，當然，因為她老爸的關係不用花錢。以後張順他們要教她的訓練，改在省體育隊的游泳館裡進行，時間是晚上七點到九點。

後來我才知道，這個時段是她老爸帶全隊去做戶外訓練的時候，倪思雨雖然是游泳隊的正式隊員，但不常參加訓練，屬於有編制的散兵游勇，目標：自由式全省冠軍。

我們約好出去再見，在游泳館門口，倪思雨一身清爽的運動衣，穿著男孩子們才會穿的籃球鞋，看上去要比那條黑色美人魚開朗很多。

阮小二驚奇地說：「你穿上衣服我都認不出你了。」路人紛紛關注，然後都大搖其頭，嘆息而去。

他們四個直接走了，本來我還想跟著去的，張順立馬說：「小強你今天就先別去了，我看你也夠量了。」所以我只好氣哼哼地回到酒吧。

這裡還沒開業，好漢們走了十之八九，只留下了張清和楊志，為的是保護朱貴不再出事，剩下的就只有等時遷的信兒了，吳用回去坐鎮中軍，等著他跟宋清聯繫。

朱貴說時遷已經回來了，在補覺，他這一趟並沒有白跑，跟著天生的感覺，他一路追尋到了那八個人吃夜宵的一個啤酒攤，這先證實了這八個人是一夥的，然後據說他們吃完東西以後，又差點因為一言不和與別人打起來，看來都不是省油的燈。

最後也是最重要的一條，時遷千般利誘下，那攤主回憶起一個他們老在嘀咕的名字：柳軒。

我半信半疑地一把抓向正在沙發上睡覺的時遷，卻只抓起了一件夜行衣，下面的時遷已經在一秒之內從熟睡中驚醒，並且蹦出兩丈開外，同時手裡撮出一把柳葉大小的刀片，警惕地四下張望。看來他專業的素養和精神都沒有因為換了環境而改變。

他見是我，這才收起小刀，我說：「遷哥，辛苦你了，調查了一夜吧？」

時遷擺擺手說：「那些都簡單，我已經查到了其中一個人的大概住址，最多再有三天，柳軒那小子手到擒來！」

「你這一夜沒睡，收穫挺大啊！」

時遷忽露得意之色，道：「這算什麼，辦完這些事還不到兩點，最大的收穫是……」時遷習慣性地四下望了望，手伸進兜裡說：「我昨天偷了一顆絕世寶貝——夜明珠！」

我的心馬上吊起來了，絕世寶貝，夜明珠，時遷偷的……該不會是包子吧？真這麼巧嗎？

時遷的手揣進兜裡，卻遲遲不肯拿出來，看來是要把我的胃口吊足他才滿意：「本來我是能早點回來的，那家人也不知道幹什麼的，大半夜不睡覺，我等他們就等到三點多了。」

這就更像了，項羽和秦始皇每天都能聊到這時間。

「再後來我為怎麼進去還費了半天心思，大門我們一般是不走的，容易被堵在家裡，但窗戶又是玻璃的，打碎動靜太大了。」

我插嘴說：「教你一招，以後買捲塑膠膠帶把玻璃貼滿，再拿錘子砸，一點聲音也沒有。」

時遷想了一會，點頭道：「絕妙！想不到小強你也是行內人。」

我打斷他：「那個遷哥，你是怎麼知道他們家裡有寶貝的？」

時遷說到這段最是得意：「說來也怪，也許就是我運氣好吧，那麼貴重的寶物，他們就隨隨便便扔在桌子上，任憑它在那閃閃放光……」

壞了！絕對是偷的包子的珍珠沒錯了。

「然後呢？」

「哈哈，沒然後了，遷哥出手，馬到功成！」時遷終於賣足了關子，猛地掏出一顆圓溜溜的珠子，托在手心裡給我看。

那是一顆粉紅色的圓球，看上去很漂亮，我從他手裡捏過來，使勁往地上摔去。

時遷慘叫一聲：「不要啊！」這位神偷模仿我當初搶救聽風瓶先例，一個惡狗撲屎撲向那珠子。

但他終究晚了一步，眼睜睜看那珠子結結實實砸在地上，然後——猛地彈了回來。

我用手接住，一下一下在地上彈著玩，慢悠悠地說：「這是一顆夜光彈力球。」

時遷明顯感覺到不對了，小心翼翼地問：「能值多少錢？」

我玩著彈力球，說：「這東西去年市價是五毛錢，不過現在不讓出了，因為有輻射，這珍藏版估計能賣一塊。」

時遷帶著哭音說：「不會吧？」

他拿過彈力球，卻又不敢像我那樣往地上扔，一個失手，那球掉在地上，滾到了沙發底下。

我衝他攤攤手：「現在一塊也沒了。」

我讓時遷繼續睡覺，腦子裡琢磨著怎麼才能先一步找到這八個人。

我騎著摩托車回當鋪，包子這周依舊是早班，已經走了。李師師在打掃家，贏胖子帶著荊軻在玩雙截龍，劉邦自然也「上班」去了，據二傻說，他昨天和那個在酒吧認識的「黑寡婦」傳簡訊搞到很晚。

項羽很異常地躺在地鋪上，枕著胳膊，目光灼灼，在想他的麵包車呢。

每次回來，看到他們，我就感覺到一絲平靜和滿足，我開始覺得我們真的有點像一個大家庭了。我抱了一個枕頭跑到樓下，索性在沙發上準備睡他一大覺，反正我這平時也沒人來，還能當看店。

就在我迷迷糊糊快要睡著的時候，趙大爺的二小子趙白臉忽然大喊了一聲：「有殺氣！」他就蹲在門口，這一喊把我驚得坐了起來。

我正要呵斥他，一輛麵包車停在門前，兩邊的門同時刷的一下大開，從裡面跳出六個大漢來，加上駕駛座的一共八個人，個個滿臉橫肉，推門進來之後，為首的那個抄起菸灰缸使勁磕打了一下桌子，瞪著我問：「你就是蕭強？」

「我就……你找他什麼事啊？」

我剛想答應，看見他們手裡都提著棍子，強哥退出江湖多年，這點眼力還是有的，這一看就是砸店來的。

那個頭惡狠狠說：「少廢話，你是不是？」

我急忙強打精神，站起身說：「你等著，我給你叫。」我衝樓上大喊，「羽哥，你的麵包車到貨了！」

只聽頭上一陣巨響，項羽穿著拖鞋猛虎下山一般撲將下來，聲如洪鐘道：「哪呢？」

我蹭一下躲在他身後，探出頭來說：「我就是蕭強，你們找我什麼事？」

項羽這一亮相，確實把這八個人震了一下，但他們見我們無非是兩個人，還是沒放在眼裡，那個頭兒揮了揮手裡的棍子，肆無忌憚地說：「砸你個王八蛋來了！」說著，舉著棍子就要砸電腦，我大喝一聲：「住手！」

那頭兒一愣，我飛快地說：「別砸東西，咱換個地方砸人行不？你們也見了，我這沒什麼值錢的，再說鄰居都是老頭老太太，愛管閒事，萬一報警呢？」

那個頭嘿嘿冷笑：「蕭強，你小子也真算條漢子，老子們也不怕你能跑了，你說去哪吧？」

我說：「今天學校放假，離這不遠就有個小學，去那兒行嗎？」說話間，我使勁捏了捏項羽的腰，項羽當然明白狀況了，扭頭跟我說：「八個人怎麼打，我不去了。」

那頭兒哈哈狂笑：「姓蕭的，你這朋友慫了，是男人就一個擔，我們在門口等你！」說著領著人出去了。

我捅捅項羽說：「聽見沒羽哥，說你慫包呢。」

項羽根本不在乎，輕描淡寫說：「你把他們都弄死不就完了嗎？叫我去幹啥？」說著又要上樓。

我死死拉住項羽，說：「你還想不想要麵包車了？我答應你羽哥，只要你替我把他們擺平，我三天內不但把車給你弄來，還包教包會。」

項羽回頭說：「真的？」

「騙你是孫子！」

項羽二話不說就朝那八個人走去。他還是太糊塗了，要是扈三娘，肯定得說：給我當孫子，你還小點吧？

我又拉住項羽，他不耐煩地說：「又怎麼了？」

「羽哥，待會兒可不能弄出人命來，斷胳膊斷腿的最好也別有，最理想的狀態就是他們在床上躺個把月就能痊癒。」

項羽很為難的樣子想了一會兒，門外那幫流氓喊：「時間到了，再不出來就砸你店了啊──」他邊往外走邊說：「我盡力吧。」

我們一行十個人跟著往學校走，他們八個是緊身俐落，殺氣騰騰，我和項羽是吊兒郎噹，這場面有點像被人押著赴刑場，我這次破例沒帶著板磚，我就不相信萬人敵項羽打八個人還用得著我。

學校的小門開著，看門老頭八成是下棋去了，我使勁把這群人往裡面帶，我知道這學校後面還有一個小操場，那地勢窄，不容易有人逃脫。這八個人開始還提防我跑，現在越走越放心，等到了地方，他們看我簡直就像看白癡一樣──這地方，就算殺了人都不會有人看見。

然後他們一字排開，我抬胳膊抬腿，全身沒有半點綳掛之處，一個箭步跳到圈內，一指項羽：「你們把他撂倒再說！」說時遲那時快，又一個箭步跳出五丈開外，是氣不長出，面不更色，正是一派宗師的風範。

那八個不由分手抄起棍子就衝到項羽身前猛抽，然後就出現了一個讓我崩潰的場面：項羽居然沒有絲毫還手之力！

他笨拙地用胳膊擋著帶著勁風掃來的棍子，腳下卻紋絲不動，簡直就是一頭大笨熊，擋到後來他索性不擋了，任憑人家打，不過看樣子他的皮倒是夠厚，棍子打在身上直往回彈，項羽卻沒半點表示。

我大喊：「羽哥，還手啊！」

項羽站在雨點般落下的棍子圈裡，無奈地衝我攤手說：「我不知道該怎麼打，你又不讓往死弄，又不讓打殘廢，我沒這麼幹過呀。」

我額頭汗起，說：「那打殘不怕，別弄死就行。」

我的話音剛落，項羽胳膊暴長，抓過一個人來，長笑一聲拋向天空，與此同時，那巨大的身形已經閃到一人面前，把他推進地裡半米深，腿一抬踢飛一個，那人身子還捎帶砸趴下倆。

我只一眨眼的工夫，已經有五個人像小紙片似的就這麼被打飛了，最幸運的是一開始被項羽扔天上那位，因為他其實沒受什麼傷，不過他很快就變成了最倒楣的一個——項羽沒接他。

場上的三個人根本沒反應過來怎麼回事，就見自己的同伴都消失在半米線以下，項羽一手一個又抓起倆來，輕輕對碰了一下，這倆人就像坐了廿四小時雲霄飛車一樣，腿打羅圈繞小操場轉，看著門在眼前就是走不了直線。

剩那個頭頭一個人孤零零地站在那，手裡舉著棍子，腿直發抖，項羽都沒好意思打他。

我走到他跟前，伸手說：「給我。」

他很自覺地把棍子交到我手上，我劈頭蓋臉就一頓揍，邊打邊說：「是不是柳軒叫你們來的？昨天酒吧的事是不是你們幹的？」

項羽在旁邊扭過頭去，說：「呀——你真殘忍。」

這八個當然就是昨天晚上那八個，跟柳軒並不熟，只是收了錢辦事而已。

我停住手，拄著棍子跟他們說：「今天這頓打算輕的，你們已經被人盯上了，他們酷愛殺人全家，不想上報紙的趕緊搬家。」這些人臉色大菜。

我又說：「還有就是轉告柳軒，就說我還是奉勸他跑路，我說的你們都記住了嗎？」

八個腦袋只有七個在點——有一個脖子脫臼了。

「趕緊滾！」

八個人相互扶持著往外走，我忽然想起個事，用棍子一點那個頭頭：「你站住。」

他腿一軟，撲通坐在地上，我說：「我救了你們這麼多人，再說別看我打你，其實數你受傷最輕，你怎麼報答我？」

我說的是實話，項羽的一下和我的這幾十下，可是內傷和外傷的區別。

我見那頭頭還不明白，索性說：「把你車鑰匙給我。」他倒滿痛快的，把麵包車鑰匙擱在地上，還跟我說：「車裡有半箱中華是我們剛訛來的，就當孝敬您了，還有，那車離合器高，您踩的時候費神。」

這句話把我逗樂了，這小子倒挺可愛，我把兜裡的錢都掏出來給他。然後又威脅了他一遍讓他們搬家。這樣，時遷就斷了這條線，我至少又能騰出幾天時間來想辦法了。

我在想自己的事，項羽一把搶過車鑰匙，撒腿就往回跑。我就不信他能自己把那車開動了。

我慢悠悠溜達回當鋪，見項羽已經坐在車裡，學著我的樣子把那車擰得直哼哼，能做到這一步已經讓我對他刮目相看了。

我貼在玻璃上看他鼓搗，項羽不好意思地坐到副駕駛座上，給我打開車門，我這才傲慢地上了車。

「先鬆手剎，再擰鑰匙，踩離合器，掛檔慢給油。」我雖然教的沒錯，可故意動作很快，我其實是不想讓他太快學會，他要真開著車跑了，後果不堪設想啊，我給他找輛車開，是怕他崩潰；不讓他學會，是怕我崩潰。

我把鑰匙拔走：「你今天先練這些。」

「沒鑰匙我怎麼練？」

我說：「有鑰匙我不放心，你就先湊合著，我去補一覺。」

我這一覺睡到了天黑，包子見我直打呼嚕，吃飯都沒叫我，我醒來以後感覺頭暈腦脹，鼻塞氣短——我病了。

大概是因為這兩天太累了，又在沙發上睡，著了涼，我想是該鍛煉身體了，當年那個手端板磚玉樹臨風的白袍小將，如今已經有點不勝風霜。

包子給我熬了半鍋疙瘩湯，我點了幾滴香油吸溜著，一個電話打進來，是個聽著挺耳熟的聲音，他親切地喊我小強，說：「有時間沒，出來吃個飯。」

我含糊地問：「你是……」

「我是柳軒啊，這麼快就忘啦？」

我這才回過神來我們昨天才剛通的電話，我說：「你說話不帶『他媽的』，我還真不習慣。」

柳軒尷尬地笑，口氣聽上去很誠懇說：「小強啊，你怎麼不早說你是郝老闆的人呢？咱們真是大水淹了龍王廟了。」

開當鋪的老郝當然少不了跟道上的人打交道，但也只是利益關係，沒有多大威懾力，柳軒在要砸我店之前不可能不知道這店是誰的，他這麼說，無非是吃了暗虧先給自己找個臺階下，因為他現在已經摸不清我的實力了。

他又說：「有時間嗎，出來坐坐。」

我說：「今天不行，病了。」

他愣了一下，大概沒想到我拒絕得這麼痛快，他反應很快，馬上說：「以前有點小誤會，不就是因為個破經理的位子嗎？你想要就拿去。」

我想這件事能這麼解決就最好，至少他服了個軟，好漢們重的是顏面，未必真稀罕他那條胳膊。可是事情卻不是我想的那麼簡單，柳軒又開始拿起腔調說：

「但咱們出來混的，面子丟了人也就沒了，我已經約了幾個江湖上的老前輩，咱們到時候都出來，你表個態，叫我聲哥，讓人知道我是個疼呵兄弟的人，不至於誤會我是膽小怕事就行，這對你我都有好處，你說是不？」

我現在徹底厭煩這個人了，沒裡子光想要面子，當了婊子又立牌坊，他的意思很明白，好像是說以他這種身分懶得跟我計較，要光鮮光亮的收我這個小弟，再把經理的位子施捨給我。

我失去了耐心，擤著鼻涕跟他說：「吃飯就免了，那經理你要敢幹就繼續幹，最後提醒你一句，自求多福吧。」

「蕭強！」柳軒加重口氣說：「我交的可都是有頭有臉的人物，你不是想一起得罪吧？」

「有頭沒臉的那是海參！」

「姓蕭的，我他媽跟你死磕！」

「要磕趁早！」

放下電話我有點後悔——我實在應該嚇唬嚇唬他的，今天的通話暴露了他對我的恐懼，他不是那種能拿身家性命和人去拼的狠角色，現在最怕他這樣半死不活地吊著，又不主動辭職又不回來上班。

我像個大人物一樣憂國憂民地靠在沙發裡，包子說：「趕緊喝，涼了！」大人物急忙繼續吸溜疙瘩湯。

我見包子彎腰的時候，李師師送她的那顆珍珠從她胸口滾落出來，一時失神，包子見我呆呆地看著她，順著我目光一低頭，低聲罵：「病得都快死了，還有這心思吶？」

我才發現她誤會我了，我說：「珠子放家裡吧，戴著多不安全？」

包子隨手把它放進衣服裡：「戴著玩唄，誰還搶它不成？」

這顆珠子提醒我那小別墅的事也該抓緊了，為難的是我現在蓋完學校和包下酒吧以後，在錢方面有些捉襟見肘了，買完房子，萬一聽風瓶沒修復或者賣不出去，我拿什麼養活那好幾百號人？

但是後來包子的一句話終於使我堅定了這個想法，她說：「要不要再給你切點鹹菜去？」我眼淚差點下來。都說生病的人感情脆弱，容易記人好，我就是這樣。我覺得是該為包子做點什麼了，為了那碟鹹菜，我也要送她套大房子。

我給白蓮花打了一個電話，她一接起電話，就熱情地和我閒扯了半天，又問我還記得不記得誰誰誰，聽著聽著我聽出來了：她根本就忘了我是誰，可又怕說出來得罪人，所以在套我的話。

我說：「白教主，是我，打算買房子的蕭強。」

她馬上就有印象了，奇怪地說：「那房子您真打算要？」

聽我真的要買，白蓮花激動萬分，我讓她準備好相關手續，說我明天去看房子。

我掛上電話，包子又開始念叨我：「快把你那破爛手機扔了吧，你真不嫌丟人？」

我把卡掰出來，把那支古董機扔進抽屜，反正今天我要睡個好覺，誰的電話也不準備接了，我說：「明天我就換。」

我不知道，這差點就成了一個讓我後悔終生的決定。

第二天起來我頭還有點悶，一起床就見項羽坐在我邊上，閉著眼，手腳伸開，嘴裡念念有詞：「把手剎，擰鑰匙，踩離合器，掛檔……」

我過去拍拍他，忽見他倒頭又睡，呼嚕聲起，原來是夢遊呢。

按照計畫，我去了清水家園售樓部，摩托車剛停穩，白蓮花就搶出來，說：「我們直接去看房子吧。」

在路上，我想起我還需要買一部新手機，白蓮花聽了，非要先陪著我去挑選，我們在一家大型通訊器材店轉了半天。

白蓮花說：「您需要一款什麼手機呢，您需要它有什麼樣的功能，或者說需要它哪些功能更專業？如果拍照片比較多那就選這款……如果要瞭解最新最快的股市資訊，那就選這款……」她這番話把商場經理都引出來了，非要聘請她不可。

商場的導購小姐根本一句話也插不上，從開始挑選到最後交錢拿貨，她自始至終保持了目瞪口呆的樣子。

最後我花三千八買了一款三星手機，不是太貴，但功能齊全，外觀也很大器，很適合我這個年紀又有點小錢的男人，白蓮花還幫我省了一千多塊。

帶著白蓮花買東西，就像帶著一把無比鋒利的砍刀進了甘蔗地，可以起到事半功倍的效果。

白蓮花上了車以後笑著跟我說：「你現在是不是覺得我挺可怕的？肯定在想，這個女人這麼能忽悠，一會兒看房子肯定得小心。」

我不禁看了看她，白蓮花其實是個很秀氣的女人，不說話的時候甚至有幾分靦腆，像個剛剛走出校園的學生，但正因為這樣，她的話才更有煽動性。

別墅區在三環外，離高速公路不遠，但還算在市區內，清水家園實力雄厚，從這塊地的地理位置上就能看得出來。但因為地震，這片別墅也蕭條得可以，宏偉豪華的社區自動門關著，沒有保安，門廳裡只有一個控制開關的人，為我們開了門。

到了住宅區，白蓮花指著別墅群說：「選一棟吧。」

從門前草坪車庫到建築風格都是一模一樣的歐式建築，我眼花繚亂地說：「有什麼建議沒有？」

「沒有，你也看到了，完全一樣，而且沒有地理位置好壞之說，我們就怕有差異，到時候有的炙手可熱，有的無人問津，都是有錢人，鬥起氣來我們也跟著倒楣。」

我隨口問：「如果是你選哪一棟？」

誰知白蓮花竟臉一紅，說：「這個你應該問那兩個姐姐啊。」不過她隨即說：「如果是我，我就選中間的。」

我把車開到中間那棟前面，白蓮花掏出遙控鑰匙一按，車庫的門嘩啦啦捲了上去，我說：「我這車就不用往裡開了吧——。」

「……我就是讓你看看這車庫的門沒壞。」

我跳下摩托車，仔細打量著這棟小樓，說它小，只是因為它樓層低。

看樣子光一層樓居住面積就應該不小於兩百平，我蹲下身摸了摸草坪，發現草很稀疏，白蓮花馬上說：「草坪雖然看上去沒有那麼漂亮，但這種從國外引進的草生命力很強，生長速度緩慢，你不用特意去打理，而且夏天你帶著姐姐們在上面吃燒烤都沒問題。」

我瞟了她一眼，她幫我假設的場景說得我心裡怪癢的——我馬上提醒自己：得小心這白蓮教主！

她上了臺階打開房門，我馬上問：「這門安全嗎？」我想房子的門鎖啥的最好讓時遷來看看，只要他在十秒內打不開，就絕對算得上萬無一失了。

「放心，社區保全設施很嚴密，而且以後會給每戶安裝監視攝影。」

我們進了房間，寬敞的客廳首先進入眼簾，我發現白蓮花輕輕嘆了口氣，是那種羨慕的讚嘆，看得出她是真的很喜歡這房子。

平靜了一下心情，她領著我四處看，一樓有兩間大臥室和一個盥洗室，還有一個儲物間，她帶我到廚房，平伸兩手說：「這裡你可以打造一個大理石操作臺，邊上放一個小冰箱或者小酒櫃。」

我突然一拍大腿說：「壞了！」

白蓮花變色道：「怎麼？」

「我光想著買房，忘了算裝潢的費用，你這一說我才想起來，光一個大理石流理臺就得幾萬吧？」

第四章

發工資

劉老六忽然問：「你這個月工資下來沒？」

我警惕地說：「我可沒錢借你！」

「不是人間的，是天庭給你的。」

我一下來了精神，抓住劉老六的領子使勁搖著：

「對了，為什麼我的工資還沒下來，我什麼時候才能開天眼？」

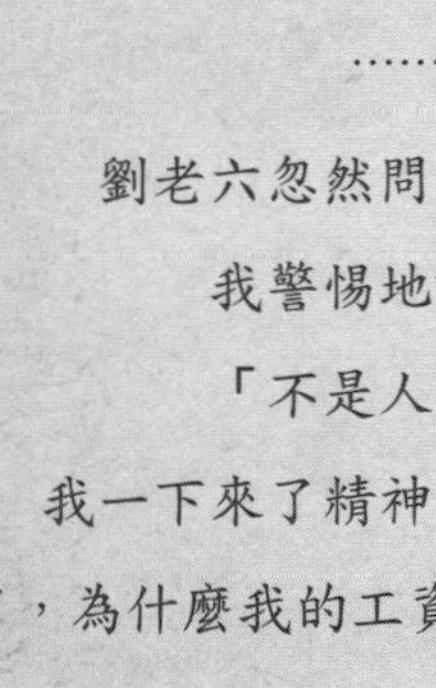

「用不了那麼多，人造的要比天然的貴很多，也就一萬塊吧。」

「你幫我算算，這麼大的房子裝修下來得多少錢？」

「房子越大越上檔次，當然也就越貴，如果你買房才花十萬，那麼裝修一下，一萬塊也就差不多了，如果是一百萬的房子，那麼十萬塊只能勉強夠；這房子雖然才賣一百八十萬，但它的實際價值要遠遠高於這個數，基本裝修五十萬應該夠了，如果要想再豪華些，那就沒數了。」

「也就是說，再加上傢俱什麼的，想住進來得三百萬左右？」

白蓮花點點頭：「差不多。」

我吸著冷氣說：「那我得再考慮考慮了。」

白蓮花忽然鄭重地說：「蕭先生，下面我要和你說的話，你可以當成是一個推銷員的生意經，但我還是要說，首先，這可能是在本市能買到的最後一批別墅。你也知道，現在住房緊缺，大坪數商品已經越來越難得到批文；第二，這在全中國也是你能買到的最便宜的別墅，因為在這個特殊時期才會這麼廉價。給你透露一個內幕，清水家園別墅區在兩年內本來都不打算對外開放的，兩年之內只要不地震，這房子最起碼能漲三倍，之所以勉強對外銷售，是公司高層考慮到兩年內要不出手，會給人造成壞印象，現在這裡每賣出一套房，都是賠本的。所以我請你真的慎重考慮一下。」

這番話誰聽了不動心呀？不用多，只要有五成是真的，那麼買下這房就跟撿到寶一樣。

我說：「我們上樓看看吧。」

上了樓我算徹底走不了了，二樓看上去比一樓還要大，因為它有一個伸出去的陽臺，左右對稱共有四間臥室，白蓮花不斷幫我設計未來，什麼地方擺個撞球桌，那裡裝修成酒吧，還要空出一間來做育嬰室……

最後我們上了樓頂，白蓮花手指遠方，深情無限地說：「那裡我們準備開發一個人工湖，種上楊柳，等到了傍晚，你挽著姐姐……們的手……」

我被她這個「們」字逗笑了，忍不住說道：「那天是和你開玩笑的，那個漂亮女孩是我表妹。」

白蓮花一個小輕拳點在了我的胸膛上，我一個趔趄，她急忙拉住我，我還沒來得及趁機占點小便宜，她馬上就很稱職地介紹著：

「對了，樓頂上你可以拉起網建個籃球場，等兒子長大了……」

「我們把合同簽了吧。」

「這房子你要啦？」白蓮花開心地睜大眼睛。

「你把它說得像首詩似的，我再不要多煞風景。」

其實要按面積來說，這房子算不上便宜，因為這裡終究不是大城市，而且這些房子都是地震之前就蓋起來的，但難得的是開發商的誠意，一百八十萬，就算光買這居住環境也值了。

接下來，白蓮花表現出了她雷厲風行的一面，我們回到售樓處，過戶，交錢。在豐富的操作經驗下，買房子和買兩斤橘子沒什麼區別。鑰匙暫時還不能給我，因為還有一些後期工程要做，現在房子裡有電沒水，住進去也沒法裝修。

我出了門，見摩托車斗裡坐著一個戴巴拿馬草帽、穿一身花花綠綠的老頭，看樣子十足一個老華僑，我躡手躡腳地從他背後走近，還有兩步的時候，這個老傢伙懶洋洋地說：「小強，你不是想暗算一個神仙吧？」

我洩氣地坐到駕駛座上，罵道：「除了神仙，你現在還是一個通緝犯，作為一個守法公民，我應該送你去公安局。」

劉老六呵呵笑，見我直咳嗽，問：「怎麼了？」

「發了點小燒。」

劉老六二話不說，給了我一個黑乎乎橢圓的東西，說：「嚼。」

這老小子雖然討厭，但畢竟是神仙，見我病成這樣，說不定真有什麼好東西給我，我忙塞進嘴裡大嚼，只覺一股甜不拉嘰的怪味和涼氣直往腦子裡鑽，一會兒鼻尖就冒了汗。

「什麼東西？」

「還能有什麼東西，檳榔唄，我從海南帶回來的，抽根菸再嚼更爽——」說著，他往自己嘴裡扔一個，然後點根菸大嚼，邊吸著涼氣，跟個大菸鬼似的。

「呸！」我吐掉檳榔渣，罵道：「你個老混蛋。」

劉老六也不惱，悠然說：「你對我總是缺乏起碼的敬意，就不怕我報復你嗎？」

「來啊！來啊！」

劉老六忽然問：「你這個月工資下來沒？」

我警惕地說：「我可沒錢借你！」

「不是人間的，是天庭給你的。」

我一下來了精神，抓住劉老六的領子使勁搖著：「對了，為什麼我的工資還沒下來，我什麼時候才能開天眼？」

「又不一定是開天眼，再說你開天眼也沒用，容易被人當神經病不說，老把人和鬼混了，開車特別危險，我把人當鬼撞好幾回了，幸虧是自行車。」

我繼續搖他：「那好歹得給一樣吧？」

劉老六奇怪地說：「你的真的還沒下來？」

「沒有！不但沒有陰陽眼，身體也沒被改造，上五樓還是喘！」

劉老六這回真有點生氣了，掏出一個字母都磨沒了的手機打了一個電話，大聲質問：「王會計，小強的工資還沒匯帳上？我會去玉帝那投訴你的！什麼？已經發下來了？行了行了，沒事了。」

劉老六掛了電話斜眼看我一會，問：「你最近有沒有收到奇怪的簡訊？」

「沒有啊，除了辦證就是……你說的不會是天庭娛樂集團那個吧？」我這才想起前幾天那條簡訊，因為沒有寄件者，所以給我印象很深。

「著了，就是那條，回執碼是多少？根據回執碼，就知道你得的是什麼本事了。」

「回執碼好像是……」我努力回憶著，當時看到那串數字好像很不爽，但是就是記不起來了。

劉老六點著我腦門子罵：「這麼重要的事你都能忘，你去死吧！」

「想起來了，回執碼就是七四七四七四八（去死去死去死吧）！」

「哈哈，不錯的本事，不過沒有仲介人——就是我的提示，你還是不會用，明白我能怎麼報復你了吧？」

「……劉哥，劉爺爺……」

「別說這些沒用的了，你這個月工資發下來沒？」

「你不是知道了嗎？」

「我這回說的是人間的錢，借我五百塊錢再說！」

「我真不知道你們是神仙還是一個組織精密的詐騙集團。」我掏出五張票子拍在他手裡，「這回能說了吧？」

劉老六把錢裝起來，伸出手說：「把你手機給我。」

「太貪了吧？」

「別廢話，拿來。」

我無奈地把新買的手機給他，劉老六拿過去，在手機上輸入「七四七四七四八」，邊興致勃勃地說：「給你看個好玩的……」說著話，他把手機對準我按了撥打鍵。

我忙湊上頭去，見寬大的螢幕上正顯示著撥打狀態，劉老六也有些緊張，喃喃地說：「你馬上就能看見了——」

然後我們就聽電話說：「您所撥打的號碼是空號。」

「你就是要我看這個？」我詫異地說。

「不對呀……你真的接到簡訊了嗎？」

「當然是真的。」

「回執號沒錯？」

「絕對沒錯，七四和八肯定有，要不你少撥一組七四試試？」

「七四七四八是變身二郎神的哮天犬。」

「那是怎麼回事？你們天庭可不能拖欠別人的血汗錢啊！」

劉老六忽然抓住我肩膀問：「你當時收簡訊是不是用的這支手機？」

「我今天剛換的手機，這個有關係嗎？你們的工資是發給我，還是發給我的手機啊？」

「要是發給你的手機，就是它打你不是你打它了。天庭就這規矩，絕不會把一種異能直接附在本人的身上，而是通過一件物品實現的；古代傳說的百寶盆其實就是這種東西，所以你必須用你收到簡訊的那支手機才能實現它的功能。」

我急切地說：「你先告訴我七四七四七四八這個編號代表什麼意思，別人用我的手機按這個數字有用嗎？」

「有的，不過一般人誰會這麼無聊！七四七四七四八是很不錯的異能——讀心術，你只要拿著那個手機對在十米內的人按下這組數字，他心裡想什麼都會顯示在你手機上。不過你要注意，一天，也就是廿四小時之內只能用三次，而且現在的你不能用在同一個人身上，記住了嗎？在下一個月發工資的時候，你這支手機會自動升級，那時候你就一天可以用五次而且能用在同一個人身上了。」

我跳腳說：「你怎麼不早告訴我，剛才買房子要是有這麼個東西，不就知道白蓮教主有沒有騙我了嗎？」

「早來也不頂用，你以前的手機呢？沒有它，你這個月就算白幹了。」

我痛惜地說：「為什麼偏偏是它呀？我真應該早點買一部好手機的！」我發動摩托車，惶急地說：「我現在馬上回家試試。」

劉老六把我的電話卡還給我，拿著我原價五千多的手機在我眼前搖著說：「這個你就沒用了吧？我辦了卡以後和你聯繫哦。」

我瞪他一眼，風風火火趕到家裡，氣也不歇地跑上樓，拉開抽屜——傻了，我那支古董機不見了！

我帶著顫音喊：「表妹，我的那支手機呢，是不是讓你嫂子又拿給別人了？」

李師師從臥室出來，說：「表嫂說了，這麼破的手機拿去送人都嫌丟臉，她幫你扔了。」

我踉蹌幾步：「幫我扔了？」

「呶，就在垃圾筒裡。」李師師說著又進了臥室，蹲在床邊收拾她的書。

我抓住垃圾筒使勁抖了兩下，那支老古董跳出了我的視線，我一把把它摟在懷裡，心肝寶貝地叫著。

李師師見我這樣，笑道：「表哥真是個懷舊的人呀。」

我心裡忽然出現一個壞點子，我插好電話卡，開機，等螢幕穩定以後，衝著李師師按下了「七四七四七四八」這串數字，最後摁下撥打鍵，只見沒用兩秒，螢幕上忽然蹦出一行字：「我那本《中國建築史》呢？」

我很失望，我更熱衷於探究別人的隱私，看來我按的不是時候，我對李師師說：「你那本《中國建築史》我拿去給一個朋友看了。」

李師師驚訝地扭過頭來，說：「你怎麼知道我正在找它？」

我說：「就是看你找書，告訴你一聲而已。」

有了這個寶物，我心癢難搔，真想把所有人的心思都看一遍，秦始皇在玩遊戲，肯定在想著玩，項羽從我回來就去練車了，也沒什麼可看的；劉邦抓不著，剩下的就只有二傻了，他捂著半導體收音機，一動也不動地站著，嘴角掛著傻笑。

我對他的思維感到很好奇，悄悄走近他幾步，對他按下那組數字，電話的螢幕沒有反應，過了好半天，出現了一個讓我抓狂的畫面：它居然顯示出一排省略號。

又過了一會兒，顯出一個括弧，括弧裡面寫著：此人處於長時間無思維狀態，本提示將不再出現。

我靠，這就是傳說中的心如止水吧？二傻太強了！

不過我還是挺樂的，一開始我覺得這個獎勵並不算太好，但慢慢地我就醒悟了，這可比開天眼有用多了，開天眼是跟鬼打交道，這個是直接和人的思維對話，人的思維可比鬼可怕多了，不是有句話叫神鬼莫測嗎？

要說它不能給我帶來利益也不盡然，至少我拿著它和人下圍棋去，應該已經天下無敵了，或者去看看那些操縱股市、期貨的巨頭在想什麼。一個人無論多好或者多壞都可以表演出來，唯一不會騙人的，只有他的思想——或者說是靈魂。

我現在越來越覺得我掌握的是一項很邪惡的能力。難怪一位哲人說過：「我寧願他們看見我的裸體，也不願意他們看到我的思想。」說得多好啊。

就在這時，電話聲大響，嚇了我一跳，看號碼顯示是宋清，我接起說：「喂，小宋？」宋清永遠是那麼溫和的聲音：「呵呵，強哥，徐校尉找你。」

我還沒反應過來到底是誰，徐得龍就接過電話說：「蕭壯士，你能不能再來一趟？」他居然會用電話了。

我問他有什麼事，看樣子他不想當著宋清說，我便痛快地答應了——我正想找安道全拔個火罐子去呢。

初得寶貝之下，心情甚爽的我一路風馳電掣趕到學校，站在遠處看，青色的主體已經竣工，李雲說簡單裝修的話，一周後確保入住，李師師的那本《中國建築史》我拿給李雲了，並且我現在想讓他幫我裝修我那所別墅，他現在和施工隊還有建商已經混得頗為熟識。

三百人的營盤是空的，徐得龍刻意留下來等我，值班戰士是李靜水。

他一見我就很凝重地跟我說：「昨天又有人探營！」

我不在意地說：「會不會是你們太緊張了？」

徐得龍小心翼翼地從帳篷裡拿出一個小包裹，很留神地慢慢打開，在小布包裡是一根針，我正要去拿，徐得龍說道：「小心！有毒。」我急忙退開幾步，仔細打量著那針。

這不是我們見過的普通的縫衣針，它有長長的針尾，沒有針眼，很像中醫用來針灸的那種。

「怎麼回事？」我撿了根草棍撥弄著它問。

「昨天晚上靜水當值，就從他腳邊的不遠處草叢裡射出來的，他當時不知道是什麼東西，幸好躲開了，那人身法極快，見事情敗露，轉瞬之間就無影無蹤。我們早上在帳篷上發現了這個東西。」

我看了一眼李靜水，納悶地說：「怎麼你一值班就出事？你感覺那個人跟上次探營的有沒有關係？」

李靜水很確定地說：「就是一個人！而且他肯定是我們那時候的人。」

「你怎麼知道？」

「他穿著夜行衣，而且那動作一看就是，我們背嵬軍幾乎在參軍之前都練過武術，他的某些習慣和動作只有我們那時候的人才有，是練家子。」

我托著下巴想了半天，猛地站起身，道：「有辦法了！」

徐得龍和李靜水都用期待和崇拜的眼神望著我——

「我去找吳用商量！」

二人昏倒。

這事我還是覺得不大靠譜，除了他們，怎麼還可能有宋朝的人在這個時代？就算是李靜水說的那樣，也有可能是現代人吧，要知道武術是流傳下來的國粹，並不見得只有古人會。

我這時才得空問徐得龍：「你們其他人呢？」

李靜水說：「被顏老師領著跑步去了，他說什麼要德智體全面發展，非要拉著我們每天跑五公里。」

我搖著頭說：「難道他就找不到比這更好的自殺方法了嗎？」

這時顏景生他們回來了，兩百九十八名戰士談笑風生地溜達回來，顏景生臉色慘白，汗如雨下，扶著帳篷一句話也說不出來。

徐得龍說：「有進步了，昨天跑了兩里路就吐了，今天聽他們說，跟著跑到了一半才掉的隊。」

我走到顏景生跟前說：「顏老師，以後你就管教他們國文課就行了，不用這麼拼命。」

顏景生扶著帳篷又喘了半天才說：「那可不行，咱們這是文武學校嘛，要文武雙修才行，我發現這些學生們體質都很好，而且特別適合軍事化管理，我想了想我以前參加過的軍訓還沒忘，今天開始教他們正步走和擒敵拳，我以前的同學有一個在部隊的炊事班，我想把他請過來當課外輔導員……」

「那你折騰吧。」

我帶著那根針來到梁山陣營，我很奇怪有人兩次探營，為什麼梁山好漢們卻都懵然無知，要說個人素質，這些好漢們當然更強些，而且上一次，機警的時遷還在這裡，這只能說明即使真有人探營，針對的只是岳家軍。

我先找到安道全，說明來意，安道全搓著手說：「拔火罐子不難，可咱沒工具啊。」然後他就出去找東西去了。

我到了盧俊義的帳篷，把那根針給吳用看，吳用用小棍撥著針，扶了扶眼鏡說：「按李靜水所言，那人如果夜行術極高明，就該精於暗算，可在這麼短的距離內都失手……這其中總有些難解之處。」

他跟在一旁湊熱鬧的「金毛犬」段景住說，「你去請一下湯隆。」

不多時，一條漢子撩門簾進來，卻是個大麻子臉，這些好漢我都見過，只是叫不上名，今天這才對上號。

湯隆聽了事情經過，伏身看了一眼那針，馬上確信地說：「這不是一件暗器，而且也不是我們那個時代的東西。」

我說：「你確定？」

吳用插口道：「這位湯隆兄弟綽號『金錢豹子』，祖上幾代都是以鍛造為生，在山上專管軍器製造，他說不是就肯定不是。」

湯隆小心地捏著針尾觀察著，說：「從手工到質地，都不是我們那會兒的東西，它要堅韌的多。」他又看了幾眼，終於下了結論，「這就是一根普通的針灸針，那個夜行人大概是用吹管吹出來的，但因為這不是專業的吹針，所以準頭和速度都差了很多——吹針要更小更細，而且針尾沒有這麼多花紋，至於上面是什麼毒，可惜我的副手不在，他是專管淬毒的。」

吳用說：「小強，除了我們梁山的兄弟和岳家軍，你還認識別人是從我們那個朝代來的嗎？」

我茫然道：「沒了呀。」

我馬上想到了李師師，不過她的可能性是百分百排除的，就算她隱藏了一身的武功，總不可能會分身術——她昨晚和包子討論了一晚上婚紗的問題。

「那問題就清楚了，肯定是你現在的仇人，湊巧會點武術，知道你開了個學校，於是過來鬧事。」

我點點頭，這件事情暫時只能做此解釋，要說仇人，以前就算有也不至於恨我到死，用淬了毒的針來對付我，現在嘛，柳軒就是一個，難道這小子果真有些門道？我得找這個王八蛋算帳去。

這時安道全回來了，手裡抱著一個小魚缸，一見我就說：「快點脫衣服。」

我問他幹什麼，他說：「你不是要拔罐嗎，快點，這魚缸是我向董平借的，他的魚在紙杯裡堅持不了多久。」

我一聲驚叫蹦到角落裡，打量了一下他手裡的魚缸，足有小花盆那麼大，顫抖著問：「你就是拿魚缸給人拔火罐子的？你上梁山是被逼上去的，還是欠的人命太多，自己逃上去的？」

安道全呵呵笑道：「少見多怪，我還拿酒罈子給人拔過呢。」

我聽他這麼說才稍稍放心，但還是忍不住問：「你真的有把握？」

安道全怫然道：「你是信不過我這再世華佗的名號？」

要說這幫好漢裡我最不敢得罪的就是扈三娘和安道全，前者是太狠；安道全嘛，現在看病很貴的，有點小災小難我還指望他替我省錢呢。

我慢慢踱到他跟前，央求說：「安神醫手下留情啊！」

安道全不耐煩地說：「快點吧，董平還等著呢。」

我只好脫了衣服，正襟而坐。因為害怕，汗滴如雨，感冒幾乎都已經好了一大半了。安道全劃著火柴，點了兩張紙扔進魚缸裡，晃了晃啪地一下就搭我後背上了。

開始還沒什麼感覺，我陪著小心問：「安神醫，你說你還拿酒罈子拔過火罐子，那人後來怎麼了？」

安道全拿濕毛巾擦著手說：「那還用問，死了唄。」

我聞言跳起來，抄起笤帚就要打背上的魚缸，安道全一把把我推在凳子上，說：「是後來戰死的。」

「那你不早說？現在都過了九百年了，我當然知道他死了。」

「知道你還問?!」安道全忽然發現了那根針，他興奮地拿起來：「小強，我再給你扎一針吧，好得更快——」說著對準我的腦袋就要下手。

我一下躥到帳篷門口，厲聲道：「放下，有毒！」

安道全看了我一眼，慢悠悠地說：「就衝你剛才這幾下身法，林沖都該把他的槍教給你。」他把那針捏在鼻前聞了聞說，「哪是什麼毒，只不過是麻藥而已。」

「麻藥？」我好奇地問。

「嗯，聽說過麻沸散嗎？這針上就是，只不過換了幾味藥材，藥性更強了而已。」

「這麼說，這藥是你們那時的人配的？」

安道全搖搖頭：「不好說，現在的人要有方子，配它是很容易的事。」

這時我背上的魚缸開始緊縮，而且它是螺紋口的，扎進肉裡特別疼，我兩條胳膊上下往後背探著，說：「安神醫，是不是可以拿下來了，我感覺我病完全好了。」

「現在還不行，正是吸力最大的時候，硬拔會把魚缸弄壞的。」

這句話幾乎把我氣得要一頭撞死他，他是擔心魚缸多過我這條命，我又抄起笤帚，安道全喊道：「你打，你打，董平脾氣可比李逵還壞，你打破他的魚缸，他打破你的頭！」

我頹然坐倒：「我的命怎麼這麼苦啊！」

安道全笑咪咪地從笤帚上拔了兩根枝子，幫我把魚缸刮了下來，跟我說：「穿上衣服，別著涼，別洗澡。」

也不知道是因為驚嚇過度發汗還是拔了火罐子，反正出了帳篷我感覺身子輕了很多。

我背著手又溜達到工地上，像隻巡視領地的土撥鼠一樣。癩子不知道什麼時候地跟在了我身後，討好地說：「強哥來了。」

我滿意地點頭說：「你不錯呀，一天工也沒曠，幹完活給你發全勤獎。」

癩子忙給我遞根菸：「謝謝強哥。」癩子其實人不壞，而且拖家帶口的，能找著正經活，他也不願意混去。

我抽著菸，癩子忽然說：「強哥，聽說你昨天把道上的人都得罪了？」

「啊？我怎麼不知道？」

「我也是聽說的，幾個老傢伙請你吃飯你都不肯賞臉，你真不怕他們過來沾你一身臊？」

「你一說我才想起來，」我見癩子佩服之中帶著幾分不以為然，問他：「都很厲害？」

「要說擺開陣勢打……」癩子心有餘悸地看了一眼三百人的帳篷，「那他們肯定是不行，但背後出損招還是得小心呀。」

「我可是良民，我怕他們什麼？」

癩子忙點頭稱是，然後悄悄嘀咕：「你要是良民，我就是處女。」

「你說什麼？」

「啊，沒什麼，我說還有些事情需要我處理……」癩子忙說。

昨天探營的事難道和他們有關？聽癩子說這幾個老傢伙有開武館的。我想是該和柳軒做個了斷的時候了，他就像我嘴裡的一顆爛牙，一方面我不喜歡他，另一方面還得保護他，因為如果讓梁山的那幫人幫著拔，非得連牙床給我拔出來不可。

正這麼想著，這小子居然心有感應似的把電話打了過來，而且口氣也很正式，他說：「蕭強，我們之間的事情該有個結果了，下午三點在聽風茶樓見個面怎麼樣？都不要帶人，你能做到嗎？」

「那敢情好，就這麼辦。」

他又重複了一句：「都不帶人啊，你要領著那個大個來我可不見你。」

看來項羽已經聲名遠播了，我說肯定不領，他才掛了電話。

不領大個，小個總得領倆吧？跟柳軒這樣的人打交道，太實心就是跟自己過不去。可是帶誰去呢？好漢們都在孜孜不倦地到處挖他，這事連知道都不能讓他們知道，項羽目標太大，而且他對我的事情好像不太關心。帶著二傻，說實話我心裡沒底，一個思維經常是省略號的人，就算人家當著他的面把我大卸八塊，弄不好他都沒反應。

現在看，最好的選擇就是帶著三百壯士去。

現在正是飯點兒，三百人裡有十五個人是專門負責做飯的，相當於炊事班，這些人用磚頭壘的灶臺相當專業，上面支著澡盆那麼大的鐵鍋，一邊站一個人用鐵鍬弄大燴菜，顏景生正帶著其餘的人在做飯前開胃活動：講笑話。

當然是他講，戰士們聽，大家都席地而坐。只是他的笑話不好笑，戰士們你看看我我看看你，陪著乾笑了幾聲，隨著徐得龍一聲「開飯」，氣氛才烘托起來。

顏景生可憐巴巴地站在當地，跟我說：「這幫學生好像惟獨缺點幽默細胞。」

因為昨天我沒吃飯，現在已經是餓腸漉漉，我抓起一個碗和戰士們混到一起大吃起來。飯菜很可口，我三兩口就幹掉一個饅頭，忽見宋清領著四個好漢抬了兩大桶酒來，他走過來說：

「天天吃各位做的飯菜，很是過意不去，這是我自家哥哥釀的酒，送給各位嘗嘗，權當一點心意吧。」

我端著碗跑過去，說：「宋清兄弟，『三碗不過崗』釀出來了？」

宋清說：「這是半成品，只能湊合喝，真正的『三碗不過崗』最少要等三個月，眾位哥哥卻哪裡等得？」

果然，梁山那邊，好漢們圍著數十個大酒桶大呼小叫的暢飲，楊志要在，估計又得想起一樁傷心事來，當初要不是他拗不過手下，也不會貪酒丟了生辰綱。

我舀了一勺送進嘴裡，只覺香美微辣，那酒液順著嗓子流淌到肚裡，頓時四肢百骸無不熨貼，暖洋洋的相當舒服，我連喝好幾勺，宋清笑道：「強哥慢用，美酒雖好，可不要貪杯哦。」

我見三百人還是只顧吃飯，竟然對這散發著香氣的美酒無動於衷，喊道：「你們也過來嘗嘗呀。」

徐得龍微微搖頭道：「我們平時不可以喝酒的，除非有特大勝利，得元帥令，每五人可以喝一角。」

「五個人喝一毛錢？那夠喝嗎？今天反正也沒什麼事，你們元帥又不在，想喝多少喝少吧。」

徐得龍還是搖頭，說：「等你喝完，我就叫人把酒給他們抬回去。」

我還真有點捨不開這酒了，索性叫癩子給我找了一個五升的大塑膠桶灌了一桶，裝到摩托車斗裡。

吃完飯，我把要去赴約的事跟徐得龍一說，他也想弄清楚探營的事情，於是問我：「你需要帶多少人？」

我這才想起來，對啊，這三百個不能都帶去，想了想，柳軒前一次是叫了八個人來找我麻煩，被輕易打發了，這回有了準備怎麼也得叫二十個，我問徐得龍：「咱們的戰士每人平均能打多少個？」

「那得看對方的素質了。」

「就我這樣的，有可能比我強一點。」

徐得龍上下打量著我說：「哦，你是說老百姓啊？保守點說，能同時打十個，要不用管你，能打更多——我們沒欺負過百姓所以說不準。」

「照你這麼說，對付二十個人，我帶兩個就夠了？」

徐得龍篤定地說：「夠了——李靜水、魏鐵柱出列！」

兩個小戰士大聲道：「有！」

「派你們跟著蕭壯士，任務：保護他安全，在此期間聽從他的命令，必要時可以主動出擊，但不能傷人性命。」

「是！」

就這樣，我騎著摩托，帶著魏鐵柱，斗裡坐著李靜水，前去赴柳軒的約。

到了「聽風茶樓」的對面，我叫兩個人下來，我觀察著這間茶樓，這是間三層樓，茶樓在三層，因為是商業建築，所以高度要比一般的住家樓高很多。現在的問題是，怎麼把這兩個人帶進去。他們倆沒電話，不能隨叫隨到，而柳軒這種小有勢力的人，跟人談事肯定是清場的，假裝茶客也行不通。

李靜水聽了我的顧慮，說：「我們趴在房頂上等你，你只要摔杯為號，我們就衝進去救你。」

魏鐵柱說：「嗯，只要兩根繩子就行了。」

我進路邊的五金店裡買了兩根十米長的繩子分給兩人，看看錶，時間差不多了，我說：「我們進去吧，最好通天臺的口道沒有上鎖。」

李靜水說：「你自己走吧，我們從後面上去就行。」

「你們怎麼上，現在的房子和你們那時候的房子不一樣吧，而且是三樓。」

「那你就別管了。」魏鐵柱憨厚地說。

我懷著忐忑的心情往樓上走，心裡對這倆孩子不放心，他們跟五人組和梁山的人都不一樣，他們一來就被我帶到了野地裡，與世隔絕，剛才一路上眼睛都不夠用，讓他們執行任務，出意外的可能性會很大。

我往上走的時候還特別注意了一下有沒有藏人，二樓是一家歌舞廳，現在門上掛著鐵鍊子，藏人的可能性不大。

上了樓，一眼就看見整座茶樓的中央擺了張桌子，已經沏上了茶，熱氣嫋嫋，幾個精緻的小吃點環著一把古色古香的茶壺。

在小假山的另一邊，一張檀木椅上坐了一個瘦小枯乾的瞎老頭，抱著一把琵琶，聽見有人上樓了，手指撩撥，彈的不知是什麼曲子，很平和，我原以為他要彈十面埋伏呢。整個茶樓除了他，再無一人。

我坐了下來，給自己倒了一杯茶，茶汁略黃，喝到嘴裡乾洌清香，我也不知什麼茶，滿意地咂了咂嘴，可是心裡開始犯了嘀咕，拍電影啊？整得這麼殺機四伏的，而且「聽風樓」這名字也有點添堵：有點山雨欲來風滿樓的意思。

這時樓梯聲響，一個滿眼陰鷙的男人上了樓，走到我跟前，我忽然嗤的笑了一聲。因為我在猜他是怎麼知道我來了，二樓既然不能藏人，這小子大概就躲在對面菸酒店裡拿著望遠鏡一直盯著呢。為了營造玄幻的氣氛，也夠難為他的了。

「我就是柳軒。」這個陰鷙的男人聲音比電話裡的還難聽。

「好說，蕭強。」

柳軒奇怪地看了看瞎子，走過去，往他面前的盤子裡放了一張一百元的票子，說：「換一首《十面埋伏》。」我又是嗤的一聲笑。

柳軒被我兩笑笑得有些發毛，坐到椅子上，優雅地端起開水壺開始洗杯，折騰了半天才倒上茶，先端起來聞著，還故做姿態地翹起蘭花指，拿腔拿調地說：

「蕭經理啊，昨天我那幫叔叔們可是很不開心，你把事做得太絕了。」

我說：「你的叔叔們我又不認識。」

「大家都是出來混，何必呢，今天我再給你一個機會，不過這次可不是叫聲哥那麼簡單了，你得給我倒茶賠罪，然後那個經理的位子我還是可以讓給你。」

我說：「我沒工夫跟你廢話，咱倆時間都不多，我往酒吧裡安排人，只不過是想我的『客戶』有個去的地方，你不歡迎，當初就該跟我明說，可你直接傷了我朋友……」

就在這時，我忽然看見窗戶外面李靜水像蜘蛛俠一樣趴到玻璃上，還在繼續往上爬，他從玻璃上看見我也很意外，還跟我招了招手，然後就爬上去了。

柳軒見我說著說著忽然愕然，不禁回頭看了一眼，李靜水卻已經不在了，他扭過頭來說：「怎麼了？」

「……呃，沒什麼，繼續說我們的事——哎，其實沒什麼可說的，你趕緊離開這裡，出去躲一年再說。」

柳軒這次強壓住怒火，問：「你為什麼老讓我出去躲一年，你到底想幹什麼？」

我看見魏鐵柱也爬上去了……

「我想救你，那幫人在到處找你，他們要砍你一條胳膊。」

柳軒這次怒極反笑，他拍著桌子道：「姓蕭的，我他媽從小嚇大的！」

我就知道今天又沒法談了，好在李靜水和魏鐵柱都已經到位，我一點也不慌張，而且感覺自己十足像個大反派——就等摔杯來人了。

我摸出電話，撥著號，邊問他：「昨天晚上我那裡被人探營，是不是你幹的？」

他看我打電話，警惕地說：「你幹什麼？」

我把電話對準他說：「瞎按著玩的，不信你看。」說著把電話伸了過去，柳軒不由自主地探過身子來看，我一摁撥打鍵，很快收回手，見上面顯示的是：「什麼探營？不好！他在打電話叫人，我得先動手！」

柳軒這個王八蛋，還真的埋伏了人對付我。

……只是，我沒想到他們埋伏得這麼近！柳軒一掀桌子，唏哩嘩啦一陣響，從四面的包廂裡衝出一堆一堆的壯漢，他們穿著道服，有的頭上還紮著功夫帶，然後一字排開，拉開架勢怒視著我。

他娘的，本來想當一次大反派，結果又被人搶先一步，這殺氣原來不是裝出來的，而且這場景有點眼熟——很像《霍元甲》裡陳真踢日本人道場那段。

我可不傻，在柳軒掀桌子的前一刻就有了防備，躲開桌子的同時，手裡的茶杯可沒離手，現在我站在窗戶跟前，手裡舉著茶杯，柳軒才像個真正反派一樣，把兩隻手同時一揮：「殺！」

就見十二條惡狠狠的功夫男扯著嗓子向我衝了過來，還沒等我摔杯，李靜水和魏鐵柱一起破窗而入，起腳踢飛最前面兩人，一左一右護住我，我把杯裡的茶水喝乾，咂巴咂巴嘴，這才把雙手比劃成兩把手槍狀揮了揮，輕描淡寫地說：「讓他殺——」

就這樣，一場惡鬥開始了！

我得感謝柳軒，如果不是他弄出這麼大的動靜，樓頂上的李靜水和魏鐵柱根本來不了這麼快，我現在想想都怕，那茶杯只有拇指那麼大，摔地上還不如咳嗽一聲，要按原計劃，我就死定了。

從天而降的援軍把那些大漢們唬得愣了一下，但他們馬上又一起擁了過來，看得出這些人絕不是徐得龍說的那樣的「百姓」，看他們的神情和體格，也都是從小練武的，就連被李靜水他們踢飛的那兩個人都行若無事地爬了起來，我開始後悔只帶了兩個人了。

果然，魏鐵柱的拳頭吃中一條壯漢的同時，他的臉上和小腹也挨了好幾下，李靜水也是一樣，兩個人沒有絲毫慌張，李靜水甚至抹了抹嘴角的一絲血跡，愜意地說：「嘿呀，都是練家子。」

魏鐵柱牢記著自己的任務，一把把我推在身後，然後揮著斗大的拳頭衝進了人群，一時拳聲大作，十四個人擠在一起，根本顧不上什麼套路，就是你一拳我一腳的互毆，連躲閃的餘地都很小，十秒不到，幾乎所有人都見了紅。

我見這樣下去遲早會吃虧，正在考慮要不要打電話叫酒吧的張清和楊志過來救一下場，一個身影跳到我近前，手裡拿著一把西瓜刀，陰森森地笑道：「姓蕭的，你還想跑？」

是柳軒。

說著話，他的刀迎面劈了過來，我舉起皮包一擋，就見這小子滿臉都是得意的神色，他大概是對這把刀的鋒利度很有自信，想要一刀把我的包劈個見底，然後像殺手那樣把刀架到我脖子上。

就聽「篤」的一聲鈍響，他的刀彈了回去不說，還崩了一個大口子，我雙手抓著皮包的提手，掄圓了，照著柳軒拿刀的手悠過去一包，這小子腦子明顯不夠用，看著能把刀崩開的東西甩過來，還敢用手架，「啪」一聲，刀被砸掉不說，手也拍抽了。

我一鼓作氣又是一包掄過去，這回拍的是腦袋，還在陣痛中的柳軒一個沒躲開，又結實吃了一包，身子被砸飛出去，倒在地上，我捏著包，緊趕兩步跨在他身上，從已經破爛不堪的包裡拎出一塊鮮豔端正的長方體來——正是那永恆的板磚！

我高舉板磚，對著柳軒的額角狠狠砸了兩下，他腦袋上頓時開了瓢，邊砸邊罵：「這下是你捅我朋友的，這下是你砸我當鋪的，這下是你剛才偷襲我的……」

柳軒滿頭是血，哇哇怪叫，我正拍得開心，忽然後背一陣劇痛，一個功夫男一腳把我從柳軒的背上踢開，原來李靜水他們每人只能對付四五個人，這傢伙擠不進去，在外圍正好看見我痛毆柳軒，所以上來幫忙。

我踉踉蹌蹌一路滾，手裡的磚也丟了，那壯漢攆著我衝了上來，柳軒掙扎著爬起，血已經完全模糊了他的視線，他歇斯底里地朝壯漢大叫：「給我打死他！」

我情知空手肯定幹不過他，這時我正好一頭撞在拉二胡的瞎子邊上，見他手邊放著一把琵琶，剛要抄起來砸，誰知那老傢伙拉完一個段落，看似不經心地拿起琵琶，放到了他的另一邊——我都不知道他是真瞎還是假瞎了。

我只好回手一拳打在那猛男的臉上，他歪了歪嘴，吐出一口帶血的吐沫，冷笑著看我，然後一拳把我揍翻在地，柳軒興奮地大叫：「打死他！」

我的手在地上劃拉著，忽然握住了老瞎子面前的擴音器，還沒等我抓牢，這老東西捏著擴音器的桿兒又挪了個地方；我又摸到了他坐的椅子腿，他把二胡夾在襠裡，雙手搬著椅子移開了……

我一路摸，他一路搬，我抓狂地說：「你總得給我一樣吧？」

他扶了扶墨鏡，抄起二胡來，拉了一個「男兒當自強」的調，笑咪咪地坐在那裡不說話。

我只好半坐在地上，伸腳向那個猛男的小腹踹去，他一把抓住我的腳，把我扯到當地，就要下狠手招呼，只聽李靜水大喝一聲：「殺吧！」他不顧雨點一樣的拳頭，奮力抱住一個人的脖子，我知道他是要下殺手了，只要他輕輕一擰，那就是一條人命。

他的眼眶已經被打裂了，身上也不知道吃了多少下重擊，這反而激起了他的殺機，使他彷彿又回到了狼煙四起的戰場……

第五章

銷金窟

梁山在山腳下開著酒店，為的是結交各路好漢，

是個中轉站和介紹所，有那麼大的山寨撐著，開粥廠都沒問題。

可我這卻屬小本買賣，還指著它盈利呢，

再這麼發展下去，這酒吧雖然不是賊窩也得變成銷金窟——銷我的金。

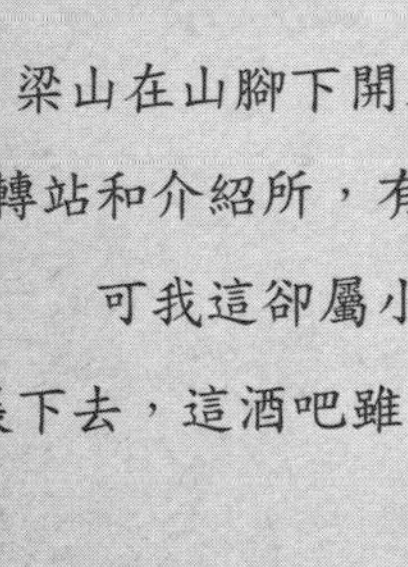

就在這千鈞一髮的時刻，一個大漢忽然衝出來喊道：「別打別打，這哥們我認識……」

他一說話，功夫男們都先住了手，李靜水放開抱住那人，和魏鐵柱一起跑向我，軍令如山，雖然他們自己都受了不輕的傷，但沒有保護好我，才是真正讓他們感到窩囊的。

那個抓著我的壯漢見有人說話這才停手，但還是提著我一隻腳不放，後來那人也是一條魁梧的漢子，頭皮刮得發青，他走過來把我解救出來，手搭在我肩膀上仔細看著。

我一隻眼已經糊上了，也瞇縫著看他，這人確然是見過，但肯定不熟，因為我不但叫不上他名字，連在哪兒見的都想不起來了。

他的手下們也七倒八歪地圍過來，有人問：「虎哥，你認識這小子？」

被稱做虎哥的人也疑惑地看著我，說：「我肯定見過你，但猛地想不起來。」

我一聽不認識還得打，眼光已經盯住了地上的板磚，李靜水和魏鐵柱還是一左一右護住我。

柳軒這時找到了他那把小片刀，一邊擦著頭上的血，跌跌撞撞地奔我衝過來，嘴裡罵：「他媽的說好不帶人，你又帶兩個來？」

虎哥捏著他的脖頸子把他捏回去，說：「說好不帶人，你叫我們來幹什麼，姓柳的，這話你可沒跟我們說過呀。」

柳軒揮著手說：「你別管，等我砍了他再他媽的說。」

虎哥放開手，往後站了一步：「那好，我們不管。」

與此同時，李靜水和魏鐵柱往前站了一步，和柳軒成面對面之勢。

也不知道是因為失血過多還是害怕，這小子一個趔趄，虎哥用手指捅了捅他後腰：「去呀。」

看樣子他和柳軒並不是什麼朋友，我趁機故作姿態地說：「為了一個破酒吧，你看看你驚動了多少人。」

虎哥說：「酒吧？什麼酒吧？」

柳軒忙討好地說：「『逆時光』，這件事完了兄弟們都常去，不管多少錢都是我的。」

虎哥聽了他這句話，忽然恍然地指著我說：

「我想起來了，就是在那個酒吧門口見過，那天晚上有四個哥們搭我車去的，我們是不打不相識啊，姓董的那位大哥，功夫太他媽沒的說了。」

我也猛地想起，那天晚上，就是這個虎哥開著奧迪Ａ６送林沖和董平他們去的。

我和虎哥這麼一敘舊，頓生幾分親熱，他跺著腳說：「你看這是蹚的哪趟混水呀，真是對不住你了兄弟。」說著話，他叫人趕緊收拾殘局，擺上桌椅茶壺，我坐下來指著柳軒問虎哥：「這人你不認識？」

「以前沒見過，今天是經人介紹過來幫個忙，沒想到這小子這麼不上道。」

我看了看身後站著的魏李二人，不好意思地說：「我也不是什麼好東西，說好不帶人的……」

虎哥讚賞地打量著他們兩個，招手說：「兩位兄弟過來坐，我老虎從小自命是條漢子，跟你們一比，什麼心思都沒了。」然後他冷冷瞥了一眼柳軒，見他直往門口溜達，大聲說：「你！來來來，說說你是怎麼回事。」

這時，那個假瞎子又抄起一桿馬頭琴來，拉起了長調——他倒是挺多才多藝的。在長調聲中，我把事情的經過說了一遍，虎哥氣憤地說：「原來我董大哥的朋友就是你捅的？」

我見縫插針說：「你董大哥的朋友功夫也不賴，要不是暗算也受不了傷。」

虎哥指著柳軒數落：「你小子淨來陰的！」

看得出這頭老虎脾氣直爽，喜歡結識有真本事的人，他的十二個手下也是他的徒弟，幾乎個個都掛了重彩，在邊上唉聲嘆氣地裹傷上藥，李靜水和魏鐵柱臉上雖然也很花哨，但身子還是標槍一樣，且神情輕鬆，殺過人和打過架的就是不一樣。

最後在一片聲討中，我做了總結呈詞，我的意思是柳軒反正也被我拍得不輕——坐都坐不穩了，就算我替朱貴報了一箭之仇，恩怨一筆勾銷，但附加條件就是柳軒必須讓出經理的位子，而且為了不讓我操心，他得出去躲一年。

虎哥大大咧咧地拍了拍桌子，跟柳軒說：「就這麼辦吧，這事本來一開始就是你不對。」

柳軒：「我……」

虎哥說：「你要不答應也行，反正我是兩不相幫。」

柳軒再傻也能看得出來老虎所謂的兩不相幫，那意思就是：在他需要的時候肯定不幫，而我需要的時候八成會幫。

現在他已經是眾叛親離，只有一個選擇：那就是離開。柳軒連句狠話也沒敢說，拿一條手巾捂著腦袋蹣跚著出了門。

柳軒走了以後，我把破皮包撿回來，把裡面的錢都掏出來放桌上，說：「給兄弟們的醫藥費。」

老虎說：「這就是你瞧不起我了，我們又不是為錢。」

我一想對呀，他能開得起A6，怎麼會在乎這幾個小錢？

我小心翼翼地問：「這姓柳的和你……」

「嗨，都是人託人託到我這兒的，昨天要請你吃飯，那幫老頭裡有幾個在挺他，按說這幫老頭跟我都是平輩，可他們又託付了一位，這位我可惹不起。」

「誰呀？」

老虎笑著衝那個拉二胡的假瞎子說：「古爺，您再那麼撐著，我可就沒詞了。」

曲子戛然而止，老傢伙放下二胡，又把墨鏡也摘下來放好，站起身抖了抖長衫，走到我們近前，瞪了一眼老虎，笑罵了一聲：「小猴崽子。」然後轉向我笑道：「蕭先生是吧？」

「不敢不敢，叫我小強就行。」

想不到這老傢伙居然是幕後黑手，看他一雙眼睛，乍看全是魚尾紋和灰眼袋，仔細一看——還是。不過間或一閃犀利異常，像根針一樣能刺進你心裡似的。也就是這個老東西攛掇老虎對付我，我心裡暗罵。

古爺走到一張椅子前，老虎忙為他拉開擺正，古爺這才坐下，慢條斯理地說：「這家茶樓是不才老朽開的，蕭先生覺得還湊合嗎？」

我恭謹地低頭說：「相當湊合。」

古爺呵呵笑道：「一看蕭先生就是個懂茶的人，就算在危亂之際，手裡的茶杯還不忘搶起，不像姓柳那小子，附庸風雅，還壞了我一壺好茶，打這小子一上樓我就瞧不上他。」

我心說好話都讓你說了，瞧不上他還找人對付我，剛才跟你借個家什救急都不給。

老傢伙見我滿臉不以為然，悠然道：「昨天幾個師侄找我告狀，說有人摶了他們的面子，你知道我當時是怎麼想的嗎？」

我陪著笑，不說話。

「我就想啊，是誰這麼有下水，我還真就想見見這人，今日一見，果然名不虛傳呀——小強，呵呵。」

我也不知道他是在罵我還是誇我，剛才打架的那一幕浮現上來，我不禁也笑了，很奇怪，明知道是他找人把我揍了一頓，可要說真的，一點也沒有恨他，感覺就是被一個愛戲謔的長輩小小的玩弄了一下。

據老虎介紹，他和古爺，包括幫柳軒忙的幾個老傢伙，都是「門裡」人，就類似古代的一個門派，他們的門派已經沒了名姓，是從大洪拳那裡發祥的，到現在早已經走了樣，但還屬於傳統武術，在全市乃至全省道館不少。

這幾年因為柔道和跆拳道館的衝擊，門生蕭條，有的堅持不住的，只好搭配著一起教，不倫不類的。老虎的那間道館因為有他強大的經濟實力做後盾，所以勢力最大，而古爺是門裡現在輩分最高的老人。

昨天我因為喝疙瘩湯沒去見那幫老不死，他們覺得丟了顏面，又沒把握動我，於是找到古爺，為的就是讓他指派老虎對付我。

如我所想，老虎確實坐過監獄，後來靠跑鋼材發跡，因為生性好武，投到門裡，因為有錢、仗義，這些年風頭甚勁，儼然是此道魁首。照他的這個思維方式和出身背景，領著人像黑社會一樣出來平事也不為怪，何況又算是「本門」的事。

事情說清楚了，也就雲開霧散了，古爺品著茶，聽我們說話，老虎親熱地拉著李靜水和魏鐵柱的手說：「這兩個兄弟真是好樣的，小強，他們是你什麼人？」

我脫口而出：「是我學生。」生怕老虎誤會，又馬上補充說，「我辦了一個學校。」

老虎驚奇地說：「領著學生出來打架？這倆絕對是你們學校的超級刺頭和打架王吧？」

魏鐵柱道：「俺們算啥，徐校尉像俺們這樣的，十個八個近不了身，比俺們強的同學也可多！」李靜水點頭稱是。

「徐校尉是誰？」老虎瞪著大眼珠子問我，在他看來，李靜水他們的功夫就很了不起了。

「……是他們班長。」

魏鐵柱帶著濃濃的鄉音說：「還有住我們對面那些大哥們，他們的功夫更棒。」

「他這又是說的誰？」老虎簡直不可置信地問。

「……呃，是他們隔壁班的高年級學生——鐵柱啊，你說的話夠多了。」

「……你們學校比監獄難管理吧？」

「呃，我們那是一所文武學校。」

老虎這才多少有些釋然，他馬上問：「對了，那天那位董大哥，他跟你是什麼關係？」

「是我朋友。」

「他什麼時候有時間，我特想和他討教幾招，正式拜師也行啊。」

「這個……他可能最近沒什麼時間。」

老虎立刻露出了失望的表情。

為了岔開話題，我端起杯跟古爺說：「茶真不錯。」

古爺笑吟吟地看著我，看樣子他是知道我說的話不盡不實，卻不點破，他說：「知道剛才為什麼不讓你拿我的東西打人嗎？我那可都是有年代的古物了，打壞了你賠得起嗎？」

老虎說：「古爺可是骨灰級收藏家！」

古爺呵呵笑道：「骨灰兩個字你們年輕人留著吧，我可受不了這詞，用不了幾年，你占爺就變骨灰了。」我們都跟著乾笑。

這時，忽然一個奇怪的聲音不知從哪傳了出來：啪嗒、啪嗒、啪嗒。我們都不約而同地四下張望，卻一無所獲，就見李靜水坐在那裡，一隻手伸在桌子下面，於是問他：「是你弄的？」

李靜水把手放上來，只見他手裡攥著兩塊鐵片，正在像快板一樣敲著玩，聲音正是從這兒發出來的。

我給他使了個眼色，他急忙收起來，古爺卻已經看見了，他問李靜水：「你那片片是幹什麼用的？」

李靜水做了一個爬牆的動作：「這是我們剛才上來的時候……」

我急忙接口道：「撿的。」

可古爺不是老虎，他瞪了我一眼，然後和顏悅色地跟李靜水說：「能給我看看嗎？」

那鐵片是李靜水他們爬牆的工具，不用說，肯定是宋朝的東西，我猜想甚至是背嵬軍專用，讓這個老骨灰一看非露餡不可。

我急中生智說：「古爺！」

「啊？」他讓叫得一愣。

「您知道『聽風瓶』這種東西嗎？」

古爺果然大感興趣：「怎麼你也知道？」

「我就有一個，想出手，您有意思？」

他果然忘了剛才那事，問：「你真有？什麼時候帶來我看看。」

我擦著汗說：「就這幾天吧——」

……

出了聽風樓，我和老虎交換了電話號碼，他和我同歲，還比我大幾個月，但執意要叫我「強哥」，我也就索性叫他「虎哥」，他對我的學校很是好奇，說一定要找時間去看看。

柳軒的事情終於告一段落，但隨之另一件事浮出了水面：探營的，到底是誰？

我把李靜水和魏鐵柱帶到摩托車上，見兩個人悶悶不樂的，問：「你們怎麼了？兩個人打十二個，又沒吃虧，也算露了臉了。」

李靜水鬱悶地說：「我們違反了軍令。」

魏鐵柱說：「俺們沒有保護好你。」

「是呀，」李靜水看著我臉上的淤傷說：「而且我差點傷了人命。」

我看著他們倆，這兩個人傷比我重多了，李靜水眼眶裂開，魏鐵柱不住咳嗽，出於軍人的尊嚴，他們謝絕了老虎的幫助。兩人一個十八，一個才十七，放到現代幾乎還是孩子，現在卻為沒有保護好我而自責，我不禁有些感動，跟他們說：「坐好，哥領你們喝酒去。」

兩個人一起「啊」了一聲，說：「我們不能喝酒！」

「坐好，你們徐校尉臨走怎麼說的，在此期間要聽我的話，你們不想再犯一條軍令吧？」

二人果然不說話了，李靜水知道鬥心眼不是我對手，魏鐵柱一直在琢磨：軍中不得飲酒和在此期間聽我命令這個悖論。

在路上，我囑咐他們暫時不要說見過柳軒，我把他們帶到酒吧，張清正在門口，一見我們三個就樂了：「喲，這是和人打架去了？」

我嗯了一聲，帶著他們兩個進了裡面，找出藥讓他們抹，朱貴楊志他們連問都沒問，殺人放火在他們看來稀鬆平常，這點小傷他們根本懶得開口。

張順和阮家兄弟也在，昨天他們被倪思雨的父親安排到了一間男生宿舍，我這才發現倪思雨也在，她衝我吐出小舌頭，笑嘻嘻地說：「我來玩啦。」

我開了幾瓶啤酒給李靜水和魏鐵柱，自己拎了一瓶坐到小美女跟前，笑著問她：「學到東西了嗎？」

倪思雨說：「張老師他們要我忘了所有以前學的東西，當自己不會游泳，還叫我回憶你在水裡的樣子，說只有把以前學的垃圾都忘了，才能真正學到本領。」

我氣憤地說：「靠，太擠兌人了，小雨啊，你這幾個師父都不是好人，你還是離他們遠點吧。」

倪思雨看著我臉上的黑青，抿嘴笑道：「我看你才不是好人——你們這是看球賽去了吧？」

朱貴在一邊插嘴說：「那有啥看頭，高俅雖然不是個好東西，但踢得確實比那些人好。」

這時張清提著個大塑膠桶進來，興奮地說：「各位哥哥，好東西嘿。」我一看，是我裝的「三碗不過崗」。

張清說著話把桶蓋子擰開，用手呼扇了幾下，偌大的酒吧裡就飄起了淡淡的酒香。

朱貴迫不及待地從桶裡倒酒喝，喝了半杯，咂摸著嘴說：「味道稍微差了些，不過還能湊合。」說完一飲而盡。

楊志一膀子把他擠飛，邊給自己倒著邊說：「你傷沒好，少喝。」

張清說：「別搶，坐好坐好，這一桶夠咱喝了。」說著還招呼，「那兩個小兄弟也來。」

李靜水和魏鐵柱本來就喝不慣啤酒，這時互相看了一眼，又看看我，我說：「去吧，今天可以放開了喝。」一來是年輕人愛湊熱鬧，二來這酒確實很香，這倆人大概從中午就饞上了。他們興致勃勃地跑了過去。

一大桌人坐好，等著張清倒酒，張順忽然回頭說：「小雨，你幹什麼呢？過來喝酒呀。」

倪思雨可憐巴巴地說：「啊？我不會喝酒。」

阮小二有了酒喝，也顧不得靦腆了，大大咧咧地說：「不會喝酒你游的哪門子泳啊？」

「這……有關係嗎？」倪思雨小心地問。

阮小五道：「什麼時候你喝得稀哩糊塗，把你扔到水裡還能自己漂上來，你就出師了。」

這幫人喝了酒，匪氣畢露，大呼小叫的，我跟倪思雨說：「現在你有兩個選擇，一是過去喝酒，討你師父們的歡心，二是趕緊回家，別跟這幫流氓混一塊了——我有你電話，咱們私下聯繫。」

倪思雨瞪了我一眼，鼓起勇氣，毅然地走到他們中間坐下，張清給她倒了一大杯酒，她端起來抿了一口，馬上瞪大眼睛說：「嗯，真好喝。」說著喝了一大口，一干土匪紛紛叫好……哎，一個純潔的少女算是被禍害了。

我拿了包冰塊敷著臉，陳可嬌一個電話打進來，劈頭第一句就是：「蕭經理，你夠有辦法的呀！」沒等我說話，她就繼續說，「柳軒已經向我辭職了，經理的位子就讓你那倆朋友先幹著吧。」

她口氣雖然很衝，可我聽得出她並沒有生氣，反而有一絲輕鬆，我說：「什麼叫先幹著，你打算再找一個來？」

陳可嬌聽我這邊很嘈雜，問：「你在哪兒呢？」

「酒吧——我很負責吧？」

陳可嬌不滿地說：「蕭經理，請你最好不要把我的酒吧弄得烏煙瘴氣的，有人跟我反應最近那裡簡直就像一個賊窩。」

我四下看了看，這才發現時遷不知道哪去了，我也很不高興地說：「陳小姐，請注意你的措辭！」

可能還沒人跟陳可嬌用這種口氣說過話，又或者她習慣了我的嬉皮笑臉，總之她被我說得一愣，然後就掛了電話。

我看了一眼那邊喝酒的眾人，朱貴因為屁股上有傷斜坐在椅子裡，談笑風生；楊志在頻頻向李靜水和魏鐵柱敬酒，張順摟著阮小二的肩膀不知道在說什麼，阮小五則笑咪咪地看著灌自己酒的倪思雨，這些人談笑間都帶著一股剽悍之氣，在他們的感染下，甚至就連倪思雨都煥發出了颯爽英姿，你說他們這是土匪聚義也沒辦法。

我嘆了口氣，這酒吧開到現在就圖了一個熱鬧，請好漢們喝啤酒就賠了好幾天的營業額，加上亂七八糟的費用和養著楊志張清這兩個閒漢，半個月算是白幹了。

這都是小意思，最讓我頭疼的是朱貴的豪爽，動不動就給人免單，聊過幾句的顧客就送幾瓶酒，理由只有一個：順眼。

梁山在山腳下開著酒店，為的是結交各路好漢，那其實是個幌子，是個中轉站和介紹所，有那麼大的山寨撐著，開粥廠都沒問題。可我這卻屬小本買賣，還指著它盈利呢，但又不好跟朱貴說，要是因為蠅頭小利斤斤計較，非跟你翻臉不可。他們信仰的是大塊吃肉大碗喝酒，是痛快，是為朋友兩肋插刀，沒錢了就張嘴要——還沒見過上了山的好漢因為錢發愁的。

再這麼發展下去，這酒吧雖然不是賊窩也得變成銷金窟——銷我的金。

張清單手提桶，喝完一杯又滿上，忽然喊我：「小強，過來喝酒啊，發什麼呆？」

我也不想那麼多了，過去在朱貴和楊志中間擠了個位置，這才發現李靜水和魏鐵柱不勝酒力，已經被青面獸灌得眼睛都直了。

楊志道：「這倆小兄弟今天看來是回不去了。」

我忙打電話讓宋清找到徐得龍，幫二人請假。

徐得龍答應的倒是挺痛快，還說可以放幾天長假讓他們倆玩玩，我一想正好，也讓兩人養養傷，把人家小戰士帶出來，掛著彩回去，自己也不忍心。

這時，已經喝了兩杯酒的倪思雨突然間直挺挺站起身，眾皆愕然，不知道她要幹什麼，只見她小臉紅撲撲的，把酒杯猛地往桌上一放，霸氣十足地說：「我一定要拿冠軍！」說完這句話，又直挺挺向後倒去，阮小五急忙扶住，再看倪思雨已經人事不省。

張順苦笑著站起來：「我們先送小姑娘回家去了。」

我說：「別讓她爸看見你們！」

後來我才知道，倪思雨她爸在當天就和張順比試過了，倪思雨當裁判，一聲令下後，她老爸和張順一起入水，等他以標準的自由式游完全程，張順已經回到岸上，衣服都穿好了。

從那一刻起，她老爸就無條件答應三個神秘教練的任何要求，甚至要從自己的工資裡拿錢出來充當補課費，被張順他們拒絕了。

過了沒十分鐘，李靜水和魏鐵柱敗退，被我送進經理室睡覺去了，張清笑道：「看不出小強文不成武不就，喝酒倒是有兩下。」

我不好意思地說：「練游泳練出來的。」

朱貴和楊志愣了一下，隨即大笑。

這時門一開，進來三個半大後生，都二十啷噹歲，最前一個染著黃毛，戴著一個鼻環，左耳三個耳釘，右耳一個耳環，褲子上垂著一條長長鐵鍊子，大熱天穿著黑皮夾克，皮鞋鞋頭釘了兩塊鐵皮，上面大概有二三十道銅釘，不用看，瞎子聞著那股鐵銹氣都知道是小痞子來了。

黃毛溜達進來，看了我們幾個一眼，吊兒郎當地說：「嘿，自己喝上了，給我來一杯唄。」見沒人理他，自己去拿了一個杯抓起桶就要倒，張清把手搭上去，淡淡說：「這酒沒你的。」

朱貴仍然一副和氣生財的掌櫃樣，笑笑說：「小店還沒營業，幾位晚個把時辰再來。」

那酒桶被張清搭住，黃毛雙手都提不起來，他尷尬地把杯放下說：「我是來找柳哥的。」

「這沒姓柳的。」楊志陰著臉說。

「柳軒，我柳哥啊。」

朱貴眼中精光一閃，馬上笑呵呵地說：「他不在這幹了，幾位認識他？」

「什麼？怎麼沒跟我們說呢？」黃毛吃了一驚，臉色變了變，隨即口氣轉惡說：「既然這樣，把管理費交一下吧。」

我一聽就明白怎麼回事了，柳軒也算是道上的角兒，他當經理的時候，這些牛鬼蛇神自然不敢來搗亂，甚至要仰他鼻息，而他要對付朱貴，自然也不會找這些地面上的熟頭臉，所以他才雇了那八個傢伙，其後就是剛才的事了，因為太突然，他要跑路，哪顧得上通知這些渣滓。這幾個小痞子估計是路過這裡，來找他們的柳大哥討點小便宜，對我們之間的恩怨完全懵然無知。

所謂「管理費」，也就是人們以前常說的保護費，換個名目好聽一點而已。朱貴自然明白他們的意思，卻假裝什麼也不知道，疑惑地問：「什麼管理費啊，你們每天來給我們倒垃圾嗎？」

黃毛卻不知道朱貴是在裝傻，輕蔑地說：「連『管理費』都不知道，就是保護費，先拿一萬塊錢來吧。」

「呀，我好怕啊，給了你錢，你真的會來保護我們嗎？」

看朱貴擰著肥胖的身子裝腔作勢的樣子，連一向嚴肅的楊志也忍不住笑了出來。

黃毛這才知道被人耍了，指著朱貴說：「你是誰？」

「我是這的副經理！」

我插口說：「現在是正的了。」我轉過臉對黃毛說：「讓你們老大今天晚上來跟我談，我看完電視劇再來，十點以後有空。」

我思謀著這些潑皮得一次搞定，索性把他們頭頭找來，反正錢我是一分也不會給。

黃毛指著我說：「你又是什麼東西，敢他媽看不起我？」

我裝做不在意地一口痰吐在他鞋上，很認真地跟他說：「是的，我就是看不起你。」

「我他媽……」他往前站了一步，發現我們都托著下巴笑吟吟地看著他，他頓時洩了氣，邊往外退，邊指著我說：「算你狠！」

我正要回家，孫思欣來上班了，我問了他幾句關於黃毛的話，孫思欣說：「他們老大叫『改錐（編按：即螺絲起子、螺絲刀）』，是這一片的地頭蛇，酒吧旁邊這幾家商店每個月都只能交錢給他，咱們不用怕他，柳經理他惹不起，這些人其實最不能拿錢打發，他們就像癩皮狗一樣，你今天給了他，他明天變本加厲，只能找比他們更狠的人來對付。」

我跟他說：「你們柳經理已經辭職不幹了。」

孫思欣居然只是「哦」了一聲，好像早有預料似的，他衝我笑了笑說：「改錐人緣並不好，他最多能叫二十個人，強哥你只要把那天的人叫齊了，他也就消停了。」

這小夥子，精幹之中透著點狡黠，卻並不令人討厭，我的身分一直沒有明說，不過看樣子他已經猜到了七八分。

我見臉上的淤傷也敷得差不多看不出來了，起身告辭。我還特地囑咐了他們一下，晚上的事等我來了再解決。

張清說：「你看你的電視劇去吧，這用不著你。」

於是我決定：不看電視劇了，早點來。

回到了家，包子已經在做飯，我一上樓就趕緊把上衣脫了拿在手裡——它已經又髒又破了。還沒等我去換上一件，忽聽背後的李師師驚訝地說：「呀，表哥，你背上怎麼有個嘴唇印子？」

包子立刻抄著炒菜的鏟子衝出來，一邊罵道：「你個王八蛋是不是背著我……」她看了一眼我的後背，忽然哈哈大笑起來，我非常納悶，扳著肩膀使勁往後看著，卻不得其所，最後我背對鏡子一看，哪是什麼嘴唇印子，是安道全幫我拔完火罐子的圓口，因為那魚缸有螺紋，使它看上去像一個大大的嘴唇。

我找了件衣服穿上，鬱悶地說：「表妹，你就害我吧——你不動腦子想想，誰有這麼大的嘴？你以為我和茱莉亞．羅伯茲約會去了？」

李師師臉大紅。

「還有你……」我回身一指包子，卻發現她心安理得地炒菜去了，再一回身想接著數落李師師幾句，發現她也跑了。

吃飯的時候，我見包子擦著手，喘了一會氣才開始動筷子，知道她是累了，她每天要站大約六個小時左右，回來還得做七個人的飯，運動量很大，我跟她說：「包子，幹完這個月別幹了。」

包子邊喝水邊說：「嗯，你養我。」

「行啊，不過你身材要保持，別每天光看些鬼打架的電視劇。」

包子根本沒聽我在說什麼，她問我：「你最近忙什麼呢，每天都不在家。」

「……幫朋友忙學校的事。」

「對了，我聽張老師說，那兒的學生連一毛錢也不用交，那你朋友靠什麼賺錢？我怎麼沒聽你說過有這麼一個朋友？」

我支吾著說：「人家全家都移民荷蘭了，覺得就這麼拍拍屁股走了挺不仗義的，以後都不好意思葉落歸根，於是就拿了點錢出來資助教育事業……」

「那他為什麼非要自己辦一個，把錢捐給小學蓋幾座教學樓不就行了嗎？——你說的是荷蘭還是河南？」包子可不傻。

秦始皇終於忍不住說：「咋能不賺錢捏麼，歪（那）他第一批學僧（生）打哈（下）名氣，以後交錢滴學僧（生）還怕不來？」

看來嬴胖子再厚道也是個政治家，居心險惡，目光長遠，秦軍當年打遍天下無敵手，一是因為秦人兇猛，二來主要是因為秦始皇的軍中獎勵極其豐厚，秦軍軍功分為二十級，參軍條件放得很寬，也就是說，誰都可以「簽約」，然後根據斬首數授爵，混個二三級就能吃飽飯，等成了「白金戰士」，離封萬戶也就不遠了，所以不管是善戰的魏重裝武卒還是趙的鐵騎，都不及「喜戰」的秦甲。

不過還真別說，他說的也是一個辦法，等把三百岳家軍和梁山好漢都送走了，我的育才文武學校說不定還真能走上正規，有了收服癩子和血戰老虎哥兩次經典戰役，這學校還沒正式掛牌已經小有名氣了。

李師師用筷子輕輕點著桌子說：「表哥，我也想找點事做了。」

我說：「不是說好等學校開了你去當老師嗎？」

「除了這個我還想幹點別的，比如拍電影。」

「啊？」我很驚訝她為什麼會有這樣的想法。

包子吞下一口菜說：「我支持你小楠，就憑你的模樣和氣質，絕對能紅！」

我看了李師師一眼，說：「那表哥給你兩點意見：第一，別接王家衛的戲，這傢伙一個電影起碼拍好幾年，別到時候你毀約了他找我算帳；第二，你可千萬別被『潛規則』了……」

吃完飯天還亮著，項羽放下碗筷把我一夾就下了樓，他把我擺在麵包車門邊，說：「今天無論如何你得教我開車了。」

我無奈地上了車，項羽坐在我邊上看我操作，一邊跟著我的動作喃喃自語：「點火、把手剎、踩離合、打檔……」

我把車開到小學門口，學生們已經放學，大門上著鎖，看門老頭正在傳達室裡喝茶，我喊道：「大爺，開開門我們練會兒車行嗎？」

老頭看都沒看我們，直接搖搖手，繼續吸他的水。

項羽勃然道：「我去把門踹開。」

我急忙按住他，說：「你以後還想來不想來了？」他這才作罷。

我一探手從車上的紙箱子裡掏出兩盒中華菸，走進傳達室放在老頭面前，我還以為一個看大門的老頭見了紅彤彤的中華菸肯定得激動萬分呢，哪知老頭竟很平靜，他慢條斯理地拆著菸，跟我閒聊了兩句，點上一根，抽了一口，這才站起來，拎著鑰匙把門打開。末了我要上車了，他才拍拍我的肩膀說：「小夥子可以，以後儘管來——這中華菸居然是真的！」我這才知道他一直當我拿了兩包假菸糊弄他呢。

我把車開到操場，熄了火跟項羽說：「你來吧，你不是已經會起步了嗎？」

項羽挪到駕駛座上，發了一會兒愣，問我：「第一步是幹什麼來著？」

我把頭杵到玻璃上，鬱悶地說：「點火！」

「哦……」他這才去擰鑰匙，這其實也不怪他，很多人都這樣，理論學得呱呱叫，一上車就發傻，而且項羽畢竟是兩千多年前的人。

他打著火，低著頭找離合器，一腳踩上去，還知道打檔，然後一加油，車熄火了……

「羽哥，咱先把手剎車放下去行不？」

「哦……」項羽額頭冒汗，又開始手忙腳亂地搗鼓。

半小時後，車原來在哪兒，現在還在哪兒，項羽在學開車方面表現乏善可陳，本來我是沒打算好好教他的，但人就是奇怪，要遇上一個笨徒弟還就想把他教會不可。

我把項羽趕到副駕駛座上，問他：「你會騎馬嗎？」

項羽抹著汗說：「這可比騎馬難多了，我四歲就會騎馬了。」

「好，現在你就當你是在騎馬，打火，是給馬套上馬鞍，這表示你要騎牠了；放手剎車，是解開了轡繩；踩離合器，是你已經上了馬背；打檔，是你磕馬肚子；然後放離合，加油，是你抽了牠一鞭子——這不就跑起來了嗎？」

項羽驚喜地說：「想不到你還會騎馬。」

「我連毛驢都沒騎過，這不是讓你逼的嗎？」

事實證明項羽智商還是很高的，一個隨便學了幾天功夫就能無敵於天下的人，除了所謂的根骨，領悟力是非常強的——不能和二傻等同看待。

項羽這一次的動作做得行雲流水，只是他念叨的是：「套馬鞍、解轡繩、上馬背、一磕馬肚子、再給一鞭子……」

麵包車動了起來，項羽興奮地把油門踩下去，車也越跑越快，只是現在在一檔上，油門踩死之後，那車也在大吼大叫，項羽抓著方向盤哈哈大笑，有幾分狂妄和囂張，西楚霸王又找到馳騁疆場的感覺了。

車一跑起來，那就算攻克了最難的一關，我鬆了口氣，見前面要拐彎了，跟他說：「打方向盤。」

這明明是一個左急彎，項羽卻拼命往右打輪，車眼見就要撞牆了，我大喊：「方向反了！」

項羽還在往右轉，我大喊：「踩剎車！踩剎車！」

項羽暈頭轉向地說：「啊？剎車在哪？」

我靠！他第一次見我開車就知道油門和剎車的區別，現在居然又來問我。就在車要撞牆的前兩秒，我急中生智，大喝一聲：「迂——！」

項羽下意識地死死踩住了剎車……

我拍著狂跳的心口，好半天才說：「羽哥，你不會連左右也不分吧？」

項羽還納悶地轉著方向盤，說：「為什麼方向是反的呢？騎馬的時候想讓牠往左，當然是往右撥轉馬頭吧？」

哎，是我考慮得不周到，差點一失足成千古恨，不過萬幸，我讓他勒馬，他沒有把方向盤拽下來而是踩了剎車。

又熟悉了一會兒，項羽已經能到處跑了，我看了一下錶說：「羽哥，我們今天就到這吧，我還有事。」

項羽正在興頭上，隨口說：「你先走，一會兒我自己回就行了。」

「這恐怕……不行吧……」我戰戰兢兢地說。

項羽不耐煩地說：「要走快走，你還信不過我的騎術嗎？」

我當然信不過，一個連打檔和倒車都還沒學的人，叫我怎麼放心？但我見他很有推我一把的意思，急忙下了車，硬著頭皮說：「那你回去的時候慢點開，到了樓下停車喊包子。」

項羽忽然說：「用不用我開車送你？」我把頭搖得撥浪鼓一樣。

項羽再不理我，摔上車門，揚長而去。

我愁眉苦臉地走回去，騎上摩托車趕往酒吧，現在的時間是九點過一點，還沒到高峰期，朱貴他們一個也不在，李靜水和魏鐵柱已經醒了，躲在經理室裡不敢出來，穿著超短裙露著乳溝的女人們把他倆嚇壞了，我讓孫思欣把他們領到一個角落裡慢慢適應，然後問小孫朱貴他們哪去了。

孫思欣說：「改錐他們已經來了，朱經理和他們談事呢。」

我哦了一聲，往樓上包廂區走，孫思欣在我後面叫道：「強哥，他們不在包廂。」

「那在哪兒？」

「在酒吧後面呢。」

我一聽感覺毛毛的，酒吧後面臨著旁邊住家樓的背面，那是一條死胡同，除了偶爾有進去撒尿的民工，根本是一個人跡罕至的地方，換句話說，那也是一個月黑風高殺人辦事的好地方。

我急忙往外走，孫思欣喊：「強哥……」

我停下看他。

「改錐他們來了二十多個人，咱們這邊只有朱經理帶著他兩個朋友出去了，你是不是把那天的各位大哥都叫上再……」

我叫道：「這就更壞了。」改錐要一個人來，朱貴他們說不定還拿他當個人物，現在他領著這麼多人來示威，八成就得開打。

我走到門口，想起一件事來，回頭跟孫思欣說：「你以後就是這的第二副經理，酒吧的事你多操心。」

小孫看上去情緒有些小波動，但他控制得很好，衝我使勁點頭一笑說：「你放心吧，強哥。」

我跑到酒吧背面的小胡同口上一看，見張清和楊志正抱著膀子站在那閒聊呢，再往胡同裡面一看，把我氣得魂兒也飛了：只見朱貴抱著腦袋蹲在地上，正被十幾個人痛打，外圍還站著幾個小混混，黃毛也在其中。

我顧不上別的，滿地找傢伙就要往裡面衝，張清把我拉在邊上，說：「朱貴說他要一個人處理。」

我靜下來看朱貴，這次是又氣又笑，這傢伙真不愧「旱地忽律」的綽號，皮糙肉厚的，只見他把胳膊架在頭上擋著拳腳，看那樣是不疼不癢的，眼睛向上瞟著，還說話呢，他說：「各位辛苦，問一下，誰是頭兒？」

這時他看見了我，還抽空衝我招呼：「小強來了？」

我放了心，笑道：「你忙你的。」小痞子們感覺受了侮辱，加重拳腳招呼。

這時，一個人撥開人群，手裡握著一把改錐，照著朱貴的後背狠狠扎了下來，罵道：

「我讓你貧！」我的心一揪：再硬朗的人也經不住這一下。

朱貴忽地一滾躲開，看著這人道：「你就是改錐？」

改錐：「我就是！」

朱貴「嘿」了一聲，猛地一把拽住了改錐的頭髮，手向下一扯，另一隻手緊握成拳，迎面就是一個通天炮。

痞子們本來以為這是一個慫包，誰也沒料到他一出手如此兇狠快捷，改錐頭髮被抓下一大把，血珠滲出，臉上也開了花。

一個痞子抽出根鋼管，拚命砸向朱貴大腿，朱貴輕巧地閃開，在改錐大腿上狠踹了一腳，然後把他拉在一個角落裡，痞子們這才反應過來，再次圍上來群毆朱貴，每一拳砸在他身上，他就補一拳給改錐，一腳踢中他，他也不理踢他那人，還是一腳踹回到改錐身上。

改錐被朱貴奮力按住，根本掙不起來，這時，黃毛解下腰間的鏈子，一鏈子抽在了朱貴屁股上的傷口上，朱貴疼得直呲牙，他二話不說，搶起掉在地上的改錐，一下刺進改錐的屁股，然後又在傷口上補上一大腳，改錐疼得哇呀呀的直叫喚。

朱貴鼻眼見血，但他毫不在乎，一下一下蹬著改錐面門，嘿嘿冷笑說：「你的手下怎麼打我，我就怎麼打你！」

這時，一個混混抽出一根雞蛋粗細的鋼管，照著朱貴的背拚命就是一下，朱貴多少有點遲鈍，沒有躲開，被砸得哼了一聲，胸音都出來了，但終究筋骨強壯沒有倒下去，朱貴一胳膊肘拐住那個混混，奪下他的鋼管，跳著高，給改錐就是一鋼管。

只聽喀吧一聲，好像是什麼東西斷了的聲音。朱貴抹著血，猙獰笑道：「夠公平吧，連力道都是一樣的。」

我把菸頭扔在地上踩滅，跟張清說：「是不是該管管了？」

張清說：「沒事，快結束了。」

改錐奄奄一息地說：「別……別打了……」

朱貴道：「我可沒打你，你挨的都是你自己人下的手。」

這時本來大部分的痞子都已經被震住了，停了手，結果一個小混混一時沒收住手，一個嘴巴子抽在朱貴臉上，這才愕然地看著周圍早已經退開的人，朱貴碰都沒碰他，還衝他笑了笑，滿嘴都是血沫子，他一把把改錐提起來，掄圓了就是一個超級大巴掌，一聲巨響之後，改錐劈哩啪啦往外吐牙和血水。

朱貴把他提在胸前，指著那個小混混說：「看，這巴掌是他扇你的，可不怪我。」

改錐又氣又悶，想也沒想照那個小混混臉上就是一巴掌，把那小混混打得愣了半天，忽然哇一聲哭著跑了。

楊志失笑道：「朱貴這小子這招太損了。」

朱貴提著軟綿綿的改錐繞場子轉，每到一個痞子跟前，就把臉貼上去，挑釁地說：「來，打啊，我要還手我是你孫子！」

改錐歇斯底里地喊：「不許打，不許打！」

我看到這也不知是該樂還是該寒，我這時才真正瞭解了「旱地忽律」這個綽號的含義：你看朱貴平時笑笑的，可到了這種時候真比鱷魚還狠，還嗜血。

這時，那幫痞子中的一個人估計是心理承受力達到了極限，從衣領裡抽出一把一直沒用上的小砍刀，照著朱貴就衝了上來，朱貴看都不看他一眼，挺著肚子站在那兒，在改錐耳邊輕輕說：「他砍我哪，我砍你哪兒！」

改錐嚇得魂兒都沒了，也不知道哪來那麼大勁，抓過旁邊一個人手裡的棍子，擋在朱貴面前，那個混混大概是抱著必死的決心，所以是閉著眼衝上來的，根本沒看見前面的人已經換了，而且也不知道躲閃，被改錐一棍子抽倒在地上。

改錐指著他惡狠狠地罵：「你個王八蛋，擺明了就是想害死老子自己當老大。」然後忙回頭跟朱貴陪笑。

朱貴一腳把改錐踢翻，說：「這樣的老大，你們還願意跟嗎？」

一個混混把手裡的鋼管扔在地上，看了一眼改錐，靜靜地問朱貴：「我們能走嗎？」

張清這時才慢悠悠地說：「以為我兄弟真的白打了？每個人留點什麼吧。」

楊志拉了他一把說：「算了，這些人比牛二懂事多了。」

張清無奈地搖了搖頭，跟那些人說：「滾吧。」

一干痞子如遇大赦般四散奔逃，就剩黃毛不走，他滿臉崇拜地跟朱貴說：「大哥，我以後跟你混。」

朱貴不耐煩地揮手：「混個毛，把腦袋上的破銅爛鐵摘巴摘巴好好當人，滾滾滾。」

黃毛只好失望地走了。

朱貴把腳踩在改錐腦袋上，改錐驚恐地大叫：「大哥，你不是不打我嗎？」他屁股上被扎了一下，嘴裡大概還剩不到五顆牙，這還都是小意思，肩膀上的骨頭也被朱貴砸斷了，軟在地上像隻半死不活的蛤蟆。

「不打你可以，告訴我柳軒在哪？」

「我不認識柳……」

話沒說完，朱貴就一腳踩在他臉上，血水噗嗤一聲吐了出來。

楊志看得連連搖頭，邊往近前走邊說：「還是讓我殺了他吧，我看著不忍心。」

我忙死死拉住他，最後楊志嘆著氣回去了。

張清說：「楊志哥哥就是心軟……」

朱貴踩著改錐，眼裡閃過一絲凶光，從嗓子眼裡往外蹦字：「別說你不認識姓柳的，要不我就把你腦袋踩進地裡去。」

「我認識我認識……但我只有姓柳的電話，剛才一直打都關機，我跟他真的不熟，他那種人是瞧不起我的。」

「號碼給我！要不我還把你踩進地裡去。」

改錐掏出電話來一看就哭了：電話不知什麼時候被打爛了，他看出朱貴正在氣頭上，生怕他真的一腳踩下來。

我見差不多了，走上去說：「跟他要不如和我要呢。」

朱貴詫異地說：「你也有？」

我指了指臉上的傷說：「下午我就是去見的他。」

「你怎麼沒跟我說？」

「老朱，這件事到此為止吧，我已經替你把他腦袋拍成四格了，不信你可以問李靜水他們。」

朱貴忿忿道：「你怎麼沒讓我去呢？」

「你是客人嘛，這種體力活怎麼能讓你做呢？」我打著哈哈說。

朱貴狠狠瞪了我幾眼，但知道柳軒已經小受懲戒，氣也就消了不少，他邁開腿，把改錐提起來，問他：「知道我為什麼打你嗎？」

改錐抖若篩糠，說：「我不該認識姓柳的。」

「還有呢！」

「……我不該瞎了狗眼來收大哥你的保護費。」

「還有呢！」

「……我不知道。」

「嗯，我也不知道，就是看你不順眼——滾吧。」

然後朱貴親熱地摟著我和張清的肩膀說：「走，喝酒去。」

我心中的一塊石頭終於落了地，柳軒的事情終於可以告一段落了，如我所想，好漢們知道柳軒已經被逼得背井離鄉，也就不為已甚了。

我們進了酒吧，就見一張桌子前圍滿了人，擠進去一看，竟然是楊志。這傢伙長得醜不說，還沉默寡語的，什麼時候人緣這麼好了？

只見他手裡提著一個桶，面前擺滿了杯子還有鈔票，楊志邊往杯裡倒酒邊說：「這是我自家兄弟釀的酒，你們不要給我錢。」

張清「喲喂」了一聲，這才看清楊志手裡提著的，是我們下午喝的那桶「三碗不過崗」，我們幾個人一下午喝了小半桶，剛才楊志回來以後甚是無聊，就又找出來喝。

這酒一大特點就是酒香濃烈，很快楊志旁邊一個哥們忍不住了，提出要用錢買一杯嘗嘗，楊志沒當回事，給他倒了一杯，卻沒要錢，哪知這哥們越喝越上癮，又不好意思再要，這回非得用錢買不可，慢慢地周圍的人也都被吸引了過來，一來是聞著酒香，二來是跟著湊熱鬧。

有趣的是，這酒楊志既然不說賣，也就沒個價，人們排著隊，端著杯等著買酒，輪到自己的時候，有給一百的，有給五十的，最少的也有二十塊，其中還有一張一百塊的美金。

第一個人給完錢，楊志就想追著給退回去，但後面的人都催著讓他倒酒，就這樣，堆在他面前的錢越來越多，楊志急得臉通紅，連連說：「這酒不要錢——這酒不要錢——」

等半桶酒倒得剩底兒了，他面前的錢幾乎鋪滿了桌子，沒有買到的人都紛紛抗議。

當他們知道楊志是酒吧老闆的朋友時，更加不滿，說酒吧藏私，孫思欣正在安撫他們，見我來了把情況一說，我說：「這還不好辦，明天我雇輛車，去村子裡灌它一水車來不就行了？」

第六章

你是李白？

「五花馬，千金裘，呼兒將出換美酒，與爾同銷萬古愁！」

我拉住糸花：「他這說的什麼？」

「是一首詩，叫《將進酒》。」

「誰寫的？」

「連這都不知道，李白啊。」

我吃驚非小，走近那老頭，小聲問：「你是李白？」

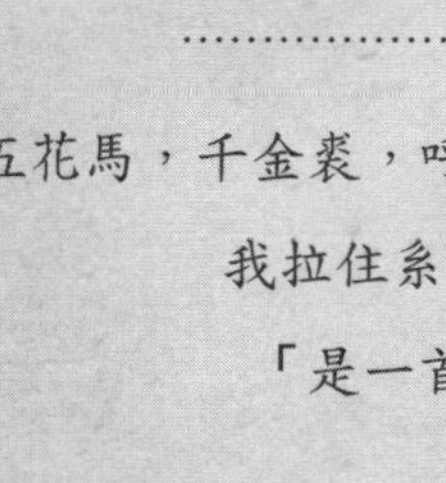

這時的酒吧裡清香撲鼻，就連邊角和包廂裡的顧客都被引得饞涎欲滴，紛紛起義，加入到要酒喝的隊伍裡。

孫思欣忽地跳上舞臺，清清嗓子說：「謝謝各位朋友的光臨和捧場，本店剛剛推出了一款實驗品，相信不少朋友已經體驗過了，現在我宣布，從明天開始，這款實驗品將正式推出上市！」

小夥子腦子就是活啊，我讚賞地看著他。

臺下忽然有人高聲問：「這酒叫什麼名字？」

孫思欣一愣，急忙用眼光在人群裡搜尋我，我也是一腦門子汗，情急之下，想到這酒是武松發現，又被杜興釀出來的，就衝他做口型，孫思欣盯著嘴，看了半天，臺下的人都不說話，在等著他報名。

孫思欣看了半天，終於看明白我說的是四個字，然後他把麥克風支到嘴上，很鄭重的說：「這酒叫五星杜松！」我一拍腦袋。

臺下馬上有人問：「有六星的嗎？」還有人問：「多少錢一杯？」

孫思欣又看看我，我心想：平常的散酒也就一兩塊一斤，這個賣五塊錢總不至於賠本，於是就向他伸了五個手指頭。

孫思欣激動地、煽情地大聲說：「我們的五星杜松酒，明天開始優惠大酬賓，五十塊一杯！」

孫思欣下來以後仍是激動難掩，他說：「強哥，咱的酒來了以後往哪兒裝？」

這倒是個問題，我問他：「咱們裝生啤酒的桶夠嗎？」

「……這個怕不大好吧，再說啤酒往哪放呢？」

張清嗤笑一聲說：「酒嘛，當然是往酒罈子和酒缸裡放。」

我一聽茅塞頓開，跟孫思欣說：「你明天去二里窯買幾個大酒缸，再多買點罈子和小碗，咱這酒以後論碗賣。」

孫思欣抓了抓頭皮，說：「買回來往哪擺呢？」

「先擺前臺吧。」我看出孫思欣有點顧慮，一個平時主辦街舞表演的酒吧，卻擺一桌酒罈子，確實有點不倫不類。其實這個顧慮我也有：陳可嬌當初簽約唯一的條件，就是不能動她的酒吧結構——不過話說回來，我可沒動她的結構，只是往裡添了點擺設而已。

楊志今天晚上收了三千多塊錢，他這才知道賣酒比賣刀錢來得快。

李靜水和魏鐵柱坐在角落裡，簡直就像進入了一個妖怪的世界，不斷有性感的女郎上去和他們搭訕，兩個人一句話也說不出來，握著彼此的手一個勁哆嗦。那些女人無一例外地罵了一句「死玻璃」然後走開。

李靜水找到我，手腳冰涼地說：「蕭大哥，你還是送我們回去吧。」

我無奈，只好答應明天送他們回軍營。

我回到當鋪，見項羽打了盆水正在擦車，車頭居然是衝著來的時候的方向，這說明有人幫著倒過，而且車技一流，車輪子都是對著馬路，特別整齊。

項羽用毛巾蘸水輕輕擦拭著車體，臉上愛憐橫溢，好像是一場大戰剛剛結束，他正在和心愛的烏騅馬交流感情。

我好奇地問他：「羽哥，這車是包子給停的？」

「不是。」項羽顯然沒工夫理我。

「那是誰？」

「老王，就那個看大門的老頭，是他開回來而且停好的。」

我笑道：「看不出那老頭會開車呢。」

項羽瞪我一眼，說：「人家開得比你好多了，他跟我說，他以前是開大貨車的——大貨車是什麼車？」

這就難怪了，以前的老司機，功夫都扎實得很，又開了半輩子大貨車，再開這小麵包車就跟玩具一樣，真沒想到老傢伙還是一個車神級人物。

項羽邊擦車邊說：「以後不用你教我了，老王說，每天放學以後他教我。」

我說：「看不出老王還是個熱心腸。」

「嗯，還有，我把紙箱子給他了。」

我沒在意，邊往家走邊嗯了一聲，然後才感覺不對，猛地轉過頭說：「什麼紙箱子？」

「就你車上放的那個。」

「……連裡面的東西都給他了？」

「那是當然。」

「羽哥！那半箱子中華菸值好幾千塊錢呢！」

我心如刀割，這麼多錢去駕訓學校都夠了。書上不是說項羽雖然能和士兵同甘共苦，但是寡恩少惠而且婦人之仁嗎？這些優點我怎麼一點也沒看出來？

項羽說：「我聽收音機裡說了，抽菸有害健康，你還是少抽點吧。」

我：「……」

哎，給就給了吧，一個想要往左卻經常往右「撥轉馬頭」的人，不用我親自教也好。

我進了門，見劉邦居然和李師師坐在一起，兩個人都盯著電腦螢幕，他倆什麼時候混到一起去了？

我走到他們背後，發現他們關注的是一組組數字，李師師還在幫他用計算機不停算著，劉邦一邊記在紙上一邊思索，我問他們幹什麼呢，劉邦難得認真地說：「別鬧，我算點數據。」

「嘿——」我感興趣地趴在李師師椅子背上，問：「什麼數據？」

劉邦說：「炸金花（編按：一種紙牌遊戲，玩家以手中的三張牌比輸贏。），我在算豹子、順子、同花順的出現機率各是多少，今天跟人玩輸了五百多，昨天梭哈我還贏一千二呢。」

汗，我八歲就會和人炸金花了，也沒想到要算一算所謂的機率，我跟他說：「炸金花主要玩的是心理戰，這些資料用處不大。」

「我當然知道，但是如果大家都特別會裝，下去什麼牌，下去多少張都記住，然後根據比率，你比別人多算一步，那贏的機會才大。」

我又汗了一次，原來劉邦的天下就是這麼算出來的。我嚴重懷疑他在拜韓信為將的時候，已經開始盤算得了天下以後怎麼殺他了。

我數落李師師：「你就助紂為虐吧。」

……

第二天我一覺睡到了十點多，這也是我近些日子最放鬆的一天，我騎著摩托車到酒吧，老遠就見門口一群人在挪一個足有一米九那麼高的大水缸，嘿喲嘿喲喊著要往卡車上弄。

我走過去，見孫思欣正在指揮，我問他：「你們這是幹什麼呢？」

孫思欣見我來了，不好意思地說：「強哥，對不起，我把事辦砸了，我早上給磁窯打電話，說要訂口大缸，結果他們給我拉來這麼個東西，連門口都進不去。」

我見一群搬運工費力地又拉又扛，說：「弄都弄來了，就留下吧。」

「……往哪放呢？」

「就立在門口——我說你們沒事做這麼大個缸幹什麼，別說孩子，大人掉進去也出不來了。」

工人們聽說不退貨了，個個喜笑顏開。

一個老工人喘著氣說：「要不故意尋死，一般也掉不進去。」

我一聽也笑了。這缸幾乎快有項羽高了，要想走著走著就掉進去，除非有長頸鹿那麼高。

老工人說：「恭喜你掌櫃的，你可算淘著寶了，這缸從我年輕時候進廠就有了，廠長都說不出它的年代來，這好像是給過去大戶人家預備的水缸，為的是防火，有時候遇上旱年，有這麼幾缸水，一年吃飯都夠了。」

我圍著這口缸打量了幾圈，這缸外表黑油油的，冒著一股寒氣，看著還真有點超凡的意思，我心裡琢磨：別是個聚寶盆吧，要不先往裡扔一個人，看能不能拉出一堆人來？

打發走工人，我一眼瞧見馬路上有輛賣水的三輪車，我忙把他喊過來，問他：「車上有水沒？」

這老鄉看了看我，說：「滿的，怎麼，現在酒吧也往酒裡兌水了？」

我說：「少廢話，你這一車水能賣多少錢？」

「兩百多，你想幹啥？」

「把水都倒了，跟我去拉趟酒，給你三百。」

老鄉為難地說：「錢倒是合適，可我這水往哪倒呢？」

「澆花，灑馬路，隨便。」

「我這可是真正的礦泉水！我辛辛苦苦從山上接的。」

孫思欣機靈勁又上來了：「你先把水倒到這缸裡，拉完酒以後再灌到你車裡繼續賣，你看行嗎？」

老鄉這可樂意了，把管子支到缸口開始注水，我進去叫李靜水和魏鐵柱，這才看見舞臺上擺滿了罈子和淺底兒青瓷碗，心裡犯嘀咕，這要讓陳可嬌看見，不知道她會有什麼反應，這娘們對自己這間酒吧自傲地很，見我把這兒折騰成這樣，會不會和我拼命？

再看李靜水他倆，在酒吧裡吃也吃不好，睡也睡不好，竟然憔悴了很多，我有點愧疚和心疼地說：「要不哥給你倆開間房，進城一趟，起碼睡睡席夢思，看場電影呀。」

兩個人直搖頭，我也沒辦法了。

等我們出去，老鄉也辦妥了，一車水剛好倒到水缸的五分之四處，缸口的水波一漾一漾的，亮光晃得酒吧的牌子直閃，居然有幾分雅意。

酒吧這種地方，最大的好處就是什麼因素都能容納，一般的人就是來玩的，他不會管你有沒有文化內涵，你的裝修風格也可以很隨興，只要人家看順眼就行。現在酒吧門口有了這口缸，看著就比以前酷多了。

就是在要不要準備一塊石頭的問題上我挺糾結的——要真有人掉進去呢？誰來扮演司馬光？後來孫思欣說有幾款洋酒的瓶子就能做替代物時，我才作罷。

到了爻村，我讓李靜水他們自己回去，然後去找宋清，李靜水和魏鐵柱歡呼雀躍地跑向營帳，看來城市裡的便捷和新奇並沒有讓他們感到一絲的眷戀。

宋清領著我去杜興釀酒的地方，我們坐在三輪車上，走了沒有五分鐘就到了，隨著越來越近，那股略帶酸味的酒香愈濃，等我們到了地方，見從一處寬敞的四合院裡嫋嫋冒出蒸汽，門口一個人用兩個塑膠杯拴著繩連在一起扣在眼睛上，用一塊大手巾捂住口鼻，此刻正把手巾下面撩起來透氣，我衝他揮手喊。

這人把塑膠杯從眼睛上摘下來，一把扯掉手巾，正是杜興。

他見是我，笑道：「你怎麼來了？」

「我來拉點酒，有多的嗎？」

杜興說：「太好了，這酵母三天不用就會壞掉，所以必須每天開工，哥哥們又喝不了那許多，我正愁剩下的往哪兒放呢。」

我往院子裡看了一眼，立刻聞到一股更加濃郁的酒氣，幾個工人戴著口罩，正光著膀子篩酒糟呢，一間小房的木板上，停滿了貌似豆腐的塊狀物，再往進走幾步，才明白杜興為什麼那副打扮了，這酒聞著香，走到近處那味道卻刺激無比，尤其是那間「豆腐房」，根本不可靠近，否則連眼睛都睜不開。

杜興又把眼睛扣上，手巾捂上，進去招呼幾個工人把成品酒一桶一桶往外搬，他指著院子角落裡的幾甕酒說：「那些都是我刻意留下的，過三個月再喝，味道才正。」

「好好，那些就叫六星杜松，咱裝在瓶裡賣。」

我見存貨都已經拉上，聽聲音才到水箱的一多半，跟杜興說以後可以多釀一點，拉水的老鄉聽我們說話，把腦袋湊過來說：「以後你拉酒就雇我這車吧？」

我說：「那你賣水的買賣可就不能幹了。」

「你管我賣不賣水呢，肯定不耽誤你的事不就行了。」

「就怕你不方便，你想啊，有那對酒精過敏的喝了你賣的水犯了病，還不找你麻煩？」

老鄉悶悶地點頭：「也是。」

我說：「這樣吧，你以後就專管拉酒，跑一趟給你兩百塊。」

老鄉高興地說：「成，那可說好了。」

等我們再回來，金大堅把裝著聽風瓶的盒子給我，因為還有事，我也就沒和他細聊，他只說補好了。

兩百萬呀！這回可不能再隨隨便便扔到車斗裡了，我正為這個犯愁，忽然見我的摩托車旁邊，李靜水和魏鐵柱在太陽下立軍姿呢，我走過去問他們這是怎麼了，李靜水哭喪著臉說：「我們徐校尉嫌我們丟了人，要把我們開除出隊三天。」

魏鐵柱不說話，淚水在眼眶裡打轉。

我很不是滋味，「丟了人」是怎麼個丟法？是因為他們沒有保護好我？還是嫌他們受了傷墮了岳家軍的威名？徐得龍這人看似簡單憨厚，但給我感覺城府很深，一支穿越了近千年來到新環境下的軍隊，沒有一個人脫離組織，而且沒有一點叛逆的跡象，除了他們對岳飛忠誠度高之外，徐得龍的指揮藝術也不可小看。

他處罰這兩個小戰士，大概就是從我們這些「百姓」永遠不懂的角度出發，不過李靜水和魏鐵柱在和人交手的時候，確實一開始有些大意，而且差點因為一時激憤惹下大麻煩。

想到這兒我也釋然了，跟他們說：「走，跟哥回去。」

我上車後，把盒子給李靜水抱著，這倒是無形中解決了我一個問題。

我帶著一車酒回到酒吧，喊朱貴和張清他們出來幫忙，又把酒都倒在早準備好的罈子裡拿回去，罈子到最後不夠，車裡還剩不少酒，我無奈地說：「沒辦法，再倒到缸裡吧。」

那賣水老鄉邊往缸裡倒酒邊說：「人家是往酒裡兌水，你們是往水裡兌酒。」

我說：「我們這又不賣錢，你廢什麼話？」

老鄉嘿然：「那可都是好東西，你們就等著它餿了？」

這山泉兌酒，注了滿滿一缸，當水喝吧有點辣，當酒賣吧，肯定被人告，等著它長蟲子吧著實可惜，把我逼得實在沒辦法了，只好跟孫思欣說：「你去搬個小梯子來，咱們缸裡這東西誰想喝誰喝，免費！」

孫思欣只好搬來一張臺階式的梯子架在水缸前面，又把一些免洗杯放在旁邊，在水缸上貼了張條子，寫著「免費品嘗」。

我背著手站在遠處一看：這太行為藝術了！誰也沒想到，這無意中的錯上加錯，以後居然成了「逆時光」酒吧最大的特色。

我把李靜水和魏鐵柱放下，自己抱著盒子搭車去古爺那裡，這聽風瓶還真得出手——我最近錢又有點緊了。

到了「聽風樓」，只有寥寥的幾個顧客，讓我哭笑不得的是古爺居然又戴著墨鏡坐在那裝瞎子，抱著一把二胡，正在那忘我地拉著，還真有人在他面前放幾張零錢。

他見我來了，騰出一隻手指了指包廂，繼續拉他的《二泉映月》，一曲終了，這才用濕毛巾擦著手來跟我見面。

老傢伙進來以後笑呵呵地問我：「什麼好東西？」

「就昨天跟您說的，聽風瓶，跟您這茶樓的名字特配。」

古爺兩眼放光，接過盒子，放正，緩緩打開，然後就愣住了。過了良久，他才沉聲道：「這東西……」然後就不說話了。

我納悶地站起身來到他背後，向盒子裡只看了一眼，全身血液幾乎都凝固了！

那盒子裡確然是那只聽風瓶，但是在它原本細膩柔滑的瓶身上，多出了數不清的紋痕！也就是說，現在的這只瓶子一望可知是補起來的。

「聽風瓶」這種古玩，取的就是它弱不禁風的雅意，一旦摔了那是大煞風景的事，一只碗、一個酒杯碎了都可以補，但它碎了那就立刻毫無價值。

現在，奢華的盒子裡擺著這麼個玩意，簡直就是對古爺的蔑視，金大堅這回可把我害死了。古爺這種人，我真的一點也不想得罪。

我吸著冷氣把盒子合上，我都不知道自己還能不能離開這一畝三分地了。

古爺「啪」地一下把盒子按住，眼光發狠地盯著我，我尷尬地朝他笑了笑，說：「那個……我……」

古爺仍舊那麼盯著我，好半天才用不容置疑的口氣說：

「三百萬，賣不賣？」

科學證明，一個人在被氣急了的時候，往往會語出驚人，這其中還分兩大類，第一類是不知所云型，還有一類是搬起石頭砸自己腳型，古爺大概屬第一種類型，三百萬在這裡可以看成是語氣嘆詞，可想而知老頭已經被我氣得不輕了。

照我的意思，趕緊說兩句好話就走，哪知古爺得理不讓人，老傢伙肯定是練過內功，手按在盒子上，我兩手都扳不動絲毫。

他看著我，口氣不善地說：「年輕人，別太貪了，三百萬不少了，我古爺做生意向來是公道一口價。」

看看，氣糊塗了吧？我陪笑說：「您就別拿我尋開心了，這是有人想陷害我。」

古爺又揭開盒子，小心翼翼地端出瓶子，用指尖輕輕撫摩著瓶子上的裂痕，我估計他把所有裂痕摸完一遍就該進入狂化狀態了，忙說：「這瓶子以前是好的。」

古爺目不轉睛地欣賞著瓶身上的紋路，不經意地說：「廢話，我當然知道是好的，它在沒摔之前不過是個一般貨色，但摔了之後就不一樣了——」

古爺抬頭看看愕然中的我，說：「你怎麼不問我為什麼？」

「哦……為什麼呢？」

古爺這才又繼續埋頭賞玩，說：「這只瓶子不是什麼名匠的作品，就算完好保存到現在也就兩百萬吧，但是修補它的這個人可不一樣……」

古爺閉上眼睛，用手指細細摸著瓶底，忽然說：「這人叫金大堅。」

我大吃一驚：「你怎麼知道？」

古爺微微笑道：「有名的工匠出於自負，會把自己的名字刻在作品上，這金大堅我一時想不起來，但絕對是一個技藝出神入化的人，他在瓶底上刻了四個字：『金大堅補』。補瓷這門手藝現在基本已經失傳了，這金大堅應該是和這瓶子同一時代的人，經他這麼一補，意義非凡，東西可就更值錢了。」

原來是這麼回事，如果不是古爺炫耀眼力，我還蒙在鼓裡，老金這回可玩大了，幸虧古爺這個骨灰級老古董識貨，否則我今兒就得橫著出去。

古爺給我解釋完，捧著瓶子又看個沒完，讚嘆道：「難得的是他把這裂紋補得像畫上去的一樣——哎，我說你到底賣不賣？」

「賣！絕對賣！」剛才我還差點就買櫝還珠，謀劃著把盒子賣個三兩千就萬幸了呢。

「小強啊，這瓶子要到識貨的人手裡，上下還有餘地，不過這種人可不好找，三百萬賣給我，也算物有所歸。」

我笑道：「那是那是。」我決定把家裡的鍋碗瓢盆都摔了讓金大堅補去，古爺以後就是我的長期飯票了。

古爺依依不捨地把瓶子放回去，蓋上蓋，這才吩咐人去準備錢。

我聽老虎跟我說過，這老頭身家巨富，他這一脈人都是舊中國的風雲人物，因為動盪，大多都遊歷到國外定居，而且奇怪的很，老古家千傾地就古爺這麼一棵苗，在古爺四十歲頭上，他還是一個遊俠任氣的混混型人物，突然有一天從國外發來的一份訃告上得知，古爺的二叔與世長辭，給小古留下了七百萬美金的遺產。

小古還沒從也不知是悲傷還是驚喜的情緒裡掙脫出來，又接到國外來的訃聞，小古的三叔給小古留下了一千八百萬英鎊的遺產，小古還沒換算出合人民幣是多少，在東南亞國家的四叔又撒手人寰，他只給小古留下了三千萬泰珠——他四叔在古氏家族裡屬於窮人階層的。

小古有七個叔叔，其後每過幾年，隨著一個古家精英的去世，古爺帳戶上就會多出大筆資金。古爺的經歷使他感慨萬分之後，達到了寵辱不驚的境界。現在的古爺心如止水，以冒充瞎子騙點小錢為樂，間或收攏些古玩，過得非常快活。

可是過了好半天打發出去的人還沒回來，我心裡琢磨著老古該不要耍什麼花招啊，我正想著，兩個大漢提著兩只大皮箱回來了，在古爺的示意下，把箱子往桌子上一放，打了開來：裡面是滿滿的鈔票！

話說經我手流動過的資金也有好幾百萬，可那都是過戶，就是一串串數字的變化而已，真正見到這麼多錢還是頭一次，那一捆一捆的鈔票啊，像板磚一樣整整齊齊碼在箱子裡，這視覺衝擊太大了！

我冒汗說：「古爺，不用這麼誇張吧，匯我帳戶裡就行了。」

古爺道：「咱們江湖爺們辦事就是要實實在在的，把錢匯你帳戶裡，你走到街上不是連根冰棒都買不了嗎？」

我說：「我提著這兩箱子錢，也不可能買冰棒去。」

古爺呵呵笑：「點點吧。」

我直接把箱子扣上：「點什麼點，古爺給的錢只會多不能少。」

古爺翻著白眼說：「小狗子，你少拿話將我，出了這門我可不認了。」

我一手提一只箱子往外走，說：「您不認我認，少個一兩百萬我都不會和您要的。」

古爺嘆息道：「你無恥的樣子很有我年輕時候的神韻。」

出了門我可犯了難，我提著這三百萬該先去哪兒呢？回家？跟包子就說是撿的？我猜她可能不會信。存起來？那就更不划算了，現金多方便啊，再說銀行會不會盯上我，等我去取錢的時候告我個財產來源不明？

想來想去還是先回酒吧再說，那裡至少有安全感。

我膽戰心驚地到了酒吧門口，見我新買的那口大缸周圍站滿了工人，每人手裡端個紙杯子，缸口上爬著一個戴安全帽的民工，拿自己的大搪瓷缸子舀上缸裡的水酒挨個給他們倒著喝。馬路上來來往往的人都往這裡瞥著。

我先顧不上這麼多，進了酒吧，先找到朱貴，向他要了經理室的保險櫃鑰匙，把錢放進去，頓覺滿身輕鬆。

整個酒吧都瀰漫著濃郁的酒香氣，中人欲醉，楊志、張清已經閒不住，出去逛大街去了，還帶走了李靜水和魏鐵柱。

孫思欣托著下巴，隔著玻璃看那些工人喝我們自創的水酒，他忽然說：「壞了！陳總來了。」

「哪個陳……」話問到一半，我馬上反應過來：陳可嬌來了。

陳可嬌從她的小標緻裡走出來，疑惑地四下看了看，大概以為自己停錯地方了，等她看到「逆時光」三個字這才確信自己沒走差，她一眼就看見了門口的大缸，高跟鞋登登登緊走幾步來到跟前，抬頭問缸口那民工：「喂，你們幹什麼呢？」

「喝酒呀，」那工人俯下身拍了拍缸上貼的「免費品嘗」的條子說：「白給喝的，你來一杯不？」

這時我和孫思欣出來了，陳可嬌指著一群工人，目光看著我，氣得話也說不出來了，接二連三地重複：「你……你……」

「進去說。」我給了她一個諂媚的笑臉，把她推了進去，然後問那個民工：「哥們，味道怎麼樣啊？」

「好喝！又甜又辣，還涼絲兒的，喝了特解乏。」

孫思欣跟他們介紹：「這是我們的負責人。」

缸口上那位說：「謝謝你啊兄弟，以後還給白喝嗎？」

我說：「只要有人喝，我就往裡續。」

那人連忙說：「有人喝有人喝，我們是旁邊街上施工隊的，一會兒我們走了再換一撥過來，輪班喝。」

我和孫思欣往裡面走，他說：「強哥，以後每天門口圍一群民工，怕不太好吧？」

我說：「那有什麼辦法，總得讓他們先把這缸幹掉，要不臭了影響更不好，大不了以後多兌點水給他們喝。」

孫思欣想了一下說：「我看多倒點酒是正經，他們喝完幹活犯睏，工頭就不讓他們來了。」

把我氣得直樂說：「你小子壞心眼可真不少——咦，你怎麼不去陪你們陳總？」

孫思欣看了我一眼，一語雙關地說：「我是跟著你出來的嘛。」

陳可嬌已經沒了往日的優雅和高傲，她一屁股坐在舞臺上，身周都是酒罈子，氣咻咻地看看這個，推一把那個，我把準備舀酒的小木勺遞給她：「嘗嘗吧，這次真的是我請你了。」

陳可嬌一把打掉木勺，指著滿坑滿谷的罈子，有點激動地說：「這就是我們說好的？」

「陳小姐，我可是嚴格按照合同，沒動你這裡的格局一分一毫，只不過是在門口立了一口大缸，在裡頭擺了一些小缸而已。」這托詞是我早就想好的。

孫思欣陪著小心說：「陳總，這些是咱們新推出的五星杜松酒，昨天剛做了市場測試，反應很好……」

「那你們就給我弄得像夜市攤似的？」陳可嬌打斷他說：「你們是不是還準備在舞池裡擺個燒烤爐？」

「那不行。」我十分確定地說：「不過你要是同意，我打算把吧臺拆了，設一排長木櫃，後面全是格子，裡面擺上咱的五星杜松、六星杜松……你同意嗎？」

陳可嬌看來是氣急了，她猛地站起來，冷笑著說：「好，我今天就等著看你們的五星杜松酒到底火不火得起來——蕭經理，我們打個賭吧，這間酒吧日平均營業額是一萬左右，一會兒我們就看看，你的五星杜松酒一晚上要能賣五千塊就算我輸，以後酒吧你說了算。」說著她忽然提高音調，厲聲說：「要是你輸了，我豁出去違約也要把酒吧收回來！」

我說：「哪可能呢，要賣不了五千，我們的合約自動解除。」

我嘴上說著，心裡可沒底，雖然昨天半桶酒就賣了三千塊，但人氣這東西很難說，昨天是人們跟著湊熱鬧，一杯酒平均下來賣一百多塊，而且是靠炒作。

可今天是今天，就算昨天喝著感覺不錯的人，今天還說不定來不來呢！別到時候連來喝啤酒的客人見了酒吧這個樣子都嚇跑了，那我就徹底栽了。

陳可嬌從吧臺裡給自己拿了一個飲料，滿臉怒色地找了張桌子坐。我端了兩杯酒過去，把一杯放到她面前，語重心長地說：「小陳啊，別跟自己嘔氣了，一會兒就會分曉，咱們總得有個出局的，要是你輸了，證明咱的酒吧會越來越好；要是我輸了，咱買賣不成人情在嘛，何必老板著個臉呢。」

陳可嬌把那杯酒遠遠推開，她怒氣稍減，平靜地說：「蕭先生，看來你不是我要找的合作夥伴，你除了有時候像個流氓，簡直沒有一點商業頭腦，全是幼稚的想法。」

我想頂她幾句，卻發現她說的都挺對的。

這時趴缸口那民工頭使勁透過玻璃往裡看著，拿他的搪瓷杯敲著缸沿喊：「喂，搆不著舀了。」

我跟孫思欣說：「你給他找個棍兒去。」

孫思欣左看右看找了半天，把舞臺背景裡那支印第安長矛拽下來跑了出去，陳可嬌看了他一眼，忍了忍才沒說什麼，今天我要滾蛋了，小孫也就能光榮下崗了。

民工們把他們的傢伙綁在長矛上，又喝了一會兒都走了，臨走把那個搪瓷杯留了下來，說是對我的回報。

工人們走了以後，跟著湊了半天熱鬧的人們開始慢慢向水缸圍攏，但誰也不好意思第一個上去，等了大約五分鐘，一個富態的中年人終於鼓起勇氣爬上木梯，拿起缸沿上的杯子探進去舀了滿滿一杯，然後倒在紙杯裡一飲而盡，下面有人問：「好喝嗎？」

「就那麼回事吧。」中年胖子說著話又倒了一杯喝。

又有人問：「什麼味兒？」

「嗨，其實就是涼水。」胖子又倒了一杯喝。

人群裡有精明的，問：「涼水你還一杯一杯喝個沒完？」

「我渴了，你管得著嗎？」倒！

這下人們都反應過來了，紛紛喊：你下去，該我們了。胖子又喝了兩杯才打著嗝走了。

這次誰也不再客氣，都擁向木梯，這時梯上正站著一位紅衣少女，柳眉櫻口，人們往前一擠，少女那纖纖身影弱不禁風地在梯子上搖擺了兩下，險些跌進缸裡。

我看著直揪心，剛想出去英雄救美，哪知這少女綽起長矛，把尖子對準人群，朗聲道：「誰再往前來，老娘給他個透心兒涼！」

眾人皆寒，紛紛向後敗退，少女倒提長矛，用桿在梯子周圍畫一小圈，瞪視眾人：「入圈者死！」然後這才悠然舀起酒來，喝過一杯之後飄然而去。

打這之後，梯子周圍這一小圈便長留了下來，來此飲酒的，約定俗成都不逾圈，至於那少女是誰，為人們百般猜測卻終不得其所，以至於後來成為一個美麗的傳說……

五點半以後，酒吧的員工漸漸都來了，他們是擠過人群才進來的——這時酒吧門口已經小聚了一些百姓。

過了六點，吃完飯出來散步的人們也被吸引了過來，到後來，酒吧門口人是越聚越多，可是……沒一個進來，這些人中，只有圍在缸最前面的幾個人知道自己在幹什麼。

等過了七點，我有點坐不住了，平時酒吧該上客了，可今天就算是來喝酒的，都被人群擋在了最外圍，不過他們可沒走，這些人反正是來消遣的，不在乎多花幾分鐘時間看看到底是怎麼了。

陳可嬌坐在那裡，冷笑越來越濃，偌大的酒吧就我們幾個人還有服務生，有三個服務生抄著木勺，傻呆呆地站在酒罈子旁邊，那是我刻意安排了來賣酒的。頂上的大燈已經開了，萬紫千紅地轉著，光點打在我們寥寥幾個人身上，像在拍一幕荒誕派的舞臺劇。

孫思欣要去拉幾個人進來，我說：「別去，我就不信這個邪了！」然後我就站在門口看著外面的人，外面的人也看著我，我叉著腰，表情嚴肅地凝望著他們，他們面面相覷，也都沉靜地回望著我。

僵持……沉默……就連圍著水缸喝水的人們都不說話，喝完一杯就默默走掉，酒吧遠遠近近站了將近一千五百多人，大家好像都受了什麼感召和傳染似的安靜，這情景相當詭異！

就在這時，四條矯健的身影奮力分開人群，當先一人推門便入，大喊大叫說：「渴死了，拿酒喝。」

正是張清，他一推門，沒看見我正憂鬱地站在門後，把我拍出去老遠。

張清左右看看，直接跳到舞臺上，搶過一個碗來就倒酒喝，在他身後緊跟著楊志，再後面是嘻嘻哈哈的李靜水和魏鐵柱，也都抄起碗就灌，誰也沒發現可憐的我被拍在陳可嬌腳下，她就帶著冷意，笑吟吟地看著我。

四個人這麼一衝一帶，不少人被捲了進來，孫思欣適時地說：「歡迎大家品嘗我們的五星杜松酒……」

一個眼鏡男發傻地問：「多少錢？」說著使勁抽了抽鼻子。

「五……」

「五塊一碗！」沒等孫思欣說完後面的十字，我搶著喊了一句。

「那我嘗……一碗。」眼鏡男捏著五塊錢，遞給抄著勺子的服務生，他喝了一口之後，把五塊錢拍在舞臺上，忘情地喊：「再來十碗！」跟他一起被擠進來的人也圍著舞臺，躍躍欲試。

僵持一被打破，後面的人流便源源不斷地湧了進來。

平時接待兩百人就顯得滿滿當當的一樓大廳裡，現在硬塞了一千多人，他們統一擠在舞臺下面，最前面的人高舉著錢和碗，後面的人則高舉著錢，張清和楊志他們下不來，索性就抱著罈子給人倒酒，隨著一只只罈子的告罄，那股濃郁的酒香卻更折磨人了。

如果說最先開始的人是因為湊熱鬧，那麼後來的人則是因為聞到了酒香。這其中包括了昨天試喝過的一小部分人，他們聞到了熟悉的味道，開始當起免費宣傳員，使得這一千多人擺脫了集體無意識狀態，終於明白自己被人流刮進來是為什麼：五星杜松酒！五星杜松酒一夜之間名揚天下，我有點暈得看著狂熱的人群，慢慢轉過頭去找陳可嬌，只見她終於端起那杯我給她倒的酒，緩緩一飲而盡，站起身跟我說了一句話：

「你說的那種長木櫃檯，加緊時間做吧。」

那天晚上，我們的五星杜松賣了一萬多，這個數字暫時還說明不了任何問題，因為要按原來定的價格，這個數字應該是十倍，最重要的是，我們的酒只招待了三分之二的顧客，那些等了一晚上卻只能空手而歸的人們氣勢洶洶地對酒吧老闆進行了聲討，表態說如果明天還這樣，他們就去有關部門和消保協會告我們。

不管怎麼說，五星杜松前景無限是肯定的了，它口味純正，由於陳釀期短，後勁小，男人們完全可以當啤酒來喝，女孩們兌上綠茶和可樂，又是很龐大的消費人群。

陳可嬌再也沒回去過，她把所有權力都交給了我；當然，她這麼做是有條件的——我答應她一年以後贖回酒吧時，免收那兩成的保管費。

五星杜松就保持了五塊一碗的價格，它現在已經成了絕對主打，占每天營業額的八成以上，我想讓李雲按他的思路幫著徹底改造一下，但他最近一兩個星期抽不開身，因為學校也到了衝刺階段。

從這些穿越客戶身上，我發現了一個現象：那就是名聲大、本事強的，在現代社會未必就混得開，拿五人組來說，兩個皇帝一個淪為了職業賭徒，一個只會玩腦殘遊戲；兩個英雄，一個沉浸在自己的世界裡不可自拔，一個守著輛幾千塊錢的麵包車窮轉圈，只有李師師這個小妞胸懷大志，想超章（子怡）趕湯（唯），而且已經學會了熟練使用電腦，都有個人帳號了。

再說梁山好漢們，盧俊義、林沖、李逵這些大名鼎鼎的英雄，目前只能混吃等死；相反的，在原著中只露過一次臉的金大堅，舉手之勞就給我弄回三百萬來，排名靠後的朱貴幫我全權頂起了酒吧，杜興稍假時日，絕對是著名的企業家。

默默無聞的宋清幾乎扛起了學校的半壁江山，隨著學校的即將竣工，他擔當了後勤主任這個角色，從床鋪被褥到桌椅板凳，再到以後要用到的黑板粉筆都得他一手經辦。

李雲就更別說了，光忙我的事，他的日程就已經排到三個月以後了，這期間他還拒絕了多家建築公司的邀請。看來還是學一門實實在在的手藝才是王道，詩人比木匠容易餓死，這是已經餓死的某哲學家總結的。

轉眼一個禮拜過去了，按照原計劃，學校本來應該可以掛牌了，但安道全給我算了一卦，說再過三天才是店鋪開業的好日子——大家可能不瞭解，過去的郎中都會算卦，甚至是以此為主業的。加上李雲也想把工程做到盡善盡美，於是我決定就再推遲三天。

我們的育才文武學校占地遼闊，有著綿延的圍牆，現有宿舍樓一棟，按每間房入住四人算，可容納五百人，三層教學樓一棟，可容納一千五百人聽課，大禮堂一個，應該可接納一千人，只有食堂小了點，是按三百人同時就餐的規模修建的。

比較令我自豪的是，還有一個室外游泳池，那是以前的魚塘改造的。

我放在酒吧裡的三百萬，這些天讓宋清要去一半，剩下的錢我也不敢隨便動了，要知道放著那麼大一個學校，就算雞毛蒜皮的事情都得拿錢擺平。還得防範意外發生，比如項羽把人家的鳳梨攤兒撞飛什麼的，都得錢。

好在酒吧步上了正軌，每天慕名來品嘗五星杜松的人絡繹不絕，成了我現在主要的經濟來源，以目前的營運狀況，每個月盈利五十萬問題不大。

這一個多禮拜我終於可以安安穩穩待在當鋪，過幾天安生日子。每天最大的樂趣就是使用那三個讀心術，用的次數最多是在荊軻身上，因為我很好奇他到底一天能有多長時間陷入無思維狀態，答案很令我滿意，九天時間裡，我每天對他用一次，有六次是省略號。

我身邊的人當然都在劫難逃，李師師每天都很忙，她在努力充實自己，李師師在兩秒鐘內想的問題有時候能顯示三頁，但大多是對歷史和表演的思考，我看了兩次也就沒什麼興趣了。

秦始皇想的問題比較有意思，他在算他這些天一共在遊戲裡殺了多少人，有沒有他在統一六國的時候多。

劉邦和項羽，一個想著賭，一個想著車。當然也有幾次抓到的訊息毫無意義，比如在吃飯的時候，項羽可能在想：吃完這碗飯還要不要吃？做飯的時候，包子想的是：菜裡放沒放鹽呢？

施工隊撤出的當天，還沒等三百人和好漢們搬進宿舍，張校長給我打電話，問我什麼時候掛牌，我說後天，老張說：「你先讓學生們別拆帳篷，後天咱們辦個慶典儀式，再讓他們從帳篷裡出來集體進宿舍，顯得新學校新氣象。」

我說：「那不是成了作秀了嗎——慶什麼典呀？悄悄開不行嗎？」

老張說：「不行！我就不明白，別人的學校開業都是大張旗鼓的造聲勢，你倒好，還怕人知道，你開的是黑店嗎？你別管了，嘉賓我找，你也叫幾個狐朋狗友去捧捧場。還有，咱不是文武學校嗎，你叫學生們準備幾個節目。」

「……咱沒有三圍符合標準的女學生，這表演是不是就算了？」

「別油嘴滑舌的，對了，還有接待人員你也安排幾個。」

接待？這夥人誰是接待別人的人啊！老張桃李滿天下，很多學生現在身居高位，你讓好漢們跟他們勾肩搭背，「局長哥哥」「處長哥哥」，這能行嗎?!

晚上朱貴給我打了一個電話，說：「小強，你快過來，有事。」

我聽他口氣有點急，忙問怎麼了，朱貴說：「你快來吧。」

我只好往那兒趕，一路猜測著究竟是什麼事。

到了酒吧，見杜興居然也在，他身邊圍著好幾個少男少女，見了我一起低頭叫：「師叔——」我納悶地說：「這是怎麼論的？」

其中一個漂亮女孩衝我頑皮地眨眨眼說：「師叔你不記得我們啦？」

我使勁看了她幾眼，說：「恕師叔老眼昏花……」

「呵呵，我們是上次在這兒和人比街舞的那幾個，想起來沒？」

「哦——」我恍然地說：「難怪記不起長相，光看這小腰像是見過呢。」

女孩們嘻嘻哈哈地挽著杜興，杜興看看我，不自在地說：「非要跟我學什麼街舞——我真的就小時候跟老拳師學過幾天虎鶴雙形……」

「你就教教他們你那天是怎麼蹦躂的，」我跟那兩個女孩子說：「以後別叫叔，叫哥就行了。」

我跟他們說笑了一會兒才找到朱貴，他看上去沒半點有急事的樣子，歪坐在櫃檯邊上看服務生們拿木勺舀酒，我問他怎麼了，他頭往一張桌子上點了點，我回頭見一個人趴在桌子上，跟前放了一堆碗，看樣子年紀不小了。

朱貴說：「喝醉了。」

我不明白他的意思，問：「沒給錢？」

「沒給。」

「……你說的就是這事兒？」

朱貴點頭。

「你耍我啊，搜搜他身上有錢沒，要沒有，架出去不就完了嗎？這種事也叫我過來！」

朱貴打斷我：「劉老六送來的。」

……我終於知道是什麼事了。

我小心翼翼地問朱貴：「劉老六沒說這人是誰？」

「沒。」

「你也沒問那傢伙？」

「來的時候就醉了，又喝了幾碗，誰也叫不醒了。」

我嘆了口氣，走到那人跟前，這才發現是一個瘦老頭，頭髮花白，攏著一個小抓髻，從衣服上看不出是哪個朝代的，大概是已經換過了。

我拍拍他肩膀，沒動靜，朱貴說：「沒用，我試過了。」

我拿了瓶冰鎮礦泉水，對準他剛要潑，朱貴警告說：「你可想好了，這人要是廉頗你可要倒楣，就算是黃蓋黃忠我也制不住。」

我額頭汗下，說：「要不把林沖和李逵叫來我再潑？上了年紀的武將誰最愛喝酒？」

朱貴笑嘻嘻地說：「也說不定是個詩人呢，賭一把唄。」

這是賭命啊，這人別是醉拳的創始人吧？

我把礦泉水往手裡撩了點，心驚膽戰地往他頭頂上一拍，然後一個箭步跳出兩米多遠，靜觀其變。

那老者被冷水一激，慢慢抬起頭來，臉色紅得像要滴出血來，噴著酒氣茫然地看了四周一眼，我忙問：「大爺，您貴姓？」

老頭也不知道明白不明白我說的什麼，高聲嘆氣：「噫吁唏……」一句話沒說完又倒在桌上。

「噫吁唏？歷史上有這人嗎？」我問朱貴，朱貴聳肩膀。

這時杜興那小女徒弟搭話：「這好像是古人的感嘆詞吧。」

「你確定沒有叫噫吁唏的武林高手？」

她旁邊的男孩指著她說：「這是我們學校中文系的系花。」

我才多少放了心，看來這老頭八成是個文人，我大著膽子一瓶子冰水潑過去，那老頭一機靈，猛地坐起身，憤然道：「五花馬，千金裘，呼兒將出換美酒，與爾同銷萬古愁！」

我拉住系花：「他這說的什麼？」

「是一首詩，叫《將進酒》。」

「誰寫的？」

「連這都不知道，李白啊，我最崇拜的詩人。」

我也吃驚非小，走近那老頭，小聲問：「你是李白？」

老頭渾然不知自己身在何處，聽了我的問話，愣了半天，才醉眼朦朧地看著我，斷斷續續地說：「你……你怎麼知道？」

我跟朱貴要了一條毛巾擦著繼往開來的汗，雖然我很「白」，但也知道李白震爍古今，某詞人說過，李白之後，就再也沒有詩人了。

我擦完汗，把毛巾遞給李白，小心地問：「您這是打哪兒來？」

李白擦著頭上的水，迷迷糊糊地說：「這……是哪兒？」這才發現自己身處一個「群魔亂舞」的地方，雷射燈灑下萬點金光，舞池裡的男男女女發洩著剩餘的體力，形似抽搐，表情猙獰，在四面八方吼著：「鬧鬧，鬧鬧鬧鬧，鬧鬧鬧鬧——lonely, lonely, lonely……」

李白稍微清醒了一點，如釋重負地說：「終於到地獄了。」

我鬱悶地說：「應該說您已經出來了，您還記不記得上次在人間，是什麼時候什麼地方？」

「……宣城吧，我記得我喝著喝著酒，就來倆人拿鏈子鎖我，我還以為又是李璘（註：反王，李白入過其幕府）的事呢，結果他們說我死了——這不就到了地獄了嗎？」

我無語了半天，看來這裡給李白的第一印象很不好，我正想解釋，李白忽然一眼看見剛上舞臺的杜興，一指說：「噫吁唏！鬼裡頭也有這麼醜的。」

……

第七章

霸王追虞姬

這時，不知是哪來的一陣清風，拂開了那美女遮掩下半邊臉的薄紗，

然而就是這驚鴻一瞥，劉邦卻臉色大變，

他猛地揚起一隻手指著臺上，一句話也說不出來。

良久之後，劉邦才驚悸地輕輕吐出兩個字：「虞姬！」

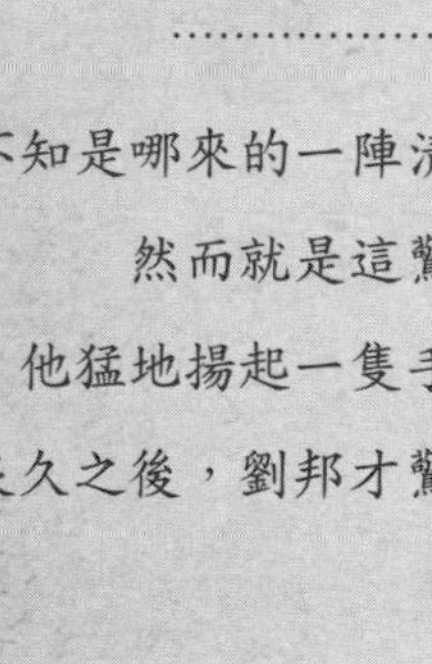

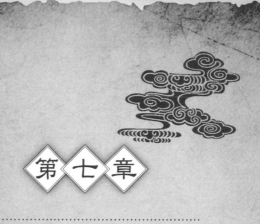

等他適應了一會兒環境，我大聲問：「你還記不記得那倆人把你帶到地方以後，你簽沒簽過一紙文書？」

「……依稀是簽過，說什麼仙界什麼一年，我心想到了這裡，人為刀俎我為魚肉，要簽便簽吧。」擦完水以後，李白開始像正常人一樣說話了。

我高興地說：「簽了就對了，這不是地獄是仙界，你可以在這待一年！」

我倒不是想騙他，現在反正跟他解釋不清，不如讓他以為自己已經身登極樂，誰樂意在地獄待著呀?!

李白搖手道：「你莫誑我。」

我拉過中文系系花來，指著她的白玉小腰說：「地獄有這麼漂亮的妞嗎？」

李白看了一眼系花，搖頭晃腦道：「巧笑倩兮，美目盼兮。」

我見系花臉一紅，問她：「他說的什麼？」

系花瞪我一眼，坐在李白旁邊說：「聽你剛才說的，你好像支持李白是醉死宣城的說法，為什麼不同意後兩種呢？」

李白愕然：「什麼後兩種？」

「難為你這麼喜歡李白，卻連他仙逝的三種傳說都不知道，後兩種，一種是說他病死當塗，還有一種是說他酒醉後看水中映月，撲身去撈——」系花面泛潮紅：「我喜歡最後一種說法，好浪漫哦。」

李白斜她一眼，說：「我又不是猴子。」

系花嗔道：「你認真點行不行，我不許你嘲諷我偶像。」

我忙在系花耳邊說：「估計是一喝多就這樣，我有個哥們一喝多就說自己是無尾熊，在衣架上一待一夜。」

系花恍然，往李白那邊挪了挪，笑著說：「李白我問你，你對自己的哪一首作品最滿意——不許說下一首啊！」

李白咂咂嘴說：「有酒嗎，我半個時辰沒喝酒了吧？」

系花說：「你要告訴我，我就請你喝酒。」

李白開始把那一摞碗的碗底兒往一起湊，淡然笑道：「連當今皇上也不能要脅我。」

我說：「當今皇上已經不是李隆基了……」

系花呵呵笑道：「是我的錯，你『安能摧眉折腰事權貴，使我不得開心顏』，自然也不會為了一碗酒跟我說話。」她示意服務生端酒。

我指著那摞碗說：「這也都算你的啊。」

我不是在乎那幾個錢，我是為了成全小姑娘，能請自己的偶像喝酒多幸福，梅姑，國榮，你們啥時候來我這兒呀？

酒端上來以後，系花把剛上的酒往李白跟前推了推，笑嘻嘻地說：「大詩人，你怎麼不喝呀？」

我提醒她說：「你不覺得你不夠誠懇嗎？」李白雖然一生仕途多舛，但粉絲巨萬，心氣可是很高的。

系花止住笑，捧起酒碗敬上，說：「這位大叔，不管你是不是李白，我想和你聊聊，可以嗎？」

李白這才接過酒喝了一口說：「你適才問我什麼？」

「你最喜歡李白的哪一首詩？」

「你說我自己寫的那些呀？」

「……」系花無語。

「你猜呢？」

系花無奈地說：「我猜你最喜歡《將進酒》，你剛才不是還念的嗎？」

「嗯，這首我寫的時候很順，都沒打底稿，不過不是最喜歡的。」

「那就是《蜀道難》，我們教授說，這首詩基本上就是李白一生的概括和感嘆。」

「他說的挺對，他是翰林嗎？不過這首也不是我最喜歡的。」

「……那就是《飲中八仙歌》，天子呼來不上船，自稱臣是酒中仙，我們班有個男生最喜歡這句，有次他在宿舍喝酒不去上課，我們輔導員去叫他，他就是這麼說的。」

李白說：「別提這句了，就是跟它倒的楣，」他喝一大口酒說：「雖然要我重選，我還會那麼說，不過不是這首。」

小姑娘眼睛直骨碌，忽然說：「有一首你寫的詩叫《子夜吳歌》，第一句是什麼來著……」

李白喃喃道：「長安一片月，萬戶擣衣聲。」

系花馬上說：「還有一首，叫古風……」

李白咕嘟咕嘟把酒喝乾，苦笑道：「這首可長了，你哪句想不起來了？」

系花說：「我一句也想不起來了，你能背一遍嗎？」

李白隨口道：「大雅久不作，吾衰竟誰陳。王風委蔓草，戰國多荊榛……下句是什麼來著？」

「龍虎相啖食，兵戈逮狂秦。」

「對對，再給我來碗酒，我理理思路，給你重新做一遍。」

酒上來，李白連喝兩口，繼續道：「正聲何微茫，哀怨起騷人……」

等他念完最後一句，我都快睡著了，只聽李白說：「這個太長，中間有個別字，可能和原來的不一樣，不過效果好像不差。」

系花滿臉崇拜地說：「哇，真不簡單，我背這首花了好幾天時間呢。」

李白這才反應過來，說：「你會背還讓我又做一遍？你還不相信我就是李白？」

系花呵呵笑說：「我就當你是，說嘛，你到底最喜歡哪一首？」

李白壓低聲音，說：「《梁園吟》。」

「啊，『我浮黃河去京闕，掛席欲進波連山』那首？」

李白點頭。

「那首很普通啊，為什麼呢？」

李白攏了攏稀疏的白髮：「這首詩有個典故你知道嗎？」

「梁園吟……是千金買壁吧？宗夫人就因為這首詩愛上了李白，還嫁給了他。」

李白有點不好意思地說：「我這輩子，哦，是上輩子，做了無數的詩，只有這一首給我帶來了切實的好處。」說到這，他嘿嘿笑了幾聲。

系花不禁問：「宗夫人漂亮嗎？」

李白微微搖頭，說：「要知道女人是不能光用姿色來衡量的，只能說她很綽約，很綽約呀。」

系花總結說：「她不漂亮，卻很美？」

李白愣了一下，喝乾一碗酒，說：「小友也寫詩？」

系花臉紅：「寫著玩的。」

李白惋惜道：「可惜你是女兒身，不然必能求一功名。」

我終於有了插嘴的機會：「人家有功名，本科，再說女兒身怕什麼，在我們這兒性別是可以自己選的。」

「你寫的詩讀來聽聽。」李白對系花說。

這時系花的隊友們喊她去跳舞，我跟她說：「好好讀你的書吧，跟這群瘋小子混在一起幹什麼。」

系花不滿地說：「我們也需要放鬆嘛，誰說他們是瘋小子了，他們可都是拿獎學金的人。」

我說：「難怪舞跳得一股呆氣。」

系花瞪了我一眼，這才跟李白說：「你真要聽啊？」李白點頭。

「那你可不許笑我哦——」

系花整理了一下表情，深情地朗誦：「記憶——最後一下疼痛，最後一道傷口，最後在最後之後，只好最後默念一次，最後，記憶最後一次打開，只是記得第一次，忘記地很快，很快……」

李白嘬著酒，見她叨咕了半天沒動靜了，催促說：「念吧。」

系花愕然道：「念完了呀。」

然後兩個人你看我我看看你，都很尷尬，李白抱歉地說：「我以為你要給我念詩呢。」

系花說：「我念的就是詩啊……」

兩人再次陷入尷尬。

為了緩解氣氛，系花說：「李白，再問你最後一個問題，在所有詩裡，你最喜歡哪一句？」

我見李白面前的碗層層疊疊，也不知道他的酒量是怎麼練出來的，不禁感慨道：「只要工夫深，鐵杵磨成針呀。」

李白說：「對，就是這句。」

……

系花站起身說：「李白，你很有趣，我什麼時候才能再見到你呢？」

我低聲問她：「你不會真的相信他就是李白了吧？」

系花低聲答：「差點就信了。」然後她又跟李白說，「或許你下次別喝酒，我們聊聊川端康城和海子（編按：原名查海生，中國當代詩人）？」

李白問我：「誰呀？」

我說：「海子是一個住在海邊的孩子；川端不熟，我只知道飯島愛和武藤蘭。」

這回該系花問我了：「這倆人是誰呀，詩人嗎？」

我邊走邊推她說：「對，行淫詩人。」

把系花送到臺上去，我這才回來坐下，有點不知所措地說：「李……大爺……叔……」

李白揮揮手說：「叫太白兄就行，杜甫老弟就是這麼叫的。」

哇，跟詩聖待遇一樣。

李白問我：「怎麼稱呼你？」

「我叫蕭強，你叫我小強或強子都行。」

「哦，小強是你的字？」

我心說哪有字小強的，不過我馬上想到既然我接待的都是古代的客戶，沒個字，確實有點不方便，人家魏鐵柱還字鄉德呢。可是叫什麼好呢？李白字太白——蕭強字……很強？要再需要一個號，就號「打不死居士」？

我跟李白說：「太白兄，酒喝好沒？」

「嗯，也有七八分了。」

「那咱下榻去？」

「可以……」李白說著要站起來，我急忙攙著他往外走，想了想，還是把他直接送到學校去比較好，那邊宿舍樓已經可以住人了。

我想著以後劉老六再帶人來，是不是可以叫項羽開車接送一下，這傢伙在老車神的點撥下已經可以上路了，現在正在練習倒車入庫。

老李本來醉著來的，現在又喝了一通，出門一見風就吐了，我把他弄在車斗裡，坐了一會他反而來精神了，看著萬家燈火又喊道：「噫吁唏！」

「太白兄，這比長安有看頭吧？」

李白顧不得強烈的好奇，失落地說：「其實我在長安也就待了兩年。」

我發動摩托車，李白向後一仰，失色道：「這東西會動！」然後指著街上飛馳的汽車大驚，「魑魅魍魎！」

「太白兄，坐好了，跑的那些不是，裡面坐的才是魑魅魍魎。」

「……這是第十八層了吧？」李白興奮地站起來喊：「我到了十八層地獄啦！」

我看時間不早了，就加大馬力，老李一路大喊大叫，要不就像「鐵達尼號」裡的傑克一樣張開雙膀，大喊「大鵬一日同風起，扶搖直上九萬里」，要不是風頂得他站不起來，這老頭說不定真的就飛了。

好不容易到了郊區，老李瘋也發完了，他變得很安靜，最後問我：「小強，這到底是哪啊？」

看來以李師師為講師的班，很有必要加快速度開起來。

李白可能是所有我接待的客戶裡最糊塗的一個，在他的記憶裡，剛才還在喝酒，然後就被兩個人帶走，再然後就到了這個滿世界都是「魑魅魍魎」的地方，也就是說一點緩衝也沒有，難怪要癲狂了。

而別人就要好得多，其實陰間和監獄一樣，應該是個最長見識的地方，比如兩個鬼魂碰一塊了，甲問乙：兄弟，哪個朝代的啊？

乙：你呢？

甲：我秦朝的。

乙：我明朝的。

甲：明朝什麼朝啊？

乙：在你們之後呢。

甲：喲，那你說說我們秦朝最後怎麼了？

乙：讓一個叫劉邦的滅了，改了漢朝了。

甲：哎……

乙：也不知道我們明朝最後怎麼了。

這時過來一個清朝的鬼，插一句：你們明朝啊，讓我們清朝給滅了……

梁山好漢們就是這樣，在陰間把上面的世事弄了個八九不離十才來，不過他們這是屬於例外，像秦始皇荊軻他們就沒怎麼滯留。所以很有必要弄一個啟蒙班，這個班有兩個任務：第一，告訴他們這不是仙界；二，讓他們明白這裡比仙界並不差，這樣出了啟蒙班再去高級班，根據自己的興趣愛好，想在現代往哪個方向發展，再選擇適合自己的特長小組……

我被自己的設想弄得很是激動，忽然來了詩興，我大聲道：「噫吁唏！」

李白嚇了一跳，我抱歉地衝他訕笑了一下說：「太白兄，小弟也有一首詩，想在太白兄面前班門弄斧。」

「哦，不妨吟來。」

我停下摩托車，低沉而又抒情地說：「在蒼茫的大地上……」

李白看著我，意示嘉許，然後要我繼續。

「什麼也沒有……」我突然冒出這麼一句來。

李白微微點頭道：「很直白，但很有感染力。」

然後我就傻了，噫吁唏。

李白還在聽著，半天沒動靜之後他看看我，說：「繼續啊，還沒點題。」

我憋了半天，終於爆發式地點了一句題：「大地蒼茫！」

「完了？」李白問。

「嗯，」我不好意思地說：「太白兄，我這詩怎麼樣？」

李白面無表情地說：「咱們是不是快到了？」

「嗯，快了。」

……

學校現在已經頗有規模，向東俯視高速公路，在距此兩公里以外的鐵路上居高臨下看，紅色的圍牆無限擴張，只是在廣袤的校園裡，校舍區只占了不到十分之一的地方，看上去不太協調。

李雲也曾問過我為什麼不把宿舍和教學樓分佈得錯落一些，我說不想讓他們太辛苦，以後從宿舍出來，長途跋涉去教學樓，上完課再暴走食堂？那戴宗倒是沒什麼，吳用、金大堅他們怎麼辦？他們吃完中午飯再往教學樓走，等到了又該開晚飯了。

所以現在宿舍食堂和教學樓都建在一起，雖然距離拉得也很適中，但放在如此蒼茫大地裡，就顯得什麼也沒有，大地蒼茫。你站在一個點上，根本看不見遠處還有圍牆，跟身在大野地是一樣的。

我要圍牆，完全是和當年的萬里長城一樣，有很大一部分是出於心理因素的需要。

三百人的帳篷在靠近校門的地方，所以我得先路過他們，摩托車的遠光燈打出去，晃得對面站崗的小戰士看不清來人是誰，又不知道該怎麼喝止，習慣性地喊道：「口令！」

我看到他們的一瞬間冷汗就濕透了全身：對面兩個戰士，一個半蹲一個站著，手裡端著上箭開張的弓！我大叫：「不要開槍，不要開槍，是我！」

「蕭壯士？」兩人把弓放下。

「誰呀？」經這麼一鬧，顏景生披衣出來，我忙示意兩個戰士把弓藏起來。

「蕭主任，這麼晚了你來幹什麼？」

「……送個教國文的老師。」

顏景生戴好眼鏡，這才發現車斗裡還坐著一個，他微笑著和李白打招呼：「你好你好，以後就是同事了，叫我小顏就好。」

「這是李老師。」我忙替李白介紹。

李白這時酒勁剛過，睏勁犯了，小抓髻也被風吹散了，跟星宿老仙似的，兩眼朦朧地衝顏景生點了點頭。

顏景生皺眉道：「他喝酒了？」

李白聽到酒這個字，半睡半醒地喊了句：「酒來！」

顏景生把衣服往緊裹了裹，小聲跟我說：「這人能為人師表嗎，別把孩子們教壞了。」

我眼睛往對面一掃，忽然發現梁山好漢們的帳篷都空了，我一把拉住顏景生問：「對面的人呢？」

「你問他們呀，他們都搬進宿舍裡去了。」

「啊？不是說後天一起搬嗎？」

「他們說既然有房子為什麼還要住帳篷，今天施工隊一走，他們就集體搬進去了。」

我罵道：「這幫活土匪！」

顏景生笑說：「其實他們說的也滿對的，何必為了做秀為難自己呢？」

想不到他也有明白的時候，我說：「你為什麼不跟著去呢，你也是老師。」

「我習慣和孩子們一起，我越來越覺得他們可愛了。」

就在這時，他說的那幫「可愛的孩子」已經分兩路包抄了過來，草叢深處探出不知多少把弓已經對準了我。難為他們為了不打草驚蛇，還留了一部分人在帳篷裡繼續打呼嚕。

顏景生看到從兩邊突然出現的戰士，和把匕首藏在手腕內側的徐得龍，奇怪地說：「你們怎麼還不睡，去哪了？」

徐得龍見是我，衝遠處一揮手，弓箭消失，打著馬虎眼說：「我們睡不著，就出去走了走。」

顏景生動情地跟我說：「看見沒，學校建成，同學們都興奮得睡不著覺了。」

我抹著汗說：「顏老師你先去休息吧，明天可以讓同學們也搬到宿舍樓裡住，帳篷留下就行了。」

顏景生點著頭說：「這個辦法好。」又衝徐得龍他們說，「你們也早點睡，如果實在睡不著，就背背單字和公式……」

顏景生走後，我看了一眼徐得龍手裡的匕首和剛才站崗小戰士扔在草地裡的弓，很嚴肅地跟他說：「不是讓你們把武器都收起來嗎？這任何一件都會惹來大麻煩，你明不明白？」

徐得龍還很少見我這麼認真，有些氣餒地說：「我們不想前兩次探營的事情再發生，這簡直就是我們的恥辱！」

「那你們可以製造一些簡單又不會傷人命的東西嘛，記住要用現代的材料做。」

徐得龍說：「好，我知道了。」

我問他：「探營的沒有再來吧？」

徐得龍搖了搖頭：「可能他發覺我們已經加強警惕，所以暫時沒再來，我已經安排了暗哨。」

「可能是你們真的太緊張了，我想不出現代怎麼會有你們的敵人——你的暗哨在哪兒？」

「我也不知道，流動的。」

離開三百人的軍營，我帶著李白到了宿舍樓，就見一二兩層樓不少房間燈火通明，間或傳來幾聲好漢們豪爽的笑聲。看來這幫活土匪換了新環境很開心。

我架著李白進了樓，想隨便給他找個房間，我推開一間房門，見金錢豹子湯隆正光著膀子和李逵還有幾個好漢在賭錢；推開第二間，董平和林沖在聊天；推開第三間，金大堅已經睡了；第四間，安道全在給段景住算流年，算見他流年不利，歲末當死；第五間，廁所……

我推開第六間房，扈三娘也不知道在幹什麼，把自己吊得那麼高，還沒等我抽動鼻子，她已經跳下來用胳肢窩夾住我，用拳頭擰我頭皮，我在她懷裡滾著腦袋，一邊大叫：「放開我，你知道我扶的這人是誰嗎？」

「天王老子也揍完再說。」扈三娘繼續擰我頭皮，李白沒有人扶著，栽栽歪歪倒在床上，他倒不傻，還知道揀軟的地方躺。

扈三娘立刻扔下我，老鷹抓小雞一樣抓向李白，罵道：「醉鬼也敢往老娘床上躺。」

「那人是李白！」我大喝一聲。

扈三娘猛地停下手，看著我說：「李白，寫詩那個李白？」她的聲音居然有點顫抖。

我大喜，看來李白盛名之下，連土匪都要禮讓三分！

等等，為什麼扈三娘的聲音聽上去不像是激動而是像激憤？為什麼她的眼神不是脈脈含情而是充滿殺氣？為什麼她那練過鐵砂掌的纖纖玉手對著李白的臉高高揚起……

我忙從後面把她抱住，死命拖開，扈三娘四肢離地，還指著李白大罵：「奶奶的，老娘小時候就是因為沒背出來《行路難》被老頭子打手心，逼得老娘一個小姑娘家後來只好舞槍弄棒，你說你沒事寫什麼破詩啊？」

我邊拉她邊說：「別打別打，你小時候總比我小時候好，你那會詩人少，我們後來還得背宋詞和元曲呢。」

扈三娘停下手說：「算了，我不打老頭，你快把他弄出去，看著就討厭。」

我又架起李白，問她：「吳軍師住在哪兒？」

扈三娘厭惡地揮手道：「老娘怎麼知道，自己找去。」

我只好扛著太白兄又滿樓道躥，最後到了宋清屋裡，這個溫和的小夥子說：「吳軍師也不知在哪屋，你就把他放這吧，我照看些。」

李白一躺到床上就呼呼睡去，宋清擰了條濕毛巾給他擦了臉，我跟他閒聊了一會兒，才知道好漢們以無邏輯順序佔據了四層宿舍樓裡一二層的大部分房間，有的是一個人住，有平時處得來的，就幾個人住一起，現在的情況是這兩層樓只有極個別的房間是空著的，已經無法統籌安排。

這些傢伙如此自由散漫，居然能在前期的戰鬥中百戰百勝，倒也稀奇。不過後來在碰到紀律嚴明的方臘時吃盡了苦頭，人家八大天王對他們一百多，硬是把他們十成拼得去了七八成，雖然其時魯智深、公孫勝這些實力派人物沒有參加討伐，給梁山實力帶來不小的損失，但還是說明梁山內部存在嚴重的問題，這都快一千年了，還不知道吸取教訓。

我辦完事，騎上車往回走，我上了公路很快進了市區，在一個路口遇上了紅燈，路邊是一家小型電影院，這家電影院頂上有一個向上的探照燈，像兩朵苞芽一樣映射天際，並且不斷旋轉，當它的燈身轉到廳頂內側時，我赫然發現一條瘦小的黑影完全沐浴在光柱裡，他穿一身夜行衣，半蹲在屋頂上，一動不動。

我興奮地站起身喊道：「遷哥！」

這時燈光轉開，黑影也隨之不見了，我就等時遷下來和我說話，自從那天晚上在酒吧見過一次之後，時遷就再沒出現，大概是找不到柳軒，不好意思回來，他回過幾次學校，但大部分時間就像蜘蛛俠一樣遊蕩在這個城市裡，尤其是晚上。

我等了半天還不見他下來，電影院房頂上也沒了人，正在左顧右盼，身後的計程車司機探出頭來罵我：「你還走不走啊？」

原來紅燈已經變綠了，我見他車裡坐著人，知道耽誤人家賺錢了，就朝他吐了口唾沫表示道歉，然後開車走人。

可能是心理作怪，我總懷疑時遷還在跟著我，總覺得暗處有黑影流竄，有時候我故意放慢車速，四下裡卻又平靜如水。我開進當鋪的巷子裡時，趙大爺的兒子趙白臉又不睡覺在街上遊蕩，趙白臉是背對著我的，當我的遠光燈打在他身上時，他驀然回首，毫無血色的臉上面無表情，指著我身後厲聲斷喝：「何方宵小？」

我也緊跟著一回頭，似乎見一條影子上了屋脊，我問：「是遷哥嗎？」我笑著跟他說：「你怎麼不喊『有殺氣』了？」

趙白臉緩緩搖頭：「不是殺氣。」

「那是什麼，我送你回家吧。」

趙白臉高深莫測地笑了笑，把手中的墩布一順，擺了個蛟龍出水，然後跟我說：「我餓……」

第二天一早我又得開始忙，明天學校掛牌，也不知道要來多少人，沒有個接待不行，人急了腦袋就會特別靈光，我忽然間想到：放著孫思欣這麼精靈的小子不用等什麼？我一個電話打過去，把大致情況一說，孫思欣問：「強哥，辦這事你準備花多少錢？」

市面上婚慶公司給我算的是三十萬，我跟孫思欣說：「三萬！」

孫思欣：「知道了，保證辦得風風光光的，明天你把來賓名單給我一份就行了。」

這大事就這麼妥了。

我想起老張讓我叫些朋友去捧場，這事就簡單多了，先通知老虎，再跟古爺說一聲，陳可嬌那小妞總算我們合作一場，也知會到了，這些人都算是有頭有臉的；讓杜興把他的小徒弟們都叫上，這就差不多夠熱鬧了。

讓我始料不及的是白蓮花打電話來讓我拿鑰匙，我說這幾天沒空，她一問，然後馬上表示明天會去學校親手交給我，順便看看能不能幫上什麼忙。

到了正日子，我穿上鎖在櫃子裡N年的西裝，跨在摩托車上，鬥志昂揚地出發了。

等我快到學校的時候，就發現氣氛有點不一樣，附近十里八鄉的村民已經自發地趕來湊熱鬧，連鎮上的糧食加工廠聞訊，都送了我五十桶葵花油作賀禮，由廠長的小舅子親自運送。

我到了校門口一看，孫思欣已經開始忙碌了，然後我被那根最高最粗旗杆上的旗幟吸引住了：居然是一面聯合國旗！在它旁邊的小旗杆上，依次飄揚著聯合國衛生組織、世界貿易組織、紅十字……一共八面大旗。

我急忙問孫思欣這是怎麼回事，孫思欣說：早先不知道門口有這麼多旗杆，校門口又不好掛國旗，匆忙間只好買了些裝樣子，也好顯得正式些。

我也沒咒念了，前天晚上來的時候沒注意到這些杆子，後來我才知道這是李雲的傑作，他在梁山幹活習慣了，去哪兒先得把一百零八條好漢掛旗的杆子立起來，最高最粗那根是準備掛「替天行道」的，剛立了八根才想起來這是學校，於是剩下的就沒再弄，就成了今天這個樣子。

我又問他怎麼在門口，裡面誰管，他說：「裡面是一位姓白的小姐在忙活，我看她身手挺俐落的，就出來接客。」

我進學校一看，果然是白蓮花在招待，白蓮教主今天一身米色套裝短裙，光豔照人，把裡面的秩序安排得井井有條：貴賓先進休息室——由教室臨時改裝，與會者進大禮堂落座等候，她見我來了，偷空把鑰匙給我，說：「我們清水家園聽說蕭先生今天開業，特委派我來道賀，還連夜趕製了一些學校用的標語，請笑納。」

她這麼一說，我才發現禮堂上掛著不少標語，像教學樓上是「今天我以育才為榮，明天育才以我為榮」，學校門口「歡迎各界領導嘉賓蒞臨」都是他們清水家園贈送的。

今天來道賀的人可真不少，古爺人沒來，送來兩個連門都進不去的巨型花瓶，擺在禮堂門口；陳可嬌送來八十個花籃；老虎帶了五十多個人，開著一片黑車早就來了，現在在滿場找董平。

好漢們的帳篷都已經拆了，只剩下三百人的軍營煢煢孑立，我怕他們乍見這麼多人出亂子，叫孫思欣一早把他們安排到禮堂落座；好漢們我指揮不動，只能等開會的時候再叫，能來多少算多少吧。

在所有的賀匾中，有一塊「百年樹人」的牌子吸引了我，它很普通，排在領導們送的精美賀匾中一點也不起眼，下面落款也沒有具體人名：金廷影視娛樂股份有限公司。

金少炎是怎麼知道今天學校落成？如果他已經又成了那個飛揚跋扈的金一，那麼他送我這塊匾是什麼意思？是提醒我他還沒忘一磚之恨，或者是表示和解？

我沒時間多想，在老張的號召下，貴賓來得可是真不少，包括教育局長、文化局宣傳處處長、群眾文化館副館長、國稅、地稅、公安局及轄下派出所……最後連丐幫都來了！

我找到老張，見他一身中山裝，正被一群這長那長眾星拱月般圍在當中，他見了我，招手把我叫過去，給我一一介紹，然後趁他們不注意悄悄在我耳邊說：「這些人你要維持好。」

所有重量級的人物都已經彙聚在這屋了，屋裡有很多並不是老張的學生，是老張讓他那些學生硬生生拉拽過來的，我也悄悄問他：「為什麼這麼幫我？」

老張沒說話，使勁捏了我一下手，那意思很明確：你要好好幹，否則老子饒不了你！

今天的主要內容有三項：剪綵、開會、看表演。剪綵當然是首推老張，老張為了給學校以後打好基礎，非得把那幾個長頂到前面，最後有人出主意，老張和幾個長，人手一把剪刀，把彩綢碎屍萬段才作罷。

然後是開會，老張推來推去，最後還是坐在了中間，他的左邊是教育局長，右邊是文化局的副處長，以此類推。

在下面，三百人從一早就坐在禮堂，個個身板挺得標槍一樣，看得那些來賓嘖嘖稱讚，可就是苦了顏景生，為了起到「表率」作用，他跟著一起坐，半個小時以後汗流滿面，兩個小時過去，他已經木化了。

臺下坐的還有老虎帶來的五十個徒弟，說是徒弟，簡直跟老虎就是五十一胞胎，個個也是頭皮發青，膘肥體壯，其中包括上次那十二個跟我們動過手的，他們對李靜水和魏鐵柱相當服氣，跟同來的人指指點點介紹坐在隊伍裡的倆人。

還有就是一些懷著各種目的來的人，其中大部分是想和我談生意的，這麼大的學校，以後的吃穿住行用，沒有不花錢的地方，一旦把這個固定客戶拉過去，那將是很大一筆買賣。

讓我想不到的是劉邦也來了，還挎著個女人，仔細一看是那晚跳舞認識的黑寡婦。

劉邦指著我聲討說：「這麼大的事也不說告訴我一聲，要不是和鳳鳳一起來，我都不知道。」

「黑寡婦」鳳鳳驚訝地說：「你們認識？」

劉邦跟她說：「小強是我兄弟。」

鳳鳳興奮地說：「呀，那就是一家人了，這是我的名片……」

我接過來一看，寫著「天鳳成衣有限責任公司董事長郭天鳳」。這郭天鳳在本地算小有名氣：富太路不管盜版正版的衣服，五成以上的貨都是從她那進的。想不到劉邦還傍了一個體積很大的小富婆。

這郭天鳳跟我說的第二句話就是：「呀，你的學生們衣服也太難看了吧，大哥進批新的不？」

我忙說：「叫我小強就行了。」我看看三百，他們穿的還是我五十塊一套買的勞改服，頭髮也分批去爻村老剃頭匠那修理了，是很酷的鍋蓋頭，這三百人整齊地坐在那兒，再穿上那種衣服，難怪很多人一進禮堂，以為這是某某看守所搞的洗心革面的感化活動呢。

我問郭天鳳：「你那有便宜的沒？」

「你是真對這些學生好呢？還是要便宜的？」郭天鳳反問我。

我馬上說：「我真對他們好——但是我要便宜的。」

劉邦插口說：「鳳鳳，你那不是新來了批貨嗎？」

黑寡婦瞟他一眼，說：「我那可是『李寧』的！」

我忙說：「我可買不起。」

劉邦說：「哪寫『李寧』了，我怎麼沒看見？」

黑寡婦說：「寫上不就是了麼……」她見劉邦在我面前挺下不來臺的，於是衝我說：「哎算了算了，不寫了，就按普通運動衣賣給你吧。」

我挺樂的，過了半天才悄悄碰碰她，低聲說：「嫂子，寫上字按普通價賣我行不？」

一聲嫂子叫得黑寡婦心情順暢，痛快地說：「行。」

這時，大會在蓮花教主的主持下開始了，首先請局長講話，局長就是有水準，先從前些日子的地震，然後是十年大事回顧……

局長同志話還沒說完，一群人吊兒郎當地從禮堂門口溜達進來，見人都滿了，便呼三喝四地從最後一排往中間跳，間或夾雜著「俊義哥哥坐這吧」「安神醫，來這坐——哎你往那邊點」的吵鬧聲：除了梁山好漢們還能有誰？

主席臺上的人一齊皺眉，我使勁衝好漢們往下按手，然後他們蹦到座位席的都擠著坐下了，有的蹦不進去，就站在最後邊聊閒篇，我見老虎緊跟著董平，董平卻和戴宗談笑風生的，根本不理他。

會場好不容易安靜下來，局長也沒了興致，簡單說了兩句就把麥克風給了張校長，張校長左右看看，沒人表示要講話，便清清嗓子說：「下面有請育才文武學校的法人代表，蕭強蕭主任給大家講兩句。」

我頓時傻了，要說為這學校操心最多的，那我是當仁不讓，但我是打著幫朋友的名義，從來沒想過要去主席臺上說兩句，張校長見我木著，在上面衝我直招手，白蓮花滿臉歉意地小聲說：「對不起啊，忘了在上面安排你的座位。」

我則連連朝張校長搖手，好漢們開始起鬨，張順和阮氏兄弟帶著倪思雨神秘出現，張順還不忘喊一句：「小強，來一個！」

顏景生也不知哪來的機靈勁，帶頭鼓掌，然後是三百人整齊洪亮的掌聲，我知道我不上去是不行了，只好硬著頭皮走上臺。

我接過麥克風吹了吹說：「我要說的只有一句……」

全場靜。

「有一個算一個，中午管飯！」

人們都愣了，面面相覷，然後最先傳來的是禮堂外面老鄉們雷鳴般的叫好聲和喝彩聲，外面的孫思欣不知道狀況，以為會議已經達到了高潮，指揮人點燃了鞭炮……

在一片嘈雜聲中，在運動員進行曲的配合下，滿頭細汗的白蓮花宣布會議完滿結束，下面進入演出時間……

主席臺上的各位領導們在一直發矇的狀態下，搬著自己的凳子坐到下面，他們中有不少人以為這會起碼還要開個把小時，已經自動進入昏昏欲睡狀，愕然一驚後知道我已經結束了講話，紛紛讚許地拍了拍我的肩膀。張校長使勁擰了我一把，不過看樣子也沒生氣。

第一個節目是三百人的，我已經通知顏景生準備了，白蓮花報完幕後，徐得龍一聲令下，三百鐵血「垮」的一下集體起立，分成兩組從主席臺兩側上去，列成兩個方陣。

曾經和李靜水他們兩個交過手的那十二個功夫男興奮地跟同夥說著什麼，他們可能以為三百人要表演群毆了。

三百人這一起立，確實震驚了不少人，他們還從沒見過如此威武迅捷的學生，三百人分成兩組對立，目光堅定地注視著對面，氣勢恢弘，真有點像要格鬥的意思，再加上這是一所文武學校，臺下的人們充滿了期待。

顏景生走到兩隊中間，徐得龍發口令：「向左右——轉！」

「垮」一聲，三百人同時轉向顏景生。臺下大嘩：難道這斯文青年要表演什麼絕世功夫？

現在我也糊塗了，顏景生他要幹什麼？

這時顏景生把雙手平伸，領頭唱道：「我們都有一個家，預備——」一揮手，「齊！」

三百人開口唱：「我們都有一個家，兄弟姐妹都很多……」

眾人絕倒，搞了半天原來是個大合唱。

後來還是老虎的徒弟們上去劈了一堆磚頭，來賓們這才轉嗔為喜；等杜興那倆小女徒弟上去跳了一段現代舞後，全場皆大歡喜。

系花和另外一個女孩子跳完舞，笑嘻嘻地說：「我們兩個只是拋磚引玉，下面有請真正的舞蹈家為大家表演。」

我直以為杜興要上場了，卻見從臺下飛身上去一個華麗的小妞，她穿著一身叮噹作響的珠簾衣，露出盈盈一握的小蠻腰，一抹輕如浮雲的薄紗擋住了她的下半邊臉，只露出一雙晶瑩的眼眸略帶涼意。看裝扮像是中世紀阿拉伯少女。然後她輕擺腰肢，手臂像春日裡發芽的楊柳一樣緩緩上揚，珠簾隨之清脆作響，妙曼無比。

我至今也不知道她跳的是什麼舞，只記得這個眼神略帶涼意的小妞擋住半邊臉跳舞就能震懾全場，包括那三百不近女色的岳家鐵血，那群桀驁不馴的再世土匪，以及那些見過大世面的這長那長……

我在臺下也看得不能自已，兩眼瞇成一條縫，思量著和系花要她的電話。

劉邦畢竟是劉邦，他很自然地瞄臺上幾眼，然後充滿癡戀地看著黑寡婦，這小子，這麼快就移情別戀了。

這時，也不知是哪來的一陣清風，拂開了那美女遮掩下半邊臉的薄紗，臺下很多人都看清了，她是美女，卻並不驚豔，她的臉型偏消瘦了一些。

然而就是這驚鴻一瞥，劉邦卻臉色大變，他猛地揚起一隻手指著臺上，一句話也說不出來。

黑寡婦充滿醋意地說：「漂亮吧？」

劉邦卻依然震驚地保持著那個姿勢，一動也不動，我看出了不尋常，悄聲問：「怎麼了？」

良久之後，劉邦才驚悸地輕輕吐出兩個字：「虞姬！」

我聽到這兩個字以後倒吸口冷氣，見劉邦是少有的凝重，知道他應該不會看錯，我忽然捅捅他：「你到前面去，看她還認不認識你了？」

劉邦苦著臉說：「虞姬可是一身好功夫，十來八個男人近不得身的……」

我說：「就算她認出你來，大不了揍你一頓，再說她穿著這身肯定跑不過你。」

劉邦死不答應。

黑寡婦好奇地說：「你們嘀嘀咕咕說什麼呢？」

我指著臺上說：「那個小妞是我們哥們失散了很多年的馬子，我有點吃不準，想讓劉哥過去認認，他不去。」

黑寡婦對劉邦：「去呀，怎麼不去？」

我跟她說：「因為他跟那哥們有過節，倆人因為搶地盤翻臉了。」

黑寡婦嘆氣道：「當年我跟一起出來打工的小姐妹也有過類似的事情，現在回頭想想真是恍然如夢，當時真是不懂事啊。」

我又在劉邦耳邊說：「你不想和項羽和解了？」

劉邦搖著頭說：「和解不和解還不就是那麼回事，再過幾個月各走各路，再說——他會原諒我嗎？」

我見有戲，忙說：「他恨你，主要還不是因為虞姬？」

這時黑寡婦踢了一下劉邦的鞋跟：「快去，大男人連這點胸襟都沒有？」

劉邦受逼不過，期期艾艾地往舞臺前邊湊。剛走到一半，那個傳說中的虞姬忽然抄起一把劍來，一個劍花挽起，刷刷刷舞將開來，主席臺上頓時寒光閃閃，劉邦撒腿就往回跑。

我嘆了口氣，知道劉邦指望不上了。

虞姬的節目一完，最後一個項目就剩看三百人喜遷新居了，我陪著領導們和嘉賓先一步來到外面，然後三百人排著整齊的隊列站到帳篷前面。

一個記者突然不知從哪冒出來，他背對著帳篷群，朝攝影機說：

「各位電視機前的觀眾朋友大家好，歡迎準時收看午間新聞，今天，我市一所名叫育才文武學校的技術學院正式落成，我身後就是該學院的同學們，而這些帳篷則是他們這段時間以來艱苦的見證……」

徐得龍一聲令下，戰士們開始拆帳篷，釘子一拔，腿彎一碰，一個帳篷就倒地了，然後兩個戰士一左一右像疊被子一樣疊起來，背起就走，整個過程不用一分鐘，看得人們嘆為觀止。

這時那個記者才剛說到「正式落成」那，他接著說：「下面，就讓我們懷著激動的心情親眼目睹同學們辭舊迎新的搬遷過程……」他說著話一轉身，才發現帳篷不但拆沒了，離他最近的三百戰士也走出二十米遠了。

合著今天就該出事，一個背著一大包刀的戰士路過局長面前時，引起了他的好奇，局長叫住他，探手拿出一把來，抽出半截刀身看了一眼。

戰場上用的刀，厚而窄，有著深長的血槽，而且這把刀因為飲血無數，周身一片可怖的血斑鏽，局長疑惑地說：「這刀……」

我剛才出了一小會神，因為我在搜尋虞姬，她跟杜興的兩個小女徒弟頗為親暱，這才心裡有了底，回頭一看大驚失色！

「……這是表演用的刀。」我急忙跑過來，信口胡說。

局長抽出刀來隨手在草上一揮，地上的草就順從地倒下一大片，局長把刀舉在眼前翻來覆去地看著，說：「能送我一把嗎？我是個刀具收藏愛好者。」

我能怎麼說，敢說不嗎？

局長把刀交給自己的司機提著，看來很開心。

能不開心嗎，這刀抽出來能殺人，放回去能當古董，無論使用價值還是歷史價值那都是天數，就算局長同志是個貪官，這輩子都不一定能買得起。

我拉住身邊一個人說：「你讓時遷把他認住，找機會把刀拿回來。」

那人奇怪地說：「強哥，你說什麼？」

我這才發現這話我是跟孫思欣說的，虞姬一出現，我腦子徹底亂了，其實就算在清醒的時候，我也偶爾會有不辨古今的情況，或者把時代搞混，經常問李師師明朝的事，還跟林沖討論過太極拳……

幸好時遷就在我身邊，我把事情跟他一說，他問：「現在偷回來行不？」

我說：「你傻啊，現在偷回來，他又和我要一把怎麼辦？」

時遷瞄了一眼司機上的那輛車，撇嘴說：「認住了——」

第八章

張半城

王靜笑呵呵地說：「那可說不定，

藝術系女生發生情殺率本來就高，尤其在學校裡。

再說，大名鼎鼎的『張半城』你朋友也敢追？」

「什麼意思？」

「追張冰的人海了去了，有半個城那麼多，

所以我們給她叫『張半城』。」

為了完成我的承諾，中午就在食堂開了流水席，是人就管飽，好在現在的農民也都有錢了，不在乎一頓飯，所以沒有出現萬人空巷來趕宴的盛況。

一干領導們微笑著去食堂視察了一番，沒吃飯就走了，我本來是要請他們擺架「八仙樓」的，老張說：「有我面子撐著呢，你就別搞那套了，省下錢給老師們發工資吧。」

我再找劉邦，這小子大概是知道我在想什麼，早就拉著黑寡婦溜之大吉，我只好一個人截住杜興的兩個女徒弟，虞姬和她們在一起。

我嬉皮笑臉地打招呼：「美女們好。」

系花和另外一個女孩子嘻嘻而笑，虞姬和她倆聊得正高興，我這麼突然冒出來，不由得瞟了我一眼。她已經換了衣服，手提長劍，雖在說笑，但眉梢眼角依然有種抹不去的鬱鬱，也因此有一種特別的韻味。我想起了項羽跟我說的，虞姬的美並不出眾，但就是有種魅力讓人不可自拔。

系花和另一個女孩也是面目姣好的美女，但和她一比都要遜色不少。

我假裝不在意地問系花：「這位女俠是你們同學？」

系花說：「是呀，我們學校藝術系學舞蹈的，她叫……」

虞姬咳嗽一聲止住她，然後淡然說：「我叫張冰。」

張冰？別人說和自己說有區別嗎？為什麼不姓虞？

我很突然地問張冰：「你認識劉老六嗎？」

系花和那個女孩一聽這名字就捂嘴笑，我一指遠處，跟她們倆說：「你看那是誰？」

系花轉頭，驚喜地說：「呀，李白！」然後就朝著那邊跑過去了。宋清和李白正往食堂走，老李看來是又喝了點，滿臉通紅，腳步踉蹌。

剩下那個女孩笑瞇瞇地瞅了我一眼，說了聲「我也去」就跟著跑了。什麼眼神嘛，把我當色狼了吧？

有這種想法的可能不止她一個，我發現張冰握劍的手往劍柄那挪了挪，這樣的話，用另一隻手拔劍可以確保一下就拔出來。於是我往後退了兩步，腳尖向外撇著，這樣可以確保只要一撒腿就能朝相反的方向跑出去。

張冰乍聽到「劉老六」這個名字沒有任何反應，應該是真不認識。我現在首要的任務是得弄清楚：這個張冰是像李白、秦始皇一樣的穿越客，還是土生土長的現代人？劉邦說她是虞姬，其實不妨把「是」改成「像」——像虞姬！

某兩個人長得相像，這種事在哪都屢見不鮮。但為什麼在她身上有著這麼濃郁的古典氣質和悲情色彩？兩個相像的人如果連氣質都一樣，那和一個人有什麼區別？難道是……

我突然想到劉老六就虞姬的事跟我說過一句話，他說虞姬已經投胎了，後面的話他不是沒有說，而是硬咽回去了，難道張冰就是虞姬轉世？

我掏出電話，一邊撥「七四七四七四八」，一邊假裝隨意地問：「你對項羽這個人怎麼看？」

問題一出口，我就對著張冰按下了撥號鍵，顯示在電話螢幕上的只有兩個字：流氓。

……這個女人的思維真是太浩瀚了，項羽怎麼能和流氓掛上鉤的呢？難道她是聯想到了霸王硬上弓？

……然而我馬上就又明白了，流氓二字所指非別，正是區區在下。

哎，假如你是一個漂亮女孩，走在街上忽然有一個長得有點猥瑣、年紀奔三的老男人問你：小姐，你對項羽怎麼看？你肯定第一反應也是這樣。

讓我感動的是，在讀心術有效時間的最後一瞬，流氓兩字後面彎彎繞繞地又出來一個問號。看來對我的人品還只是疑惑，沒有定性。

我馬上一本正經地說：「讓我們聊聊柳下惠吧。」也不知道這個名字能不能拯救我在她心目中的地位，可惜現在讀心術在同一個人身上只能用一次。

張冰看了我一眼，冷冷說：「這種話題你應該找小靜討論。」小靜指中文系系花，她官名叫王靜。

「張小姐家是本地的嗎？」

張冰看著過往的行人，抱起肩膀說：「是吧。」

「在哪一帶呢？」我死皮賴臉地問。

「沒搬家以前是住解放路，我記得那時候還都是平房，每個大院門口還有下水井。」

我一聽這話心一涼，看來張冰確實是本地人，那是十五六年以前的事了，不是從小長大，根本不可能知道下水井。

「那現在在哪住呢？」

張冰不說話，帶著一絲笑意看著我，意思很明確：你看我會告訴你嗎？

「……留個電話吧。」

「下次吧，我要走了。」

張冰快步走向校門口。沒多久，系花和另一個女孩子匆匆趕出來，王靜拿著電話左顧右盼問：「你在哪兒呢，什麼，出去啦，好，我們也馬上出來。」王靜跑著跑著看見了我，跟我喊：「我給李白介紹的書，記住提醒他買來看啊。」

我使勁一拍腦袋，張冰的電話住址什麼的，應該跟王靜要嘛，現在打草驚蛇了！

隨著人潮的退卻，學校漸漸恢復了平靜，孫思欣和白蓮花都已經告辭，三百戰士吃過飯稍事休息後，就被顏景生拉去上課了，生意人們留下自己的名片也都走了，我就像真的教導主任一樣背著手，面目陰沉地溜達了兩圈，終於忍不住往當鋪打了一個電話，是李師師接的。

我問：「項羽呢？」

「項大哥啊，開著車出去了，說要買些東西。」

「他情緒怎麼樣？」

「可好呢，我發現他自從學會開車以後，一天比一天開心，今天出去的時候還吹口哨呢。」

我小心地問：「你覺得他開心，是因為學會了開車還是別的什麼？」

「那我怎麼知道！」

「他走的時候說虞姬了嗎？」

「沒有呀，對了，項大哥已經很久沒提虞姐姐了……」

我一下來了神，我當初的預想是對的：項羽學會了開車，把虞姬給忘了。哈哈哈哈，張冰，老子也不用死皮賴臉地纏著你要地址了。

這時李師師怯怯地問：「表哥，你笑什麼呢，菸攤老闆又把中華當紅雲賣給你啦？」

我輕快地跨上摩托車，一路飆回當鋪，現在所有的難題都解決了，學校穩定了，酒吧賺錢了——我現在才知道柳軒為什麼那麼拼命：他當經理期間，拿各種回扣每個月不下好幾萬；項羽不想老婆了……這輩子做小強，挺好。

我進了家，見李師師又在電腦跟前忙活，我瞄了一眼，見滿螢幕都是閃得讓人心驚肉跳的「選秀」兩個字，還有幾個年輕女人滿臉幸福狀，腦袋上編著暫時的人氣名次，我一眼就總結出了這次選秀的評分標準，乳溝越深的名次越前，李師師的胸部放進去大概就屬於小馬過河：既沒有第一名那麼大，也沒最後一名那麼小。

我說：「你不是想參加選秀去吧？如果你真想拍電影，還不如再找金少炎……」

我馬上意識到自己說錯話了，李師師卻像沒聽見我說的，她用滑鼠拉著螢幕說：「選秀這種辦法本來是挺好的，可惜現在還沒有適合我的。」

這時門口車一停，項羽手提兩個大包，滿面春風地走了進來，我問：「羽哥，什麼事這麼高興？」

「我今天出師了，這些東西都是我自己開車到街上買的，還從富太路轉了一圈，一個訛我的也沒有，老王說這已經很難了。」

項羽從包裡掏出一大堆東西，李師師好奇地問：「是什麼呀？」

項羽把一張封在塑膠紙裡的地圖放在桌上，說：「小強一會兒告訴我該怎麼走。」然後又掏出一個指南針，「這個我已經會用了。」然後是一個軍用水壺，「這個裝水喝。」一個大水桶，「這個就裝點備用汽油，萬一在高速公路上沒油了也不怕。」

後來他掏出來工具包、備用電瓶、墨鏡……

我越看越覺得不安，項羽把所有的東西都擺在桌子上，興奮地喊：「有了它們，我就可以開著車去找虞姬了！」

我呆若木雞地說：「你……還是要走？」

項羽抓住我肩膀把我提在空中，開心地說：「我終於能去找虞姬了，兄弟。」

我記得第一次見他，他也是這麼把我提在天上，只不過那時候他要我把他送回去。兩次都是因為虞姬，兩次他都充滿希望。可是……這卻是註定破滅的希望，而且這一次會更痛苦，因為上次他的希望在我身上，可這次，他覺得希望就握在自己手裡。

我使勁給了自己一巴掌，清脆作響，因為我突然決定這次真正幫項羽一個忙，不管張冰是張冰還是虞姬，我都要幫著項羽泡到她！

劉邦的多少多少代灰孫子不是說過麼，兄弟如手足，女人如衣服。而且這一回，兄弟是自己的兄弟，女人……反正不是老子的女人。

李師師偷眼看看我，現在大概也只有她明白我的苦處。我跟她說：「給劉邦打電話，限他半小時內回來。」

我把項羽買的東西都歸整起來，跟他說：「羽哥你打算什麼時候走？」

「當然是越快越好，我剛才就想走來著，覺得不跟你們打聲招呼不合適。」

我：「……」

這時李師師的電話打通了，不知道為什麼，她的臉一紅差點把話筒扔了，她把話筒放在桌子上，說了聲「表哥……」就走開了。

我納悶地接過來一聽，只聽劉邦說：「……誰，誰呀，呼哧呼哧，說……話呀，呼哧呼哧……」

我一聽樂了：「邦子，交公糧呢？什一稅呀。」

劉邦聽是我，稍微有點不好意思，說：「幫鳳鳳搬貨箱子呢……」

黑寡婦一把搶過電話，一聽是我，不好意思地說：「是強子啊，我們馬上就完。」

劉邦在一旁喊：「小強，老子再過一個小時回去。」

黑寡婦：「別聽他的，最多半個小時，我保證他到家。」

電話斷了。

我把項羽的包都踢到沙發底下，踮起腳拍著他肩膀說：「羽哥，我帶你去見一個人，然後你再想走，我不攔你。」

「什麼人？」項羽問。

「現在還不能告訴你。」

項羽疑惑地看看我，點頭同意。

李師師拉住我的衣角悄聲問：「項梁和范增來啦？」

我小聲說：「是個女的。」

「是虞……」李師師只說出一個字來，就下意識地緊緊捂住了嘴，美麗的眼睛裡全是聳動。

我衝她笑了笑。跟項羽說：「走吧，你來開車。」

李師師急忙道：「我也去！」

我說：「你去幹什麼，又不是去見潘安。」

李師師笑道：「女孩子接近女孩子好像比較容易一點哦。」

我一想很對，馬上說：「那一起。」

李師師背著手轉過身去，搖曳生姿道：「又沒人請我，我還是不去了。」

我目瞪口呆：「你……」只好陪個笑臉說：「姑奶奶，別鬧了，人命關天啊。」

項羽莫名其妙地說：「你們搞什麼，去哪兒？」

「少廢話，快上車。」敢跟楚霸王這麼說話的，我估計是千古第一人。

李師師先我一步鑽進車裡去了，我坐在副駕駛座上，項羽上了車，打檔加油一連串動作十分熟練，問我：「去哪？」

「認識大學路嗎？」

「和平三街對著的那條路？」

「……對。」

「知道了。」

車走了一會兒，我看著窗外說：「去大學路不是應該直走嗎？」

「我知道一條小路，不但近，而且沒警察。」

半紙箱中華菸真是沒白送，看來老王把一身絕學傾囊相授了。

在車上，我給系花王靜打電話，她們已經到了學校，我問她張冰跟不跟她一個宿舍，她說她們根本不是一棟樓的，張冰住在七號樓。

我說：「小靜，一會兒幫哥個忙，我到了以後，你打個電話約她出來。」

王靜警惕地說：「你想幹什麼呀？」

我沉著地說：「你看哥長得像壞人嗎？」

「像啊，怎麼了？」

「……那你覺得哥是壞人嗎？」

「知人知面不知心，你到底什麼事啊？」

——中文系的女生都這麼直白嗎？

我說：「我想給她介紹個男朋友，一會兒你只管叫她出來，我和我朋友只看她一眼，不打擾你們：再說是在你們學校裡面，你還怕出什麼事啊？」

王靜笑呵呵地說：「那可說不定，藝術系女生發生情殺率本來就高，尤其在學校裡。再說，大名鼎鼎的『張半城』你朋友也敢追？」

「什麼意思？」

「追張冰的人海了去了，有半個城那麼多，所以我們給她個綽號叫『張半城』。」

「那不怕，我朋友最愛幹的事就是屠城——我說你倒是幫不幫啊，只要你把她騙出來，以後你和你朋友在『逆時光』酒水全免。」

「你看我像那種賣友求榮的人嗎？再說，朱貴師叔早就給我們全免了。」

這個死胖子！我把電話遞給李師師，低聲說：「搞定她！」

李師師接過電話，溫柔地說：「小妹妹，你可能不瞭解情況，但你想過沒有，你的舉手之勞或許就可以成就千年的夙願，我的哥哥他是一個真正的男人，你可以先見見他……」

只聽電話裡，王靜大聲說：「泡妞還帶著親友團啊，真是怕了你們了，我幫還不行嘛！不過我也友情提醒一下，現在追張冰最狂熱也最被看好的一個，是我們旁邊體院的籃球中鋒，人高大帥氣；一個是我們學生會主席，人不怎麼樣，但是淨花花腸子。這兩個人都沒戲，除了文武全才的黃藥師，我實在想不出張冰會喜歡什麼樣的了。」

李師師笑道：「那妹妹你喜歡什麼樣的呢？」

王靜害羞地沉吟著。

「她喜歡李白——」我搶過電話，既然已經得逞還廢什麼話呀，我跟王靜說：「等會兒給你打電話就行動。」

我掛了電話對李師師說：「你怎麼知道人家比你小，一口一個小妹妹叫著？」

「這你就不懂了吧，女人只對比自己年紀大的女人有好感。」

「啊？羽哥，是這樣嗎？」

項羽瞪我一眼，我這才意識到自己徹底問錯人了，又問李師師：「為什麼呀？」

「不論看上去多麼強的女人，在她心裡一定都渴望被人寵著，嬌慣著，可以在別人懷裡撒嬌，可是一但有人衝你撒嬌，那就表示你老了，叫她妹妹，這是種禮節。」

我回頭跟她說：「表哥不怕老，一會讓你在我懷裡撒嬌。」

李師師瞟我一眼道：「人家說的是女人。」

已經開始撒嬌了。

項羽忽然說：「快到了，我說你們要去哪啊？學校大門不讓進。」

「把車扔這兒，我們走進去。」

項羽對我這個「扔」字很不滿，他小心地鎖好車，又輕輕拉了拉車門檢查了一下，這才放心。

C大是一所綜合大學，學科齊全，但放在全國也就是三流學校，它左挨師範學院，右靠體育學院，所以這條路就叫大學路，這方圓之內的地方就合稱為大學城，是一個繁華和充滿活力的地方。

我們進了C大校園，路過校前門廣場的建校紀念碑，沿著林蔭小道，一路可以看到草叢裡立著孔子、司馬遷、祖沖之、馬可波羅的塑像。

馬可波羅，李師師看書還知道一點，再後來從朱熹開始就模稜兩可，康有為、李大釗、魯迅、詹天佑這些人徹底把她弄懵，每路過一個塑像，李師師都不厭其煩地去讀讀生平介紹，我們因此耽誤了很多時間。

項羽無聊地用腳搓地說：「你到底帶我見誰去？我剛想起來，我還缺頂帳篷得趕緊買，要不明天也走不了。」

來來往往的學生們都好奇地打量著他，即使靠近體院，他們也很少見過如此剽悍的人，項羽不單是大塊頭那麼簡單，他的身材正是所謂的虎背熊腰，可以想像，當他穿上一身貼身的盔甲，大鼈獵獵作響，我們的英雄手執鏨金虎頭槍，立在烏騅寶馬旁是何等的威風。

我們迤儷來到女生宿舍樓前，樓對面是一個小型廣場，我把項羽拉到一個不起眼的角落，很鄭重地說：「羽哥，一會兒我們要見的這個人你肯定認識，而且很熟，但她現在可能暫時還想不起你是誰，為了不嚇到她，你要答應我今天先不出現。」

項羽想了想道：「好，我答允你了。」

我還不放心，用手使勁按他肩膀說：「我要你發個毒誓。」

項羽道：「我若背信，永遠見不到虞姬。」

這誓言對他來講確實夠毒的，不過放在今天可不行，我眼珠子骨碌碌轉說：「再換一個。」

項羽呵呵笑道：「我與劉邦同處一屋簷下，能不動他分毫，你還信不過我麼？」

項羽這種能舉起鼎來的主，一般說話都很算話，我也不是信不過他，我是怕他控制不住自己，他要是狂性大發起來，徒手就能把學校清場了。

我見項羽說得堅定，也不想那麼多了，直接通知王靜行動。

電話打完不一會兒，王靜就發簡訊過來：她馬上下來，我和她在圖書館見。我突然變得比項羽還要緊張——他一點也不緊張。

劉邦說張冰就是虞姬，那是因為兩個人長得很像，我覺得她氣質像，不過是一廂情願地猜測，張冰到底是不是虞姬，馬上就會有結果了！

我們三個擠在一張長椅上坐著，我和李師師都急得直搓手。項羽則只是有點好奇。

李師師湊到我跟前問：「她……漂亮嗎？」

「還行，用你剛認的妹妹的話說，她不漂亮，但很美。」

「嘻，你說她是跳舞的？」

在我一丁點兒準備也沒有的情況下，張冰突然出現了，她夾著一本書從我們面前走過，我根本沒想到她出來得這麼快，也沒想到她從最旁邊的門出來，我們坐的地方離她並不遠，她只要一偏頭就能看到我們。

我本能地死死抱住項羽，卻發現他根本一動也沒動，他的身體沒動，頭也沒動，只有眼珠子跟著張冰從眼眶的一邊溜到了另一邊。

李師師發現了我們的異常，她往人群裡一瞄，馬上就鎖定了張冰，她指著張冰，轉過臉來還沒等問，我就點了點頭。

「我去……」李師師立刻站起身追了上去。

過往的人們驚異地看著我和項羽，我才發現我還保持著抱住他的姿勢，我放開手，試探地拍著他：「羽哥？」

項羽就那樣呆坐著不說話，也不動，我嚇壞了，更加用力地拍著他。

又過半天，項羽終於把大手在臉上一抹，有點夢囈似的說：「這個夢怎麼這麼長啊？」

我反應了好半天才弄明白，原來他是把這一切當成夢了，看來以前他已經做過無數次這樣的夢。

我大聲說：「不是夢，是真的！」

項羽把手捂在耳朵上，側頭看著我，說道：「連聲音都這麼逼真。」

我掐住他脖子把他腦袋擰向對面，大聲說：「看吧，這麼多妹，要是做夢也是春夢，你摸摸褲衩濕沒濕不就知道真假了？」

項羽滿臉惆悵地坐在那，自己跟自己說：「她瘦了……」

我實在沒有辦法，壯起膽子掄起拳頭照楚霸王臉上就是一拳——真疼呀，手。

項羽本來是可以躲開的，但因為「在夢裡」，就理也沒理地任憑這一拳揍了個結實。他劇痛之下勃然大怒，站起身把我高舉過頂——我一回頭就看見三樓女生宿舍了。

「你為什麼打我？」

「羽哥，清醒清醒，這不是做夢！」

項羽如被當頭棒喝，他猛地把我放下，說：「再打我一拳！」

我跳後兩步道：「你自己來吧，把你打惱了你再把我劈了，我虧不虧啊？」

項羽二話不說掄圓了就給自己一嘴巴，然後疼得直咧嘴，但這一巴掌也把這人徹底拍活了，他忽然隨手抓住一個女學生問：「這是哪兒？」

「C大呀。」

項羽一指宿舍樓：「這裡面都是什麼人？」

「這是女生宿舍……」女學生開始有點害怕了，項羽的眉毛皺得跟「十一」似的，瞳孔充血，卻又滿臉亢奮。

項羽放走女學生，在原地踩來踩去，想要發足疾奔，又猛地縮回去。他把一隻手攥成拳頭，捶著另一隻手的手心，像困獸一樣在圈裡越踱越快，終於，他站死在一個點上，用手指著張冰離開的方向，囁嚅道：「她……阿虞……」

「清醒了嗎羽哥？」

「她不認識我了……」

「她現在誰也不認識了，所以羽哥，我要問你一句話：她到底是不是虞姬？」

項羽狂暴地喊道：「怎麼不是我的阿虞，從頭髮，到手指，再到腳尖，都是我的阿虞！」

我狼狽地躲閃著進進出出女孩子們猜疑的目光，訕笑道：「你看得還真仔細。」

項羽又開始走來走去，喃喃地說：「可是她為什麼不認識我了，為什麼不認識我了，為什麼……」

我說：「有可能是她沒看見你，也有可能因為別的原因，師師已經去踩盤子了，等她回來我們再好好商量，總之要讓嫂子和你團聚。」

我見項羽已經冷靜很多，又問了一遍：「你確定她就是嫂子？」

「沒錯，連走路邁的步距都還是老樣子！」

這時，李師師一路小跑奔回來，項羽急忙站起，李師師擦著汗說：「我借問路跟她搭訕了兩句話，藝術系舞蹈班的，叫張冰，她是虞姐姐嗎？」

我微微朝她點了點頭，然後跟項羽說：「羽哥，咱們來日方長，嫂子在這跑得了和尚跑不了……呃，不太恰當，我們還是先回去商量商量下一步的計畫再說吧。」

項羽有點失神地說：「哦……也好。」

以他的性格，見到朝思暮想的虞姬後居然同意這麼快就離開，倒是真出乎我的意料，我看到他兩隻手一直在發抖，天地不懼的楚霸王居然是在——害怕！

是的，就是害怕，可怕的不僅僅是分別，有時候相聚反而會讓人生疏，何況他和虞姬已經分別了太久，它不單是幾個月、幾千年，它還包括了生死。

項羽一直在找虞姬，現在找到了，卻膽怯了，這就是所謂的患得患失吧？

我不敢再讓項羽開車，他坐在我邊上，抓著扶手默然無語。

我們回到當鋪，劉邦已經回來了。我直接上了門板表示今天歇業。

我上樓把一塑膠桶五星杜松酒擺在項羽面前，他使勁擺著手說：「我現在不能喝酒，不能喝酒，我得思考問題。」

我把在屋裡給黑寡婦發簡訊的劉邦拽出來，走到秦始皇他們玩遊戲那屋，一腳踢掉電源，我來到客廳，見五人組已經齊了，我問項羽：「你還好吧？」

項羽已經平靜了很多，點點頭。

「好！」我使勁一拍桌子，把眾人都嚇了一跳，我把腳踩在凳子上，清了清嗓子朗聲說：「今天，羽哥找到了虞姬嫂子，在座的有三個人明白虞姬對羽哥的重要性，嬴哥、軻子你們不用知道虞姬是誰，只要明白羽哥很愛她就行了。

「但是，現在最大的問題就是虞姬嫂子已經不認識羽哥了，她的身分是學校裡學舞蹈的學生，所以我們現在首要的任務，就是幫助羽哥和嫂子再續前緣，我們這裡管這個叫泡——」我把腳拿下來，叉著腰做了總結：「從現在開始，我們要幫著羽哥泡虞姬！」

我看了看五人組，要說泡妞，看來都很業餘，秦始皇大概從來沒有主動追求過女人，他的兩段愛情是夾雜在一生的暴虐史中的，絕對不可借鑑。劉邦可能要比他強一點，畢竟是草根出身，但我不忍心探究在他身上發生過什麼事，何以培養出了如此獨到的審美概念。

荊軻據說和燕丹公主頗為曖昧，應該是謠傳，還有一個可能就是燕丹公主是在太子丹的授意下使的美人計，還有最大一個可能，就是公主其實長得巨醜，每天糾纏二傻，二傻受逼不過，於是都沒等到已經約好來助拳的劍神蓋聶，到了易水邊上，想到自己就要擺脫公主的糾纏了，遂興奮地引吭高歌：壯士一去兮，不復還。

二傻見我目光灼灼地在看他，把收音機關了，不自在地擰了擰身子。

項羽，身為當事人，因為作戰驍勇被虞姬仰慕，正所謂是英雄美人。其實女人對擅長搏鬥的男人都有一種天生的崇拜。

李師師……她是被人泡的，可以無視！

首先，我做了一個簡單的事件重播，把我和劉邦是怎麼發現虞姬的經過說了一遍，然後跟項羽說：「羽哥，這件事你可要多感謝邦子，如果不是他看見嫂子，你這輩子也別想再見到她了。」

項羽看著劉邦說：「此事之後，你我恩怨一筆勾銷。」

劉邦忙站起身笑嘻嘻地說：「如此甚好，甚好。」

我說：「我說一下，現在虞姬的名字叫張冰，為了方便，我們以後就先用這個名字，以後的日子大家要群策群力，一定幫羽哥把事辦成。下面我們先瞭解一下張冰的大體情況，表妹，你知道的多一點，就由你來介紹吧。」

「好，」李師師站起來，胳肢窩還夾著一本書，像某企劃部OL似的，她說：「張冰現在是C大大三的學生，舞蹈專業，據我觀察，性格『一半明媚，一半憂傷』，平時喜歡看書，圖書館的人對她很熟。」

我猶豫不決地說：「我補充一點，她……她是從小在這長大的……」然後我馬上看項羽，他毫無反應，緊皺著眉頭在仔細聽我們說。

「羽哥，我問你個問題……如果張冰只記得自己是張冰，一點虞姬的記憶也沒有了，你還愛她嗎？」

項羽把下巴支在拳頭上，很自然地說：「阿虞就是阿虞，不管她還記不記得我都是一樣，就算她變成一個杯子一雙筷子，我都一樣愛她。」

我試探性地說：「你想沒想過，她是吃著漢堡長大的，有可能她真的不是你的虞姬？」

要下就要下猛藥，預防針得事先打。

項羽把頭埋起來，說：「張冰就是阿虞，我比誰都明白。」

「等一哈（下），」秦始皇忽然說：「歪（那）就絲（是）社（說），虞姬只有一個，如果你們摸油（沒有）碰上她，項羽開車走咧根本找不到她？」

我靠，這麼複雜的問題都被他想明白了。

我清了清嗓子說：「那今天借這個機會跟大家說明白了吧，這裡根本不是什麼仙界，我跟你們一樣是人不是神，至於年代什麼的，一時半會兒跟你們說不清，以後給你們解釋。」

劉邦看了看眾人，小聲說：「反正我早就知道了。」

我指著荊軻的半導體收音機說：「軻子，把它扔了，裡面根本沒有小人。」

荊軻把收音機摟在懷裡說：「我就當它有。」

只要我不醒來，世界就不存在——傻子的境界真高。

我見他們好像也並沒有失落的情緒，應該是早就猜到了自己的處境，畢竟除了二傻，在座的都絕對是腦子夠用的人。

我忽然有點感動——他們早就知道我是個普通人，還願意把我當朋友一樣相處，尤其是秦始皇，居然還能忍受包子叫他胖子。場面有點尷尬，我是不是不應該挑破這層窗戶紙？

秦始皇拍了拍荊軻的肩膀說：「你不殺餓咧？」

荊軻忽然把手伸進兜裡，我大驚失色道：「軻子，你要幹什麼？」

只見荊軻從口袋裡掏出兩百塊錢來放在桌子上，說：「這是我的……」然後把另一邊的口袋掏了個底朝天，說：「這是你的……」

我們都不知道他要幹什麼，卻見荊軻把桌上的兩張錢擺弄來擺弄去，最後說：「我本來應該還有四張的，你花了我兩張。」

秦始皇不好意思地撓頭：「餓都摸油（沒有）算過。」

荊軻把一張錢裝進這邊的口袋：「這是我的。」把另一張裝到翻出來的口袋：「這是你的——你現在欠我三張錢沒還，所以我不殺你。」

劉邦就坐在秦始皇的旁邊，欲言又止，最後從包裡掏出十來張老人頭遞給嬴胖子說：「這是我所有的錢，都給你，不用還。」

秦始皇笑道：「多謝咧。」然後把所有錢都裝進荊軻那邊的口袋：「這絲（是）餓滴。」

荊軻不滿地說：「你為什麼不還我錢？」

嬴胖子：「餓又不絲（是）掛皮，還了你滴錢，你就要殺餓捏。」

我咳嗽了一聲說：「我們還是說正事，表妹，你還有什麼要補充的嗎？」

李師師道：「項大哥一生帶兵，應該知道『知己知彼百戰不殆』的道理，要想得到一個女人的歡心，必須先瞭解她的愛好——」她把胳肢窩裡的書放在項羽面前，「我發現她今天還的那本書是這個，你可以先看看。」

我一看那本書，書名是：《安妮寶貝全集》。

項羽拿起來，疑惑地念：「女尼玉貝人王（全）隼？」

我瀑布汗，幸虧那書名是從上往下排的，要不還不知道要念成什麼呢，我把書拿開，說：「這個已然有點來不及看了，我們還是想別的辦法吧。」

秦始皇問：「歪（那）女子家是玩兒（哪）的？」

劉邦興奮地說：「對對對，先從老丈人下手，事半功倍，我當年要不是討得老呂歡喜，他也不會把女兒嫁給我，我也就起不了山。」

我們一齊望著李師師，她局促地說：「我只跟她聊了幾句，哪知道這麼詳細去？」

我從手機裡摘了一個號碼，寫給她說：「這是王靜的電話，就是你新認的那個小妹妹，這幾天你只要有空就騷擾她，先跟她聊李白，然後再套她的話，實在不行，我讓時遷跟蹤張冰。」

李師師記下電話，說：「還有一個很有用的資訊，張冰是校花級人物，追她的人很多，從宿舍到圖書館短短一截路，有十七個人跟她打招呼。」

這小妞，心倒細，看來不但不能無視，還得提拔錄用，泡妞泡妞，總得先有妞，這也算知己知彼的一種吧。

我嚴肅地說：「嗯，這是個問題，張冰有個綽號叫『張半城』，是說追她的人有半個城市那麼多人。」

項羽勃然大怒。

荊軻拍拍項羽的手說：「我可以幫你殺一些。」

項羽感激地看了他一眼。

我巨汗：「……民不畏死，奈何以死懼之？殺不是辦法，那些蝦兵蟹將不用管，現在最有實力的是一個打籃球的，和她們學生會主席——表妹，這兩個人的資料也要！」

李師師連忙記下來。

「必要時，你還得犧牲色相開闢第二戰場，讓他們為了你而爭風吃醋那就最好了。當然，這是基於羽哥抵擋不住的時候才出的下策。」

李師師怒視了我一眼，我假裝沒看見，背著手說：「某位歷史大賢說過，泡妞不外乎五個字：『潘閒鄧小驢』，潘是指潘安之貌，羽哥你其實還是很帥的；閒是說要有閒工夫，你有；鄧是指要有錢，兄弟我節衣縮食贊助你；小就有點為難，羽哥你氣概天下無雙，會為了女人扮小丑嗎？」

「小丑？」

「呃，就是你們那會說的傀儡，就比如說，她要你學狗叫，你會學嗎？」

項羽一拍桌子，把桌上的杯啊盞兒啊還有那本「女尼玉貝人王隼」震得跳啊跳啊，我們都以為他會說「老子一巴掌就拍過去了」，結果項羽滿臉通紅，想了半天也不說話。

我忙說：「你不用回答，其實你的男子氣概也是一種魅力嘛，我想張冰也不會喜歡學狗叫的男人，要不她早就跟了學生會主席了。」

項羽追問：「還有一個呢，『驢』是指什麼？」

我哈哈乾笑兩聲，想把這篇揭過去，結果笑完一看，全體男性都眼巴巴地瞅著我等我說，我只好又乾笑兩聲：「這個在座的，除了表妹都有了，就不做解釋了。」

李師師羞得恨不得找個地縫鑽進去，她雖然出身特殊，但畢竟是過去的人，受不了這個，她忽然輕咬貝齒說：「這是哪位大賢說的呀？」

「呃……孔……」我一見她面色嚴峻，知道她是孔子擁躉，忙改口：「孟……孫……哎呀反正是個什麼子說的。」

她笑吟吟地說：「是婆子說的吧？」想不到她還真知道王婆。

我把菸灰缸端起來在桌子上一拍，不但聲音比項羽的響，而且還有煙幕效果，我大聲道：「現在，敵我情況已明，下面進入戰略部署階段。在此之前，我們得先給咱們的這次行動取個代號，我建議就叫『泡妞行動』。」

李師師撇嘴：「真難聽！」

荊軻：「斬首行動！」

秦始皇急忙擺手：「包亂社（不要亂說）咧！」

「那表妹給咱起個好聽的。」

李師師說：「反正不能叫泡妞行動，項大哥追求的是那段逝去的愛情，就叫『追憶似水年華』吧。」

我說：「羽哥，你希望不希望嫂子記起你來？」

項羽說：「當然想。」

「那就不能光追憶，起個甜蜜點的。」

李師師：「穿過你的黑髮我的手？」

「……這是十八摸的第一式吧？」

這時樓板響，我一聽有人進來了，知道是包子，她有鑰匙。

果然，包子上了樓，吃著一根綠豆冰棒，手裡還提著一塑膠袋，她看了我們一眼，邊換鞋邊說：「大白天鎖住門在屋裡幹什麼呢？」

我們正在很認真地討論著此次行動的代號，見她回來了也沒人打招呼，都看著她不說話。

包子把一隻皮鞋踢在鞋架上，腳趾靈動地鑽進拖鞋，又看了我們一眼這才發現不對勁，大聲說：「嘿，你們幹什麼呢？」

包子一發威，秦始皇、荊軻、劉邦異口同聲地說：「泡妞——」

「嘿？」包子一聽，急忙把另一隻鞋直接甩飛，踩著拖鞋興高采烈地跑過來：「誰誰？」

「大個兒。」我跟她說。

包子把塑膠袋展在桌子上：「一人拿一根，剩下的趕緊放冰箱。」

她一把拿起李師師的小本子，看了一眼說：「你這寫的什麼呀？」

我們每人揀根冰棒吃著，屋裡一片咯嚓咯嚓嚼冰棒聲，包子左顧右盼地看了兩眼，莫名其妙地問我們：「泡什麼妞呢，有照片嗎？」

我說：「沒照片，C大的學生，跳舞的。」

包子問項羽：「怎麼『把』上的呀，漂亮嗎？」

我把她按在凳子上說：「別問，你只需要知道大個兒沒她就不能活就成了，幫著出出主意，沒用的話少說。」

除了她之外，我們其餘的人都很沉默地吃冰棒，顯得心事重重。包子也意識到了事態嚴重，她把板凳往前移了移：「那女孩多大了，家是哪的？」

李師師給她補課：「大三的學生，本地人，叫張冰。」

「我算算啊，大三的學生，就是說二十二三歲了，一畢業就該找對象了，大個兒你有門啊，家長是幹什麼的知道嗎？」

李師師搖頭：「我們正要去查。」

「嗯嗯得趕緊，這個年紀的女孩一般家裡看得緊，只要家長同意了，那就成了一多半了。」

劉邦立即說：「看吧，跟我想的一樣吧？」

我使勁瞪他一眼，有了黑寡婦還對包子賊心不死！然後跟李師師說：「把調查張冰背景的工作提到最前面。」李師師記著。

包子問項羽：「你多大了？」

「三十了，怎麼？」

包子咂摸著嘴說：「要說奔三的男人呢是可靠，可是還在學校裡的女孩子肯定還憧憬浪漫的愛情呢，她們一般不喜歡比自己大太多的。」

我見劉邦湊到秦始皇耳朵邊上說：「我四十歲那年還納了個十四歲的妃子呢。」秦始皇小聲說：「我還有倆十三的呢。」

包子說：「話又說回來了，你怎麼就那麼愛她？一見鍾情？別跟說我她長得像你以前的女朋友啊，這種鬼話我不聽。」

我們都用能殺人的眼神盯著她，不說話，咬冰棒：喀嚓、喀嚓。

包子繼續大大咧咧地說：「還有，把鬍子刮刮，多聽聽周杰倫，學點網路用語，歲數大點沒什麼，別讓人家覺得和你有代溝。」

我們看她，咬冰棒：喀嚓、喀嚓。

包子：「還有，你趕緊找個工作，小姑娘家長問你幹什麼的，你怎麼說？你不是會開車嗎，給人開車一個月也不少錢呢，你看隔壁小王，給超市送貨……」

我們：喀嚓、喀嚓。

包子吃完冰棒，把木棍擦一下扔在菸灰缸裡，說：「我去做飯。」

她走了以後，我覺得包子的話也挺有道理的，至少項羽是該打扮打扮了，現在的他鬍子拉渣的實在是沒法看。

我放低聲音說：「現在泡妞行動小組開始分配任務……」

李師師鼻頭一皺說：「誰同意叫泡妞行動了？」

我嚴肅地說：「李師師小姐！在這緊要關頭，請你不要在這種小節上和我糾纏不清。」

「切。」李師師不說話了。

我給她陪個笑臉說：「表妹呀，這第一個任務還得你親自出馬，調查張冰的一切背景，而且最好能直接和她取得聯繫，騙取她的信任。」

劉邦點頭道：「大軍未行，情報先明，韓信也是這麼幹的。」

「邦子，你要幫我們做些外圍的事，你那鳳鳳開的什麼車？」

「不認識，她說不是什麼好車。」

「車子的標誌是什麼樣的？」

「我給你畫。」劉邦拿過李師師的紙筆，畫了兩個豎槓槓，中間一橫，是個「H」，我說：「斜的還是正的？」

「……好像是斜的又好像是正的。」

廢話，反正不是本田就是現代，也還湊合。

我跟他說：「能不能借著用兩天？」

劉邦為難地說：「你也知道，我其實跟她認識不久，還不太熟。」

「放屁！不太熟就一起搬箱子？」

項羽雖然不知道我要車幹什麼，但知道我總有用，他跟劉邦說：「算我欠你個人情。」

劉邦嘆氣道：「行了，放我身上吧，誰讓我欠你的呢。」

我一拍秦始皇的肩膀：「嬴哥，數位相機會用嗎？」

金少炎送的。

「早會咧。」

「明天你跟著師師去張冰她們樓下守著，照幾張照片回來，順便把她們學校的整體佈局照幾張，軻子——你留在嬴哥身邊，幫他買吃的。」

我安排妥當，志得意滿地在原地繞了兩圈，他們忽然一起問我：「那你幹什麼？」

「吃完飯我領著羽哥買衣服去。」

切，我早就知道他們要問這句話，自從跟我住上以後，你看看他們一個一個的，皇帝沒個皇帝樣，英雄不像英雄，老拿小人之心度小人之腹，這可真是近朱者赤近墨者黑啊！呃，應該說強將手下無弱兵。

我看他們啞口無言的樣子，得意地說：「同志們，這次咱們時間緊任務急，一定要齊心協力眾志成城，可不要像別的女同志，淨在些雞毛蒜皮的小事上斤斤計較。」

我把腳又踩上椅子，用地主惡霸的口氣說：「否則可別怪我這個組長批評你哦。」

李師師笑吟吟地喊：「表嫂，表哥欺負我呢。」

包子剁著蔥從廚房出來，見我趾高氣揚地站在凳子上，她用蔥指著桌子說：「你再往高爬，再往高爬。」

我鼻子不是鼻子，眼不眼地下來，李師師接著說：「表哥非要當泡妞小組的組長，還說什麼今天我報答社會，明天社會會回報我，也不知道什麼意思。」

「我沒說這句，大家作證！」

大家都事不關己，吃冰棒：喀嚓、喀嚓，連項羽也不幫我，冰棒明明吃完了在那咬棍：喀嚓、喀嚓。包子笑咪咪地看著我……

幸好我反應快，熱情洋溢地率先鼓掌說：「歡迎我們的組長包子給我們大家說幾句。」

包子人緣好，大家都鼓掌。

包子邊剁蔥邊說：「大個兒要真喜歡人家小姑娘，你們幫著出出主意我沒意見，不過可別使壞心眼，尤其強子的話，你們要有選擇地參考，無選擇地彙報，表妹以後就是副組長，幫我監督著他們。好了，我做飯去了。」

大家抱以熱烈的掌聲。我衝李師師做了一個兇惡的表情，她作勢要喊，我急忙討饒。

笑鬧過了，項羽也沒有那麼緊張了，我示意他們把腦袋湊過來，說：「吃完飯以後，除了嬴哥今天先做準備，其他人可以行動了。」

第九章

嘻哈歌手

老闆見是大主顧，急忙從櫃檯後面跑出來。

我指著項羽跟他說：「你只要把我這朋友打扮得年輕十歲，價錢好說，按我的想法，是想把他打扮成嘻哈歌手。」

老闆托著下巴打量著項羽，一拍腦門說：「絕對適合嘻哈風格。」

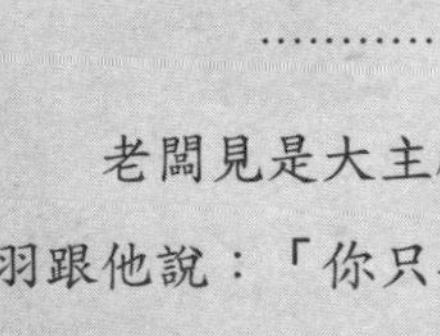

吃飯的時候，包子招呼秦始皇：「胖子，田螺要用牙籤挑著吃，別放嘴裡嚼。」

我急忙說：「以後叫嬴哥。」

秦始皇笑道：「麼四麼四（沒事沒事）。」然後用牙籤挑著吃，說，「包子要絲（是）去餓碗兒（我那），餓破例封你個鄭王。」

我說：「我現在可已經是齊王和魏王了，加上包子我們就是半壁江山，你不怕我們合起來造你的反？」

秦始皇忽然說：「對咧，餓問問，餓滴大秦最後咋咧？」

劉邦頓時很緊張，我也啞口無言。包子用筷子敲花生米盤子：「吃飯吃飯，一會再聊你們的遊戲。」

吃完飯，我們按計劃行事，項羽和我出來，他邊開車門邊說：「咱們直接富太路？」

「咱們……就先去那吧。」

我們把車停在富太路口，領著他先進了一家體育服飾專賣，一進門就抄起一頂包頭扔在項羽懷裡：「戴上。」

老闆見價錢都不問，知道是大主顧，急忙從櫃檯後面跑出來，貓腰陪笑問我：「您需要什麼儘管吱聲，外面的貨不全，我上裡面找。」

我叼著菸，指著項羽跟他說：「你只要把我這朋友打扮得年輕十歲，價錢好說，按我的想法，是想把他打扮成嘻哈歌手。」

老闆托著下巴打量著項羽，一拍腦門說：「絕對適合嘻哈風格。」

我吐口菸：「那就你看著弄吧，有他這麼大號的嗎？」

老闆鑽進櫃檯說：「算你走運，我剛到一批美國貨，黑鬼們穿的，絕對夠大。」

老闆提著一件特大號的T恤，上面印著一個十八世紀歐洲將軍：「拿破崙，行嗎？」

項羽問：「拿破崙是誰？」

「法國版的你。」我跟老闆說：「換一件，不吉利。」

老闆又提出一件來，把我氣得說：「讓你換件吉利的，你自己看！」

老闆一看，是伊拉克狂人海珊，不好意思地收起來。這回先挑了一下，最後拿出一件印著賓拉登頭像的，說：「這件行不？」

「我說你有沒有不政治敏感的啊？」

「這個……你可以訂做。」

我把他扒拉開自己翻，最後揀出一件乳白色，後背畫著隻蝙蝠的，把它扔給項羽：

「換上。」

「褲子，你看穿什麼樣的合適？」我問那老闆。

老闆捧出一條窗簾來說：「這可是我珍藏了很久的極品，是我老婆一針一線親自做的，我還打算把它獻給姚明呢，既然你需要，就先給你吧。」

「讓你拿褲子，你給我窗簾幹什麼？」

老闆把那窗簾抖開，我才發現其實是一條燈籠褲，他提著褲腰和腦袋平行，那褲腿都耷拉到地上了。

我興奮地搶過來在項羽腰上比了比，居然剛剛好，我說：「就這麼套上吧，不用換了。」

項羽換著褲子，我繼續四處踅摸，因為他的腳太大，鞋不好買，所以他只有一雙運動鞋是出門穿的。

老闆很快就明白我的意思了，他說：「鞋確實不好配。」

我一眼看見他櫥櫃裡擺的一雙小帆船似的鞋，這是某運動鞋的廣告創意，帆船下面還有一塊飛毯呢，表示「飛一般的感覺」，我說：「那個給我。」

老闆苦著臉說：「給你也行，你得連飛毯一起買。」

等項羽打扮好了再看，頭戴包頭巾，身穿白蝙蝠衫，下面是一條刷白的燈籠褲，足踩中世紀阿拉伯帆船鞋。可是怎麼看怎麼彆扭，為什麼一點也不像嘻哈歌手呢？

我和老闆並排站好打量著，我問他：「你覺得彆扭不？」

老闆居然能不昧良心地說：「彆扭！」

我說：「好像還缺點東西。」

老闆一拍巴掌：「鏈子，缺鏈子，嘻哈歌手怎麼能不戴鏈子呢？」

我也馬上隨之醒悟：「就是就是，你這有嗎？」

「對面，那全是亂七八糟的小東西。」

我付了錢，帶著項羽來到對面，這裡的人不少，都是年輕的嘻哈族，挑挑揀揀地翻著盒子裡的項鍊戒指什麼的，我跟那個女老闆說：「有鏈子嗎，脖子裡挎的那種。」

女老闆指給我一面牆壁，我一看全是，隨便拎了幾條在項羽脖子上比著，但他這麼魁梧的身軀戴那些細小的鏈子都不太協調，我四下搜尋著，見櫃檯角落裡堆著一條粗的金鏈，拿起來給項羽掛上，果然好看多了。

我問女老闆：「這個多少錢？」

女老闆面有難色，支吾了半天不說話。

我說：「別為難，錢不是問題。」

女老闆這才說：「不是錢的問題，你把它買了，我拿什麼拴狗啊？」

項羽一聽馬上就要往下扯，我急忙拉住他說：「羽哥，為了嫂子，你就委屈一下吧。」靠，原來是狗鏈子。

他這才不動了。

我又看看項羽，有了這條狗鏈子，果然就有點嘻哈歌手的意思了，但還是顯得有點素淨，我端過兩個盒子來，把裡面的零碎能戴上的都給項羽戴上，十個石頭戒指，兩條手鏈，然後又翻出一個超大的環子卡在項羽耳朵上。

女老闆鬱悶地說：「你是專給我製造生活不便的吧——那是我櫥櫃的門把。」

最後我揀了一個最大的耳環當鼻環給項羽卡在鼻子上，退後一步看看，項羽活脫一個某阿拉伯世界石油大王的私生子。

我說：「先就這樣吧，畢竟嫂子現在是學舞蹈的，說不定這正符合她的審美觀呢。老板結帳。」

我們辦完事往回走，剛到富太路口上，一個醉鬼拎著酒瓶子打對面過來，腳下一個踉蹌，酒瓶子脫手打碎，然後一抬頭看見了項羽，撲通就跪下了，涕淚橫流地說：「你是阿拉丁神燈吧，怎麼被封在酒瓶子裡了？」

我大受刺激，拉著項羽就走，醉鬼在後邊喊：「喂，你還沒滿足我三個要求呢！」

回到車上，我唉聲嘆氣地說：「羽哥，看來嘻哈歌手不適合你，把那些垃圾都扔了吧。」

項羽把腦袋上的零碎摘掉說：「我們去哪兒？」

「我來開車吧，咱們先找家美髮中心給你收拾收拾。」

我現在才發現要把項羽打扮成二十歲的後生，難度不低於把鐵馬改裝成寶馬，外型並不難，難的是讓鐵馬跑出三百邁來，項羽那種沉厚的氣質根本掩藏不住，而且他也無意掩藏。

我開著車漫無目的地遊走，經過一條暗街時，兩邊洗頭房的小姐在燈光曖昧的玻璃門後衝我們搔首弄姿，有的則把超短裙撩在肚臍眼上，項羽倒還認識「美髮」這倆字，問我：

「我們為什麼不在這裡弄弄？」

「弄弄？」我帶著笑意看他。

項羽掃了一眼那些小姐，馬上明白這是一個什麼所在了，他說：「走吧。」

我說：「羽哥啊，有句話叫英雄本色，英雄嘛，本來就該色的，其實去『弄弄』也沒啥。」

項羽橫我一眼道：「是這麼理解嗎？」

「不要這麼嚴肅嘛，你板個老臉怎麼泡妞？」

這時我終於找到了一排亮敞的正經美容中心，然後在一家人聲鼎沸的髮藝門口停下。

項羽問：「為什麼挑這家人多的，去旁邊不好嗎？」

「這你就不懂了吧，剪頭髮就是要找人多的地方。」

我們進去以後，穿得像小護士似的櫃臺小姐彬彬有禮地說：「先生您好，八號美髮師為您服務。」

八號美髮師是個有點粗獷的美女，她把項羽接應到升降椅前，項羽一屁股坐上去，「嘎巴」一聲，椅子的升降桿就壓脫扣了，以後這椅子只能當板凳了。

我就坐在一群女人中間等著，她們鑽在八爪魚一樣的機器下面裹著頭做離子燙，人手一本美容雜誌，我百無聊賴之下，只好觀察粗獷美人，結果她在彎腰的一剎那我才看清，原來不是粗獷美女，是秀氣男人。我更滿意了，一般這樣的美髮師都是好樣的。

我告訴八號偽男一定要弄精神一點，他果然沒有讓我失望，一把剪刀耍得跟天橋賣藝的似的，項羽那半長不短的頭髮在他手裡，一會被梳攏起來，一會平塌下去，定型之後打上髮膠，項羽已經一掃鬱鬱之氣。

偽男問：「您的鬍子是刮掉呢？還是修剪一下？」

我問：「你看呢？」

偽男柔聲道：「男人嘛，留點鬍子好看。」說著，還摸了摸自己光潔的下巴。

「……那修剪一下吧。」

我注意到偽男在給項羽修剪鬍子的過程中，他脖頸子上的雞皮疙瘩像秋天的麥浪一樣層出不窮。

最後一結帳花了兩百四十塊，四十塊剪頭髮，兩百塊賠椅子，我往櫃檯上丟了兩百五，說不用找了。

再看項羽，的確精神了很多，西瓜刀一樣的眉毛已經被精心修過，濃密的黑髮根根指天，凌亂的鬍子也修成了成熟穩重的髭鬚，配上他那雙激揚又有點憂鬱的眼眸，像是歷經了滄桑的奇男子。

「我們現在再去哪兒？」

「中大國際。」

在車上，項羽一個勁地撥弄頭髮，說：「他們給我抹漿子做什麼？」

我們到了地方，又遇上了和上次在凱撒一樣的尷尬，在中大國際豪華的停車場上，我們的車根本連人家一個車輪子也抵不上，甚至抵不上進進出出的人的一件衣服。

好在我的錢包是鼓的，我決定不惜血本包裝項羽。

我們進去以後，才發現它的一樓是賣香水的，那些論盎司賣的名牌香水靜靜躺在櫃檯裡，那些更為昂貴的，則被鑲嵌在大廳中央形似水晶棺的東西裡，被一盞暖色系燈打著，那顏色光看著就催情，可以想像它們被抹在女人的靜脈上慢慢揮發時，就連公臭鼬都會毫不遲疑地愛上她。

二樓是西服專賣，服務小姐問我：「先生有中意的品牌嗎？」

我說：「不管什麼品牌，我希望它穿在我這位朋友身上，你一看就想嫁給他。」

服務小姐笑靨如花，她打量了一眼項羽，有點擔心地說：「我們這裡恐怕很難有適合這位先生號碼的衣服。」

「什麼意思？」

服務小姐為難地說：「像您這樣身高的，我們以前也接待過，可能是您的肩膀太寬了……」

我不滿地說：「你這是什麼意思，不許心胸寬廣的男人發財呀？」

服務小姐擺手說：「對不起，我們無能為力，送您一個建議，體育場對面的服裝店可能有適合您這位朋友的，就算暫時沒有，還可以訂做。」

我一聽，馬上拉著項羽就走，因為我馬上想到去體育場不但可以買衣服，還能順便看看張順他們。

我讓項羽開車，自己給倪思雨打電話。倪思雨說正要和張順他們運動去呢，我一看錶，八點五十了，她跟我說一會直接進體育館找游泳隊，她會跟門口警衛打好招呼。

然後我們就一路暢通無阻進了體育場，警衛一聽我們找游泳隊，果然馬上放行，項羽邊跟我跑邊問：「去哪兒啊？」

「帶你去看個小美女。」

按照警衛的指點，我找到游泳館，推門就見倪思雨雙手被反綁著，不過滿臉笑意，還是穿著她那身黑色泳衣，她站在池邊，正在親暱地跟張順說著什麼，應該是跟師父撒嬌呢，張順先給她後腦勺上來了一個小巴掌，然後把她推進了水裡。

這大概是他們師徒之間的小遊戲。然而後頭進來的項羽卻只看見張順把一個反綁著雙手的少女推進水裡，他怒喝一聲：「住手！」飛奔過去，但倪思雨已經鑽進水裡不見了蹤影。

項羽指著張順大罵：「賊子敢爾！」蒲扇大手照著張順就拍了過去。

張順後退閃開，也罵：「你是哪個鳥人？」

張順身邊的阮小二已經猱身而上，項羽閃開他打來的一拳，胳膊肘掃在他肩上，阮小二「哎喲」了一聲，踉踉蹌蹌跌出去，張順照著項羽面門一拳捅來，下身使一個掃堂腿，項羽抓住他拳頭，任憑他掃中自己的下盤，卻紋絲沒動，反倒是張順跳著腳喊疼，項羽把他斜扛起來，叫道：「我劈了你！」

我大叫：「別啊，是朋友！」

項羽聽說，肩膀一抖把張順頂在水裡，阮小五不管三七二十一，一個飛腳就踹上來，項羽哈哈一笑，捏住他的腳，掄開了就要往地上摔，我又喊：「羽哥，手下留情。」

項羽這才把阮小五也扔進水裡，然後蹲下身關切地找倪思雨，對一旁虎視眈眈的阮小二視而不見。

他們交手只是一眨眼的工夫，我這時才跑過去拉住還要上前的阮小二，張順在水裡一浮一冒說：「大個兒，有種你下來。」又是當年激李逵那一套。

項羽也不管他喊什麼，往水池裡看了一會兒，這才站起身嘆口氣說：「那女孩只怕無法倖存了。」他怒視阮小二道：「你們為什麼害她？」

阮小二也不示弱，罵道：「關你鳥事！」

項羽叉著手緊走幾步上前就要開打，這時倪思雨從水裡露出頭來，咯咯而笑，手上的繩子已經解開了，她好奇地說：「師父，你們怎麼也下來了？」然後看見我，銀鈴般笑道：「小強。」

我罵：「死丫頭沒大沒小，快上來。」

項羽愣道：「她沒死？」

我朝水裡的人喊：「一場誤會，大家都上來吧。」

五分鐘後，游泳館裡充滿了爽朗的笑聲，誤會解開，張順聽說項羽以為倪思雨死了，又給她一個腦崩兒，笑道：「現在想淹死這丫頭可不容易了。」

阮小五對項羽的拳腳很是佩服，抱拳問：「還沒請教好漢大名？」

項羽笑道：「好說，項羽。」

三條好漢互看一眼，齊說：「西楚霸王？」

項羽：「正是。」

我急忙把倪思雨推著走，說：「你快去換衣服，一會我們還有事呢。」

張順失色道：「難怪如此了得，原來是項哥哥。」

阮小二抓過旁邊的酒罈子喝了一大口道：「痛快，老子今天居然和楚霸王幹了一架。」

阮小五搶過痛飲：「雖然輸了。」

張順接過喝了一口道：「但也沒丟了梁山的臉。」

真會找場子，三個打人家一個被扔得到處都是還沒丟臉?!

項羽端過酒罈子，咚咚咚喝光，抹了一把嘴，眾人都等他說點什麼，他說：「走，陪我買衣服去。」

倪思雨換衣服去了，三條好漢就背轉身子穿衣褲，我發現他們還真是不忘育教於樂，隨身帶的不但有酒，還有乾炸小魚乾和鹹菜，一個罈子裡還有兩條活魚，問他們幹什麼用的，都笑而不答。

阮小五邊換衣服邊說：「今天可惜沒有把項哥哥拉下水，要不咱們就能『赤誠』相見了。」

阮小二道：「項哥哥會游泳嗎？」

張順使勁瞪他一眼道：「項大哥要會游泳，也不會困死烏江了。」

我忍不住說：「你們快點吧，別哪壺不開提哪壺了。」

我們來到體育館外，倪思雨已經等在那裡了，她穿了一條俏皮的小碎花裙，顯得十分嬌小可愛。我發現她比以前快樂了很多，她揚著頭看項羽，驚嘆道：「呀，你這麼高大，我以後就叫你大哥哥吧。」

她的一句話讓我想起了郭襄，楊過苦等小龍女十六年，項羽卻等了虞姬兩千年，我扛了項羽一膀子說：「以後你的網名就叫『敢笑楊過不癡情』。」

項羽奇道：「楊過是誰？」他大步走著，倪思雨緊跟，腿疾就很明顯能看出來。

我悄聲說：「羽哥，慢點走。」

項羽也發現倪思雨走路姿勢很彆扭，問道：「你腿有毛病？」

我咳嗽了一聲。

倪思雨卻毫不在意，說：「是呀，從小得的病。」

項羽嗯了一聲，腳步一點也不慢，說：「以前我帳下有個小兵腿也有病，有一次我們打仗，他的那條病腿被敵人打斷了，接住以後反而好了——你要不要試試？」

倪思雨驚訝道：「真有這種事？」

她自從我們出來，就一直好奇地盯著項羽看，現在她斜著身子走，還在不時地打量她的

「大哥哥」。

項羽很自然地說：「其實人有點毛病是好事，我們那個時候吃不好睡不好，天天跟人打仗，時間一久你就會發現，以前最瘦弱的，或者是有殘疾的，往往能活到最後，因為他們知道自己不成，要再不努力變強就得死；幾年仗打下來，這些傢伙一個個都成了軍官，殺人麻利地很。」張順和阮家兄弟連連點頭。

倪思雨雖然聽不懂他在說什麼，卻若有所思，笑道：「大哥哥，下次你再來看我游泳，我給你表演水中抓活魚，我爸爸隊裡那些人就一個也辦不到。」

我終於知道那兩條活魚是幹什麼用的了。

不一會倪思雨溜到我身邊，悄悄說：「大哥哥是黑社會？」

我告訴她：「大哥哥是吹牛狂。」

我們走到體育場對面，逛了幾家體育專賣店，哪有賣西裝的？我忽然意識到我們是不是被那個服務小姐給騙了？

倪思雨聽說我們要買西裝，大聲道：「你們怎麼不早說，那家店不在這裡。」

她領著我們左鑽右鑽進了一條小巷，進了一家裁縫鋪，那裁縫一看就是南方人，而且認識倪思雨，跟她熱情地打招呼。然後他看了一眼項羽，笑著說：「又是來訂做西裝的吧？」

我一看他的衣架上掛滿了筆挺的西裝，普遍要比一般的西裝大很多，看來沒少接待那些高頭大馬的體育生。

我問他：「你這有沒有現成的，我們急用。」

裁縫為難地說：「來這的都是訂做的，現成的你們得去專賣店裡買，還找我做什麼？」

項羽一探手，從最高的架子上撈下一件上衣來，在身上比了比，然後伸手穿在身上，我們驚喜地發現：這件居然正合適。

裁縫忙道：「那件是別人訂的，我才做好。」

項羽聽也不聽，伸手道：「褲子呢？」

裁縫著急地說：「不是跟你說了麼，這是別人訂的。」

阮小二說：「我看是一直擺在這裡的，你想提價才故意這麼說。」

裁縫失笑道：「大哥，我沒事做這麼大一件西服擺在這裡做什麼，當帶袖披風賣？」

我知道他說的八成是真的，問他：「這衣服的主人什麼時候要？」

「明天。」

「真的這麼巧？」

「可不是嘛，所以我才掛出來，不信你看，他連襯衫和鞋都一起放我這兒了，整整一套。」

阮小五把襯衫和鞋都搶過去遞給項羽，說：「那我們省得跑了。」

裁縫都快急哭了說：「那人真的明天就來取，你們讓我怎麼辦？」

我問他：「你做這一套衣服得多長時間？」

裁縫大概是看我心最軟，哭喪著臉說：「最少要一個星期。」

我說：「那你就讓他一個星期以後再來取不就行了嗎，死心眼。」

裁縫這才知道這群人裡我最壞，別人要搶要奪還有個明白話呢，我則是胡攪蠻纏死皮賴臉。他轉臉問倪思雨：「這些都是你朋友？」

小丫頭機靈地回：「不啊，我不認識他們。」

裁縫一屁股坐在地上。張順說：「痛快點，把褲子拿出來吧。」

裁縫爬起來拎出褲子來，苦笑：「索性都給你們吧，反正也這樣了。」

項羽抱著一堆東西進裡屋換去了。

我往桌上放了兩千塊錢，問裁縫：「夠嗎？」

裁縫看了一眼，說：「錢是夠了，可是幾位老大，你們也不想想能撐起這件衣服的人，我惹得起嗎？」

張順說：「那你就告訴他你這被搶了，不就行了麼？」

裁縫：「那他也得信呀，沒聽過人塊頭有大智慧嗎？」

我說：「那我們幫你個忙，給你這抄得亂七八糟的，他興許就信了。」

裁縫連忙擺手：「怕了你們了，等裡邊那位大哥換上衣服，你們趕緊走吧。」

這時裡屋門一開，項羽走了出來，他不自然地揪弄著衣服的下角，我們都愣住了。

站在我們面前的是一個俊朗、英氣勃發的男人，筆挺的西裝勾出他的寬肩厚背，腰腹乍收，沒打領帶，顯出幾分不羈和豁達，配上項羽那像鐵一般的鬢角和深沉的眼神，此時的他才更像一個英雄。

倪思雨捂著嘴呆了半天，最後才癡癡地說：「大哥哥，你好帥哦。」

張順和阮家兄弟邊托著腮幫子打量項羽邊說：「看來咱們也應該做一套。」

我看了一眼他們的大褲頭小背心裝扮說：「算了吧，你們現在還有點土匪的氣質，穿上西裝，整個就是四不像了。」

裁縫也邊點頭邊說：「這套衣服你穿上確實好看，你要願意留訂金，我可以再給你做一套。」

我邊掏錢邊說：「別一套了，按季節再來四套，這是訂金。」

我們出去以後，倪思雨問：「咱們現在去哪？」

張順說：「不是咱們是我們，你該回家了，要不你爹又該說你了。」

倪思雨看看錶說：「現在還早嘛，再說，爸爸知道我和三個師父在一起，很放心的。」

我說：「你肯定不是你爸親生的，我要有個這麼漂亮的女兒，所有雄性動物都得保持十丈開外的距離，否則板磚伺候。」

倪思雨撒嬌道：「我就要跟著你們。」

張順說：「我們要去洗澡！」

倪思雨：「那我幫你們看衣服。」

阮小二說：「我們要去逛青樓！」可是他這話連我都不信，哪有逛青樓說得這麼義正詞嚴的，正確的說法應該是遮遮掩掩地說：「我們要去洗頭……」

我舉起一隻巴掌嚇唬她：「快走，再不走打你屁股。」

倪思雨笑嘻嘻地跑到項羽身邊，挽住他的胳膊說：「大哥哥，小強欺負我。」

項羽把胳膊抽回來道：「他不敢。」

我指著她說：「別趁機占你大哥哥的便宜，他已經名草有主了。」

「啊，她漂亮嗎？」這句話是倪思雨問項羽的。

我搶先說：「那還用問？嫂子可是傾國傾城的美女，又有韻味，哪像你，傻丫頭一個。」

這時阮小五終於想到了殺手鐧，跟倪思雨說：「我們要去喝酒，你還敢去嗎？」

想不到倪思雨興奮地說：「好啊好啊，就喝上次喝的那種。」

既然甩不掉這個小尾巴，我們只好帶著她，開車直奔「逆時光」。

三雄見了朱貴和杜興，著實親熱了一番，張清和楊志又到外面野去了。因為有倪思雨在，我也沒有給他正式介紹項羽，問他：「還有包廂嗎？」

朱貴把我們領到一間小包廂裡，端上幾罈子「五星杜松」就又去忙了。

項羽一進包廂就脫去外衣，露出一身健壯的肌肉，氣勢壓人。倪思雨羨慕地說：「大哥哥，你這是怎麼練的呀？」

我拍她一巴掌說：「瞎問什麼，你也想練成這樣啊？」

倪思雨瞪我一眼，悄臉微紅。

因為有她在場，好漢們有許多話就不便說，只能和項羽聊些閒篇。

我掃了倪思雨一眼，然後給張順遞個眼色，張順會意，把酒倒上，笑道：「小雨啊，跟師父學了這些日子，覺得有進步嗎？」

倪思雨說：「何止是有，簡直是飛速，現在連我爸爸都羨慕我呢。」

張順端起酒來說：「那好，為了你學業有成，咱們乾一碗。」

倪思雨和他碰了一下，一飲而盡，張順坐下，用胳膊肘碰碰阮小二，阮小二馬上站起，說：「那二師父也敬你一個。」

倪思雨呵呵一笑，又一乾到底，臉上不紅不白的，這丫頭什麼時候酒量這麼好了？肯定是土匪們薰陶出來的。

阮小五不用別人示意，端著碗剛站起來，倪思雨就說：「這碗我敬五師父。」

這下張順馬上找到了由頭說：「為什麼前兩碗是我和二師父敬你，輪到五師父就成了你敬他？」

倪思雨眉頭也不皺地又敬了張順和阮小二，這一下就有點要倒的苗頭了，我衝項羽擠眉弄眼，項羽只好也端起一碗酒，想了半天，說：「來，喝酒。」眾皆大暈。

倪思雨小臉紅彤彤地喝完這最後一碗，一拍桌子站起，豪情萬丈地說：「我一定要拿冠軍！」

阮小五微微搖著頭，已經把胳膊支在了她後面，下一秒，倪思雨果然就軟到了阮小五懷裡，阮小五把她抱到沙發裡放好，給她披件衣服，然後坐回來，興致勃勃地說：「來，咱們聊咱們的。」

張順端著酒說：「項哥哥，有人雖然罵咱是草寇，但最佩服英雄好漢，在前人之中我最仰慕的一個是你，一個是關羽關二爺。」

項羽道：「關羽是誰？」

阮小二還沒弄明白狀況，驚訝地說：「項大哥連關二爺也不知道？」

我說：「廢話，你不是也不知道李闖王和洪秀全嗎？咱們只聊前人，只聊前人。」

張順喝完一碗酒，抹嘴道：「項大哥，跟我們說說你當年是怎麼打仗的？」

項羽淡淡道：「也沒什麼可說，我等對方排兵部陣完畢，喊聲殺，先衝將上去，我的馬快，等對方陣營一亂，我的人趕上來掩殺一氣，那便贏了，剩下就是打掃戰場，我獨個回去喝酒。」

張順他們聽得目瞪口呆，過了好半天，阮小二才大喝一口，讚道：「真乃英雄也！」

阮小五說：「項大哥真不愧千古第一霸王。」

項羽呵呵一笑：「什麼霸王，讀書武藝兵法戰略，一無所成，不過仗著有幾分蠻力而已。」

我驚奇地說：「你什麼時候變得這麼謙虛了，史書上說你飛揚跋扈、剛愎自用，最後讓邦子趕到烏江邊上；還說是天亡你也，非戰之罪，實在是自戀自大到了極點。」

項羽一拍桌子，我們都一驚，以為他要發飆，誰知他大聲說：「說得都對！」

我們齊暈，張順恨恨道：「劉邦這小子太可惡了，我見了非揍他不可。」

項羽搖手道：「莫再提他，我們已經扯平。我想過了，劉邦自起兵之日就懷有雄心，手下有張良韓信相幫，與百姓約法三章，與謀士從善如流，他一開始就知道自己要的是天下；而我，與人民殘暴成性，與手下薄恩寡惠，自驕自矜，即使我奪了天下也是一代暴君而已，像我這種全憑一己好惡為了痛快而活的人，本就成不了什麼大器。」

張順他們絲毫不以為然，笑道：「咱們江湖兒女，本就是為了痛快而活的，來項大哥，喝酒！」

我小心地跟項羽說：「採訪一下，你這種心態是什麼時候開始轉變的？」

不等他說話，我一拍大腿說，「你和嫂子一分開就大徹大悟了對吧?!看來羽哥你也是有慧根的人，不如以後就叫智深和尚吧。」

阮小二說：「項大哥還是講講和嫂子的故事吧。」

阮小五附和道：「就是，就從你怎麼認識嫂子開始說。」

這也是我很感興趣的，以前我不敢問他，是怕勾起他的傷心事，現在虞姬既然已經找到了，就不妨聽聽他們的戀愛史。

項羽見我們都目光灼灼地等著他說，端過酒來一口喝乾潤潤嗓子，阮小二怕他倒酒打斷思路，急忙代勞。

「……那時我還在吳中，每天就是一幫家丁練武喝酒，雖然過得逍遙，但一身的力氣沒處使，日子並不快活。等我知道陳勝吳廣起義之後，天下已經大亂了，不斷有四面八方的難民出來逃荒。我們那個城的太守叫殷通，不但昏邁無能，又膽小怕事，下令緊閉城門，那難民就在城外哀號，而且一天比一天多起來，今天晚上在城垛上看後面的逃難大軍斷斷續續地來，明天一起來已經看不到頭了，這時我的叔父跟我說，舉事的時候到了，問我敢不敢，我說我早就等不及了，他卻又說還得等幾天來籌備。我不耐煩，就一個人騎了匹馬，綽了槍便走了。」

阮小二奇道：「你去哪了？」

阮小五也說：「是啊。」

項羽微微一笑：「自然是去殺殷通，叔父說他兵衛太多，要想成事，需得先謀劃良策殺他。」

阮小二瞠目道：「你一個人去殺他？他有多少衛兵？」

項羽道：「大約幾百吧。」

阮小五問：「你……都殺了？」

張順掐著他和阮小五的脖子抗議說：「你們兩個不要插嘴行不行？」

項羽繼續說：「我也沒殺許多，大部分都跑散了——我來到太守府前，見府門洞開著，那些日子因為時局動盪，殷通時常把他的衛兵召集起來操練，我就直接騎馬走了進去，卻不見殷通，只有一個副官在操練，我用槍磕打了一下府門，還沒等說話，就見兩個婆子拿著竹蓖追打一個女孩從內花園深處跑出來，那女孩穿著舞衣，全身都是舞穗，一跑起來顫得真好看。」

阮小二興奮道：「是嫂子！項大哥，嫂子幹嘛被人追打？」

項羽滿臉柔情，緩緩說：

「阿虞是殷通從小買來的，先是做丫鬟，後來見她伶俐，又叫她學做歌伎，阿虞十六歲時，殷通起了淫心，阿虞不從，於是就有了那一幕——我永遠也忘不了第一次見她的樣子，雖然滿臉都是血痕，可是還帶著不在乎的笑，好像後面追她的是兩隻她豢養的小狗小貓。「阿虞將將要跑出內花園的門了，那兩個婆子喊了起來，兩個衛兵就用長戈叉住了園子口，阿虞趴在園子口上，忽然看見了我，一愣之下，然後她的視線就再也沒有離開過我的臉龐，任憑兩個婆子在身後怎麼抽打她，她還是就那樣笑著。」

我納悶地想：「難道虞姬是弱智兒童？」我不禁問：「羽哥當年帥呆了吧？」

項羽眼睛發亮，有點不好意思地說：「我那時廿四歲，血氣方剛，穿著一身純銀的盔甲，猩紅的大氅披在馬背上……」

張順等不及，插口說：「後來呢？」

「阿虞那樣望著我，我卻沒有忘了自己是幹什麼來的，我用槍磕打著大門，這才過來四個小兵，他們見我居然敢騎馬闖太守府，呼喝著跑過來要掀我下馬，我只這麼輕輕一劃槍桿，他們的腦袋就都碎了，霹靂啪嚓的落了一地，濺得我馬鈴上和一隻靴子上都是血和腦漿，他們頓時大亂起來，那兩個婆子更是顧不上阿虞，像殺豬一樣嚎叫著往裡面跑，我想也沒想就把大槍投了出去，那槍把一個婆子穿在地上，還騰地一聲又扎進地裡好長一截，那個婆子至死還在手刨腳蹬地保持著逃命的姿勢。」

阮小五忍不住道：「你面前還有幾百敵人，你卻先把槍扔出去了？那另一個婆子呢？」

「另一個婆子眼睜睜看同伴被釘在地上還在掙扎，一瞪眼嚇死了。我後來在眾人面前一直替自己辯解，說拋槍是怕那兩個婆子回去報信給殷通，可是我騙不了自己，我就是恨她們欺負阿虞。」

阮小五又問：「那嫂子呢，見了這場面還不得嚇壞，畢竟是女孩子家。」

項羽微笑道：「阿虞一點都不害怕，我殺那四個小兵，她沒什麼反應，等我槍殺了婆子，那槍就從她臉旁激射過去，拂起了她的頭髮，她這才捂著嘴驚訝地看著我，那表情就像一個小孩子看見大人輕而易舉地做到了他做不到的事情，既有羨慕和好奇，也有興奮和開心。

「我舉手間殺了好幾個人，殷通的衛兵立刻把我層層包圍起來，長戈林立得像秋天的野草一樣，我那時騎的還不是烏騅馬，那匹馬受了驚，暴跳不已，我索性跳下馬背用寶劍砍殺，也不管遇到什麼，長矛啊、鐵劍啊、人頭啊肩膀啊，通通都削平了，一轉眼又殺了十幾個人。」

張順仰脖喝乾碗裡的酒，嘆道：「真是好漢子！」

「我一邊殺著一邊往花園口看著，就見阿虞她倚在花園門口的牆壁上，把手墊在下巴下，笑吟吟地看著我。我有意無意地朝那邊殺過去，她看了一會兒忽然轉身跑走了。我心裡一陣陣失落，殺人更狠了，那些人的血一股一股地噴在我身上，最後竟在袖口攢了一包，我抽空往地下一倒，嘩啦一聲。」

張順他們聽得入神，我說：「羽哥，咱們這裡略去若干字如何，兄弟聽著反胃。」

項羽淡淡一笑，說：「就在這時，我忽然聽見阿虞的聲音說：『喂，你過來』。我開始以為自己聽差了，砍倒幾個人再看，只見阿虞跑到園子裡我的槍前，正在吭哧吭哧地往外拔，她見我在看她，調皮地衝我眨眨眼，說：『快拔出來啦』，我心情大好，揮劍又殺了幾人。」

「你們要知道，我那槍重達百斤，阿虞才十六歲，她好不容易拔出槍來，就搬住槍尾向這邊挪，挪到一半休息了一下，然後一口氣把槍拖到了園子口，她又說：『喂，你過來』，我幾個箭步就奔了過去，她把槍扛在稚嫩的肩膀上，費力地跟我說：『你用這個殺他們』，我故意不接，笑著問她為什麼，她嗔我一眼，然後又歡喜地說：『我喜歡看你使槍』。」

項羽臉上洋溢著無比幸福的表情，把罈子裡的酒一口清光，說：

「我單手拿過槍來，隨便地舞了個槍花，把衛兵掃倒一片，阿虞立刻歡喜無限地說：『對，就是這樣。』

「殷通的衛兵還在從四面八方湧上來，我也有些累了，就降低身子斜靠在牆上，臉挨著臉陪她，我把一隻手枕在腦後，另一隻手拿槍隨便劃拉著那些小兵，在一槍之外的地方，他們的屍體越堆越高，漸漸圍成了一個圈子。」

阮家兄弟又拍開一罈酒，連聲叫好，激奮不已。

項羽繼續道：「我和阿虞臉挨著臉，我問她為什麼不害怕我，她就笑著看我不說話，我又問她敢不敢殺人，她雙手捧過我的劍，端也端不起，就很認真地跟我說：『現在我沒力氣，以後就敢啦。』我哈哈大笑，挺身站起把那些衛兵掃得一片模糊。

「我殺得夠了，見那些兵都站得遠遠的不敢上前，我就跟他們說，我要殺的是殷通，不干他們的事，問他們殷通在哪兒，他們也不說，丟下兵器都跑了，這時我叔父聽說我單槍匹馬闖太守府，領著人趕來救助。」

「殷通殺了沒？」阮小五就關心這個問題。

阮小二瞪他一眼說：「那還能跑得了嗎？倒是我想知道後來你和嫂子是怎麼在一起的？」

項羽追憶往昔，不勝感慨說：「叔父帶著人去後院追殺殷通，前面只剩下我和阿虞，我擦著槍上的血跡，一邊盯著她看，她毫不畏縮地迎著我的目光，還是笑吟吟的，然後我們同時對對方說了一句話。」

我們四個齊聲：「什麼？」

「我跟她說的是：『跟我走。』她跟我說的是：『帶我走』。」

三雄聽完項羽的故事，呆了一會兒，張順小心翼翼地問：「項大哥，那嫂子現在……」

我說：「嫂子現在是一個什麼也記不得的學生，你項大哥買了這身衣服，就是要打扮起來再去泡她。」

三人振奮無比，齊聲道：「用幫忙不？」

我替項羽說：「暫時不用，我們已經有一個小組在操作了，啥時候嫂子和她媽都掉水裡輪到羽哥生死抉擇了，你們就有用武之地了。」

我忽然想到了那個困擾無數男人的亙古不變的話題，我問張順：「你媽和你老婆同時掉進水裡，你救哪一個？」

張順道：「屁話，好好的怎麼都掉水裡了？」

我說：「假如。」

「那當然是救老娘，我女人水性好得很。」

「假如都不會水。」

張順道：「那老子一手一個都提溜起來了。」

我說：「只能救一個。」

「你這是找碴打架！」

「快說快說，你要回答上來這個問題，你就真正成為這個時代的男人了。」

阮小二插嘴說：「要是我，我就救老娘。」然後他捅捅阮小五，「你呢？」

阮小五說：「咱倆是一個娘，你救就行了，我幫你救嫂子。」

阮小二：「好兄弟。」

張順也恍然說：「對，我也救老娘，讓張橫救我女人。」

靠，他們都是哥倆哥倆的，讓我們這些八〇後的獨生子怎麼辦？

我說：「你們都不在一起，而且是每人都遇上了這種情況呢？」

阮小二說：「那也是救娘。」

阮小五點頭說：「嗯，救娘。」

我問他們：「要是你們的女人這麼問，你們也敢這麼說？」

他們點頭。

哎，還是古代的男人好，他們不怕女人傷心，而且我還忽略了一個事情，就是他們的女人好像都不敢這麼問吧。其實阮家兄弟的思路很有問題，因為他們要都選擇救老娘，那就意味著得死兩個老婆，而如果他們都選救老婆的話，只犧牲老娘一名，這個問題連我這種數學只考廿六分的人都能算出來，不過我可沒敢跟他們說。

我又問項羽：「羽哥你怎麼辦？」

項羽搖頭道：「阿虞肯定不會問這麼無聊的問題，如果別的女人敢這麼問我，我一個巴掌就甩上去了。」

一個巴掌甩上去？這好像也是個不錯的選擇，可它並不適用於任何男人，男人千千萬，楚霸王有幾個?!

這晚我們聊得很過癮，後來連朱貴和杜興都來了，他們一聽是項羽，果然「納頭便拜」。說到他和虞姬的往事，好漢們都是傾慕不已，可惜杜興的小女徒弟王靜不在，要不肯定得在師父的壓力下招出很多有用的情報來。

分手的時候，張順回頭抱拳說：「項哥哥，咱們兄弟大忙幫不上，但有個馬高鐙短儘管招呼一聲，我們梁山之上，多的是蓋世的豪傑，但願哥哥今後和他們多多親近。」

我在項羽耳邊說：「這是一幫歷史上出名的土匪，不過人都不錯。」

項羽也抱拳道：「以後有用得著項某的地方，也請不要客氣。」

我們回到家，劉邦不在，秦始皇正在鼓搗數位相機，只有李師師顯得很清閒，在陪包子看電視。不過她偷偷朝我做了個勝利的手勢，看來收穫不小。

當我身後的項羽出現在她們面前時，兩個女人一起驚訝地「咦」了一聲，包子說：「大個兒打扮起來挺有看頭的嘛，西裝一穿跟我們老闆似的。」

她的話對我很有啟發，我低聲跟項羽說：「對，你以後就說自己是連鎖湯包店的老闆。」

我把秦始皇他們都糾集起來，問：「嬴哥，機器怎麼樣？」

「麼（沒）問題。」

「好，明天見到目標以後儘量多拍，正面側面背面的都要，還有跟目標接觸的人，尤其是男的，一個也不能少。」

贏胖子點頭。

這時李師師也找了個藉口出來了，她把臥室的門關上，輕盈地跑過來，把攥在手裡的紙條扔在桌子上，語速很快地說：「張冰家住舊區委大院，父母都在外地，爺爺是以前的副區長，現在在關心下一代工作委員會，簡稱關工委——」

她回頭看了一眼包子的房間門，繼續說：「這些是我從王靜那瞭解到的，這是張冰的電話號碼，但我怕太冒昧還沒有打——」說著她把那張紙打開，裡面有一個電話號碼。

李師師又回頭看了一眼，匆忙地說：「時間不多了，我建議詳細事宜放在明天商量。」

這時包子果然喊：「小楠快來，張藝興出來了。」

我納悶地說：「你怎麼跟地下黨似的，包子又不反對羽哥的事，你怕她幹什麼？」

李師師說：「表嫂不反對大個兒追張冰，可是你敢讓她知道這是霸王追虞姬嗎？再說——我還得看張藝興去呢。」

我揮揮手說：「去吧去吧。」

項羽問我：「舊區委在哪兒？」

我飛快地拿起鉛筆在一張廢紙上畫了幾個方塊，然後指著一個方塊說：「我們現在的位置在這，這是她們學校，而這，就是舊區委的宿舍樓，目標的爺爺是退休副區長的話，具體位置應該在中單元二三樓。」

「嘴兒四撒（這是啥）？」秦始皇指著代表C大那個方塊上的兩個開口問。

「這是目標學校的兩個門。」

荊軻把半導體捂在耳朵上，另一隻手按在報紙上，冷冷問：「我要先知道目標習慣走哪一個門，她的身邊通常有多少人？」

這是我自打認識二傻以來，他表達最明確最精練的一句話，項羽打了個寒戰說：「你不是想殺她吧？」

我指著二傻的房間說：「軻子，這沒你的事，你可以去睡覺了。」

荊軻走後，我咳嗽一聲說：「咱們還是管目標叫張冰好了。」

項羽用兩根指頭分別按住報紙上代表舊區委宿舍和當鋪的方塊，問：「我想知道我們離她家有多遠？」

我用鉛筆噌噌地畫著，嘴裡說：「中間隔著鋼鐵大街和民主路，一路上有兩家影城和不下三家咖啡館，你可以在送她回家的路上順便請她看個電影喝個咖啡——當然不能開現在的車，邦子給你弄車去了，他今天晚上要不回來，八成就有戲。」

項羽奇怪道：「看電影，喝咖啡？」

我說：「是呀，當然一開始還得先送花和在白天約會，哦對了，羽哥你得學會發簡訊，明天我就給你買支手機。」

項羽乍著手呆了半天，囁嚅說：「這些……我都不會。」

「有什麼會不會，給女人送花還不會嗎，女人都喜歡花！」我看著呆若木雞的項羽，詫異地說：「你不會是不敢吧？」

項羽馬上說：「我有什麼不敢的？」

「對呀，你是楚霸王有什麼可怕的，想想當年你和嫂子的血色浪漫，在上百人的包圍下還能打情罵俏。」

項羽小聲說：「我寧願再被幾百人包圍。」

這下我算徹底看出來了，我們的西楚霸王確實是怯場了。可是要找幾百人再包圍他們，使當年的情景重現談何容易？

要不讓三百人來表演一場？到時候一切玩真的，跟三百戰士商量商量，反正只剩一年，索性別活了，讓項羽殺著玩，他們會同意嗎？除非是岳飛泡妞還差不多。

這時一個陌生電話打進來，接起一聽居然是顏景生，他用我給他發的第一個月的工資買了部手機，他找我，主要是投訴梁山好漢還有李白，他氣憤地說：

「蕭主任，你請的那些教師都是什麼人呀，就知道每天吃飽了閒逛，他們都是教武術的，散漫一些還情有可原，最可氣的是那個教國語的李老師，每天喝得醉醺醺的，有一天我去找他商量上課的事，你猜他跟我說什麼？」

我也很好奇，問：「什麼？」

「他跟我說『我醉欲眠卿且去』。」

我說：「這是李白的詩嗎？」

顏景生義憤填膺，大聲說：「是不是李白的詩不重要，重要的是後一句。」

「他到底說什麼了？」

「他跟我說：『我醉欲眠卿且去，去你媽的去』！」

……

第十章

泡妞行動

劉邦搖著頭說：「給你個忠告，你這人啥都好，

就是關鍵時候拉不下臉來，泡妞靠什麼？錢和臉皮！

我問你，再給你次機會，鴻門宴上你殺不殺我？」

還是開國皇帝有實幹精神和魄力。

我說：「走走，泡妞行動正式開始。」

聽了顏景生的話我也很氣憤，說：「顏老師，我支持你和他對罵，他有什麼了不起的，不過你要小心，聽說他掌握著一門已經失傳了的外語。」

顏景生說：「我氣的倒不是他罵我，是他那種態度，他這樣的人，能為人師表嗎？」

我說：「就是就是，以後光給他發工資不讓他講課，詩人最怕這樣了。」

「他還是個詩人？」

「嗯，寫了不少詩，對了，『去你媽的去』是李白寫的嗎？」

「哪是啊，原句是『我醉欲眠卿且去，明日有意抱琴來』，這才是李白寫的。」

我嘿嘿笑道：「你還真別說，經他這麼一改好多了。」

「蕭主任啊，我覺得咱們學校有問題，連個招生辦公室都不設，再有學生來，誰接待？」

我說：「那你兼著吧，你以後就是招生辦主任，隨便找個教室當辦公室吧。」

顏景生感覺自己肩上擔子重了，責任感油然而生，說：「你放心，我一定迅速把咱們學校壯大起來。」

我告訴他：「咱們學校暫時不對外招生，你的任務就是把來報考的學生都勸退。」

「啊？為什麼呀？」

「咱們是一個免費學校，所以沒有能力接待那麼多學生，今天校慶，救助站的同志不是也來了嗎？還留了咱們學校的電話，我看那小子居心叵測，鬧不好是想把救助站搬到咱們學校，你也知道，現在救助站都取消強制遣送了，他只要給那些流浪漢指條明路就都殺過來了，咱們學校伙食多好啊。」

顏景生想了半天說：「也對……那就先別設招生辦了。」

「還得設，不過名字改改，就叫『合理勸退辦』什麼的，反正讓人一看就知道沒戲最好。」

「那不如叫『治喪委員會』呢。」

我哈哈乾笑了幾聲，想不到這小子損起來不比我差，我說：「勸退一個給你五十塊提成。」

顏景生：「……不必了，那就這樣吧。」

我剛掛電話沒幾分鐘，張校長又打了進來，第一句話就是：「小強，你那些武術教練功夫都怎麼樣啊？」

我暗罵一句，心想肯定是顏景生告了我的黑狀，我打著哈哈說：「都硬是要得，不信您可以親自去檢驗一下嘛。」

老張說：「不用我親自檢驗，機會來了，下個月全國有個武術比賽，就在咱們市舉行，主要是武術表演和實戰散打，聽說這次報名的，有九成都是全國各大文武學校，我已經替咱們學校報了名了，你準備一下，爭取擠進前五名，那咱們可就有光彩了。」

我慌張地說：「咱們的學生才剛入校不久，功夫還不到家，咱們是不是參加下一屆比較好？」

「誰說讓學生去了？來的都是各個學校的教練，聽說還有武當和少林的俗家高手，我見你養那麼多教練，總不至於都是白吃飯的吧？」

奶奶的，武當和少林？是六大派圍攻光明頂還是奪九龍杯啊？我現在哪有工夫陪你們玩。

我正想找個藉口推了，張校長說：「小強，我可告訴你，這是次露臉的機會，我跟市長都誇下海口了，說一定擠進前十爭取前五，別以為我不知道你往學校裡安插了不少狐朋狗黨，我還是那句話，他們總不至於都是吃白飯的吧？只要你達到我的要求，你以後幹什麼，我都睜一隻眼閉一隻眼。市長說了，你要能把咱們市的名聲打出去，院校給你轉成高校，每年撥給你一千萬建校費。」

我：「……」

我實在是無語了，安插狐朋狗黨，花你一分錢了嗎？名聲打出去幹什麼，讓全國各地的學生奔我的「治喪委員會」來？勸退一個五十，顏景生幹半個月就夠去杜拜七星級旅館開房了。

不過條件也實在誘人，每年一千萬可不是個小數，現在我承擔著龐大的開銷，還要裝修我的小別墅，還要供著項羽泡妞，光靠酒吧的盈利支撐，我過得捉襟見肘的。我需要錢啊！

我跟老張說：「前十我敢保證，別的就不好說了，什麼才算把名聲打出去？我拿個第十名，每年給我兩百萬行嗎？」

老張說：「你少跟我貧嘴，武術表演拿第幾無所謂，重要的是散打比賽，國家正在招收這方面的人才，真要從學校挑到出類拔萃的，那是要算地方官員政績的！」

我跟老張說：「那您說吧，除了第一，從第十到第二，我拿哪個才給獎金？」

「你說的是人話嗎？好像你想拿第幾就有第幾，為什麼不拿第一，拿第一肯定有獎金。」

我說：「不敢拿，付不起勸退費。」

老張說：「少扯淡，你給我好好準備去！」然後就掛了電話。

為什麼現在說實話也沒人信了？既然是下個月，那就還不忙，最多比賽前一天把人員名單安排一下就行了，眼前最主要的還是項羽的事。

我看了一眼有點發呆的項羽，喊道：「喂，羽哥，你可不能掉漆啊，你在萬軍之中取上將首級如探囊取物，還怕一個二十歲的小姑娘不成？」

秦始皇忽然問我：「歪（那）副區帳（長）絲（是）個撒（什麼）官？」

我說：「區長相當於縣令，可能還稍有不如。」

嬴胖子撇撇嘴，說：「小吏的孫女兒。」

我說：「跟你比是小吏的孫女兒，跟我比那就是高幹子弟。」

胖子說：「咋能捏，你絲（是）齊王你忘咧？」

我到是沒忘，那我跟國家說去，就說秦始皇把山東封給我了，看能不能讓我幹個省委書記啥的？要不先來個臨淄市長？我估計國家可能不讓……

我見五人組裡最細心的和鬼點子最多的李師師和劉邦不在，索性把報紙一收說：「今天先休息，咱們明天再從長計議吧。」

我端了杯茶，點了根菸，溜達進包子她們那個家，像個懶漢一樣癱進沙發，我習慣性地摟住了包子的腰，包子像小貓一樣靠了過來。

李師師看見我們親密地抱在一起，臉騰地一下紅了，找了個藉口就跑了出去。

包子說：「對了，明天我爸叫你去吃個飯，我下午五點一回來咱就走。」

我緊張地說：「去幹什麼？」

包子不滿地說：「你慌什麼，不就是吃個飯嘛。」

我說：「除了吃飯，會說結婚的事不？」

包子橫著我說：「那你是怎麼個意思，想結不想結？」

「不想結。」

「你再說一遍。」

「……想結。」

包子這才轉嗔為喜。

我說：「你爸準備跟我要多少聘金？」

「他漫天要價，你坐地還錢，難道他要多少，你給多少？」

我暈頭轉向地說：「這難道就是傳說中的女心外向，我說你到底是哪一邊的呀？」

包子抽我一個小巴掌說：「少得了便宜還賣乖，主要是我也老大不小的了，其實我爸刁難刁難你，也就是為了人前露露臉，他要錢做什麼，還不是都貼給了我？」

包子忽然想到了什麼似的說，「我爸雖然知道你是個什麼德行，但你明天千萬收斂著，別跟個二楞子似的。」

我說：「我再怎麼說也是個經理，倒是你得小心，別說話沒遮沒掩的，你爹還以為我把你帶壞了呢。」

明天，無論如何得把項羽推到第一線上去，讓他和張冰見面，然後去和項老會計拼個刺刀見紅，總之，明天一天我得和姓項的周旋到底了。

這一晚，項羽夜不能寐，有時候我睡醒一覺，翻身就看見他目光灼灼地盯著房頂，來回好幾次，我忍不住跟他說：「羽哥，睡會兒吧，明天眼睛裡淨是血絲怎麼見嫂子？」他這才把眼閉上。但是我知道他沒睡著。

千古霸王項羽居然也會為了女人像個毛頭小子一樣，如果他明天要面對的是一場大戰，肯定睡得特別踏實，就像讓我明天上戰場，晚上我肯定也睡不著一樣。

第二天包子一走，「泡妞」小組的成員紛紛從各個角落聚集起來，項羽果然是滿眼血絲，我讓他拿毛巾包了兩根綠豆冰棒敷著，然後我把鉛筆別在耳朵上，威風凜冽地等著發號施令。手下幹事包括：

第一皇帝嬴胖子，負責攝取情報，此舉有助於更全面的瞭解張冰的活動規律，而且在必要時，要找梁山好漢或者別人幫忙，照片可是第一手資料；

第一刺客荊二傻，負責情報員嬴胖子的後勤工作，包括渴了買水、餓了買飯等等；

第一名妓李師師，她今天又有新任務，那就是進入敵方，首先要跟張冰攀上關係，進而成為無話不談的好朋友，最後項羽以表哥身分出現，屆時將由李師師作陪，完成他們之間的第一次約會。

當事人項羽，主要任務：泡妞。

我見他把冰棒捂在眼睛上，好幾次欲言又止，看得出他很緊張。我拿走一根冰棒，撕開包裝紙啃著，說：「羽哥，你是誰？」

項羽莫名其妙地說：「項羽啊。」

我搖頭說：「項羽只是你的代號，你的真正身分是連鎖湯包店的老闆，你一個月能賺十萬，你泊車一次給十塊都不帶找零的。」

李師師跟他解釋：「包子鋪的老闆容易討女孩子歡心，這種事業小成的男人比較可靠。」

李師師又跟我說，「要不要再編排一段失敗的婚姻史？」

我想了一會兒說：「婚姻史就算了，一心為了創業，耽誤到今天了。」

我們正說著，劉邦跌跌撞撞走上樓來，一屁股坐進沙發裡，連話也沒力氣說了。

我說：「邦子，車呢？」

劉邦把車鑰匙扔在桌子上，搶過項羽手裡的冰棒，啃了兩口才有氣無力地說：「累死我了。」

我往樓下一看，見黑寡婦招手搭了輛車離開，一輛「現代」停在她旁邊。

我興奮地搓著手說：「現在車也有了，羽哥，你這次可真得好好謝謝邦子了，他為了你可是不惜精盡人亡啊——邦子，晚上回來給你買倆大腰子補補。」

劉邦感慨地說：「還是強子知道疼人。」

項羽不自然地拍了拍劉邦的肩膀說：「謝謝你了。」

劉邦搖著頭說：「我知道你還恨我，其實當初坐了半壁江山，我已經很滿足了，都是張良那小子給我胡出主意才有後來的事情，不過這些都不說了，給你個忠告，你這人啥都好，就是關鍵時候拉不下臉來，泡妞靠什麼？錢和臉皮！我問你，再給你次機會，鴻門宴上你殺不殺我？」

項羽緩緩說：「我不殺你，有了那次教訓，我一定能光明正大地帶兵把你打敗。」

劉邦一拍大腿說：「看看，就你這樣還想泡妞？老覺得自己是英雄，是無所不能的，自己把自己給箍住了，有很多事你就不能做，手腳放不開，你就什麼也幹不成！」

劉邦激動地咬了一口冰棒，涼得絲絲吹氣，說：「當初要換我，鴻門宴上有多少個你也早就死了，什麼仁義道德，全去他媽的，老子得了天下再說。小籍啊（項羽的字），當年我是負了你，但我只對不起你一個，老百姓可都說我好，負一個人和負天下人，這是個簡單的選擇題，可惜你老選不對。」

我忙說：「這是扯哪去了，邦子，你和曹操應該有共同語言，他就是負了一個人，然後得了天下的。」

劉邦問：「曹操？他負了誰了？」

李師師忙打岔說：「我們今天先說項大哥的事。」

劉邦忘了曹操，說：「我的意思就是臉皮不能太薄，反正你也不拿我當朋友，我該說什麼就說什麼，現在是你追她，小歪門該用就用，昨天我學了個新詞，叫『生米煮成熟飯』……」

我說：「現在的女孩子早就不講這一套了，基本上都是熟飯，生米特別難找——當然，嫂子八成是生米。」

秦始皇鼓搗著相機說：「包再社（別再說）廢話咧，走不走麼？」

看，還是開國皇帝有實幹精神和魄力。

我說：「走走，羽哥你開現代，其他人跟我上麵包，泡妞行動正式開始。」

在樓下，項羽不滿地說：「為什麼不讓我開麵包，這車這麼小。」

我鬱悶地說：「車是代表一個男人成功的標誌，當年你要是騎著頭豬殺進太守府，就算再勇猛，嫂子能看上你嗎？」

他這才勉強就範。

路過手機市場，我先買了一堆手機，然後在門口買了十幾張卡，把那個賣卡的驚得說：「現在辦證的都有自己的車隊啦？」

李師師自然是一學就會，我把嬴胖子那部的號碼輸在我手機上，告訴他一響就按哪個鍵，反正暫時也不需要他會打。我把張冰的電話輸到項羽手機裡，跟劉邦說：「一會兒你坐他旁邊，教教他怎麼用，還有發簡訊——繫上安全帶。」

劉邦掏出本小字典來，邊跟項羽往車上走邊說：「這稍微有點複雜，首先你得學會輸入法……」

我汗下，忙喊：「邦子，你先讓羽哥好好開車吧，以後再教。」

我還真沒想到要他們發簡訊有這麼複雜，看來在劉邦巨大成功背後，隱藏著不少汗水和努力呀，當然還有他那天生的高智商。

說實話，我要是女人，肯定喜歡劉邦多過項羽，要不把張冰弄到阿富汗去？這樣項羽就有英雄救美的機會了。

我們到了C大門口，我開始安排任務，我把手放在李師師香肩上，鄭重地說：「表妹，今天主要看你的了，你這第一仗打得漂不漂亮，直接關係著羽哥的幸福，你一定要跟張冰成為最好的朋友，就算她排斥你，也盡可能地套出更多有用的情報來。」

項羽無比緊張地看著李師師，過了好半天才說：「拜託了！」

李師師眼波流動，嬌笑道：「項大哥，這件事若成了，你拿什麼謝我？」

我把她推走，說：「開玩笑不分時候，你沒看你項大哥頭上的汗都能養金魚了？」

我拉過秦始皇：「嬴哥，跟著師師，張冰出現她會給你手勢，剩下就是你的事了，要盡可能地多拍；還有一個重點，就是所有跟張冰打招呼的男生一個也不要少，尤其和她笑過的。」

我又拍拍荊軻：「保護好嬴哥，他還欠你三百塊錢沒還呢。」

最後我把雙手都放在項羽肩膀上，看著他的眼睛說：「羽哥，我們這些馬前卒為你修橋鋪路，最後就看你的了，你一定要把張冰一刀拿下。」

劉邦說：「你這個比喻不好，打仗他永遠是身先士卒的，這一點我不得不佩服他，我要像他一樣，恐怕早就來你這兒了。」

我跟項羽說：「一會兒順利的話，師師會把張冰引出來，而你是師師的表哥，這麼巧碰到表妹了，於是一起吃個飯，既然表妹身邊還跟著剛認識的朋友，當然是順便邀請——我說的這些你都能明白嗎？」

項羽木訥地點點頭。我把一疊鈔票和卡當著他的面裝進一個錢包，說：「這些兄弟都給你準備好了，要是去凱撒西餐那類的地方，記住一定要刷卡，要是去吃火鍋就付現金；如果張冰挑了地方那當然最好，不過女孩子不會在這種時候主動說去哪的，第一次吃飯找個隨便點的地方，不要太拘謹……」說著說著，我也是一頭汗。

項羽感動地說：「小強，你以後你就是我親弟弟。」

劉邦插嘴說：「你親弟弟是項莊。」

我又拉著劉邦說：「邦子，你好好開導開導羽哥，讓他放輕鬆。」

劉邦跟項羽說：「你要不揍我一頓吧。」

我把他們留在現代車上，轉身剛走兩步，然後又回來跟項羽說：「你最好買一束花藏在車上，我會在適當的時機提醒你送給她。」

「買什麼花？」

「第一次見，除了玫瑰都行吧，你問花店的人，他們懂，就說送給女人的。」

安排完這一切，我幾乎都快虛脫了，說真的，就這套班底拿出去，就算是要幹掉一個人都不用這麼累。我在張冰宿舍對面的小廣場找個角落坐下，開始瞭解各路人馬的情況。

李師師已經從王靜那裡打探到了張冰一會有一節課，她現在正守在教學樓前等著，一邊在想接近張冰的辦法。秦始皇和荊軻就在她不遠處。

這時，我就見張冰一個人走出宿舍樓，我馬上給李師師打電話：「張冰已出現，張冰已出現，請做好守株待兔準備。」

李師師也被我的語氣搞得緊張起來：「收到收到。」隨即噗嗤一聲笑了出來，說：「你幹嘛呀？」

我說：「你想出接近她的辦法沒？」

李師師說：「正在想，迷惑女孩子我不專業呀。」

說的也是，幹這事宋清可能都比她強，可就怕項羽不幹，我覺得這件事的黃金人選是高力士、魏忠賢什麼的。

對了，我這兒怎麼到現在連一個太監也沒來呢？不過我很快就想通了：你說哪個太監還會對這個身分依依不捨的呀？當然是一掛，馬上就投胎去了。

我說：「你快點想，跟她聊『女尼玉貝人王隼！』」

「她來了，我不跟你說了……」

我馬上給贏胖子打電話：「你準備好沒有？」

「好咧。」

「嗯，一會兒連這個學校的主要建築都拍下來，說不定有用。」

秦始皇說：「你絲（是）想佔領嘴兒（這）捏？」

……

十幾分鐘後我再給李師師打電話，她已經關機了，看來進行順利，要不怎麼不接電話呢？可是張冰如果在上課，李師師是怎麼接近她的呢？

我百思不得其解，只好又給秦始皇打電話，這次過了好半天他才接聽，說話帶回音，應該是在走廊裡，我問他進展怎麼樣，他說：「一群女娃跳舞捏。」

「師師呢？」

「和她們在一起跳捏。」

難怪了，跳舞，這可就栽李師師手裡了，舞蹈可是她的長項，要不是已經在張冰面前曝了光不能露面，真想去一探究竟啊。

經過漫長的等待，李師師忽然打電話來，她急促地跟我說：「表哥，我藉口去洗手間給你打的電話，我已經和張冰正式認識了，我提出要讓她帶我參觀一下她的校園，而且她同意中午和我一起吃飯了，你讓項大哥他們都在校門口準備著，過一會兒我們出去就該看他的了。」

掛了電話，我立刻詢問項羽那邊的情況，劉邦說他的「話療」已經起了作用，項羽現在心如止水，視死如歸。我問他們花買了沒，劉邦說項羽已經買好了。

事情進展很順利，借這個機會還可以讓秦始皇充分發揮他的作用，在參觀校園中，挖掘出盡可能多的項羽的情敵，凡是跟張冰搭訕的，一律拍下，跟張冰笑過的，拍兩張；要是跟張冰有說有笑又逗留了若干時間的，都是重點打擊對象。

我出了一會兒神，接到李師師一個騷擾電話，這表明：她們已經快到校門口了。

我一溜小跑向門口跑著，一邊打電話給項羽，表情凝重地說：「羽哥，進入一級戰備，嫂子馬上出現，記住不要緊張，你是和你表妹偶遇順便見到嫂子的，要輕描淡寫，舉重若輕……」

項羽忽然不可抑制地用顫音說：「第一句我該跟她說什麼？」

「……就說『你好』。」

「你好……第二句呢？」項羽惶急地說。

「介紹自己啊，就說你是王遠楠的表哥。」

「王遠楠是誰？」

「……王遠楠就是師師啊，羽哥，我們不是早就說好細節了嗎？」

「第三句呢，第三句我該說什麼？」

「我靠！是你泡妞還是我泡妞啊？」

「我靠……第四句呢第四句呢？」

我已經徹底無語了，項羽啊項羽，泡妞居然遜到這種地步。

這時我看見李師師和張冰已經走到了校門口，和馬路對面停的車已經可以遙遙相望了。

我衝電話大喊：「羽哥，NOW！快出來，下車！」

但是任我怎麼喊，對面的現代車就是沒動靜，李師師看來也很疑惑，但她不動聲色地站在門口那指指點點，假裝是和張冰商量什麼來拖延時間。

我喊得嗓子冒火，項羽就是不說話也不出聲，更沒有下車。

我掛掉電話，打通劉邦的，喊道：「邦子，怎麼回事？」

劉邦說：「他不出去，我有什麼辦法?!」

「推他出去！」

劉邦：「你試試！」

我長嘆一聲：「豎子不足為謀啊！」

事已到此，大勢已去，我給李師師發簡訊，讓她自己和張冰去吃飯，畢竟她這一步棋已經安插進去了。

我帶著秦始皇和荊軻，氣勢洶洶地來到項羽跟前，質問他：「你是怎麼回事？拍《集結號》啊，讓我們在前面死撐，你卻悄貓地溜了。」

項羽把頭埋著，默默無語，過了半天才虛弱地說：「對不起。」

他這樣我也不好再說他了，往車後座上一看，好大一束花，我抱起來聞了聞，說：「這是你買的？」

「嗯。」項羽輕哼了一聲。

「咦，這花怎麼看著這麼眼熟——康乃馨？這是送給老娘的，你是怎麼跟花店老闆說的？」

項羽依舊埋著頭，說：「我跟他說要送給最心愛的女人，又跟他說不要玫瑰。他就給我拿了這個。」

我說：「你語言挺詩化的嘛，還最心愛的女人！你再一說不要玫瑰，他肯定以為你是送給老娘的。」

項羽沮喪地說：「扔了吧。」

我眼珠子轉了轉說：「這可以送給包子她媽。」

我見因為項羽臨陣脫逃，現在士氣低落，於是振臂高呼：「哥哥們，下午跟著兄弟去包子家提婚去！」

他們果然都來了精神，問：「真的啊？」

我仰天長笑道：「讓你們看看我是怎麼泡妞的！」

秦始皇說：「提親大禮你準備了些兒撒（啥）？」

我攤攤手說：「準備啥？到了門口提件牛奶不就行了。」

劉邦撇嘴說：「你這個態度怎麼讓人把閨女嫁給你。」

我說：「邦子，我現在的公開身分是一個月薪一千四百的小經理，我要提幾條中華菸和茅臺送去，包子他爸肯定不是以為是假的，就以為我搶劫去了。」

劉邦說：「聽我的沒錯，他嘗到甜頭還管你錢是怎麼來的？我當年也沒錢，可老呂（呂后的父親）過壽我就搭了重禮，老呂怎麼樣？還不是親自接出來了。」

荊軻捅捅劉邦說：「那你到底給錢沒？」

劉邦：「我有個屁的錢啊，衣服都是借的。」說到這，劉邦斜眼看看項羽，「所以說泡妞主要還是靠臉皮，你為了泡妞能做到我這一點嗎？哪怕是為了虞姬。」

我鄙夷地說：「老呂能和老項比嗎？包子她爸可是幹了一輩子會計。」

劉邦說：「你傻啊，當年我是沒錢，你現在不是有錢嗎？」

這時項羽忽然揪了一下劉邦的衣服，好奇地問：「那最後老呂也沒發現你是蹭吃蹭喝的？」

劉邦哈哈笑說：「哪能呢，老呂雖然不是會計，但他手下養著一幫會計呢，這就要看你的個人魅力了，不用他發現，我先告訴他我是個窮鬼，但是太仰慕他的為人了，所以才只好出此下策，混進來一睹尊容。」

我往地下吐口水：「呸，真不要臉。」

秦始皇笑呵呵地說：「能讓強子社（說）這句話真不容易。」

我一把拉住劉邦：「劉哥，教教兄弟吧！」眾人大暈。

劉邦一副侃侃而談的樣子說：「反正你就記住三個字！」

大家都看他。

劉邦義正詞嚴地說：「不要臉！」

眾人再暈。

「男人和男人相處，主要是什麼？不就是一個臉皮嘛，你是為了娶他女兒才不要臉的，他心裡開心著呢！這老頭就跟小孩是一樣的，你要搶他心愛的玩具，就得先陪他玩好，讓他拿你當朋友，而且是損友那種，無話不談可以一起幹壞事的。」
我說：「那我能不能請包子他爸和我『洗澡』去？」
眾人看我，齊吐：「呸，真不要臉。」
我嘿嘿笑說：「開個玩笑嘛，我又不缺心眼。」
劉邦繼續說：「所以說，掐住包子她爸這條脈，再加上包子喜歡你，這事要再不成，我也就真沒什麼話好說了——主要是我有鳳鳳了，要不早就行動了，包子還能被你得著？」
我擦著冷汗心說好險，雖然包子立場堅定，但他要那麼幹，非給我添無數亂不可。
我毅然地說：「我決定了，要把老項溺死在蜜水裡，讓他乖乖把閨女送給我！」
劉邦點頭道：「小強和我一樣，雖然腦袋不行，但樂於聽取別人的意見。」說著瞄了一眼項羽，而項羽一直若有所思的樣子。
我掃了一眼大家，嘆氣說：「只苦了咱們的師師妹妹，也不知道現在在幹什麼。」
項羽又慚愧地低下了頭。
我們隨便找了家飯館吃了飯，然後來到一家菸酒專賣店，我問老闆：「你這有假貨嗎？」
老闆瞪我一眼說：「廢話，我這麼大的攤仗，敢賣假貨嗎？」
我湊到他跟前，很神秘地說：「我就要假貨，價錢好商量。」
老闆冷冷看我一眼，說：「那我幫不了你，去別的地方吧。」

我興奮地衝外面劉邦他們招手：「進來吧，就這家買。」

老闆鬱悶地說：「鬧了半天，你是試探我呢？」

我說：「不但試探你，我還要嚇唬你，」我指著項羽跟他說，「看見那個大個兒沒？你要真敢賣給我假貨，我就讓他每天堵你門口，不打你不罵你，限量供氧憋死你。」

老闆打個寒戰說：「你放心，絕對沒假貨。」

我買了兩條中華，兩瓶茅臺，跟老闆要了一個大紙箱裝著，放在麵包車上，劉邦說：「看著有點單調啊，再買點什麼吧，最好是鮮豔點的。」

二傻忽然指著對面街上一家花店門口的花圈說：「買倆那個。」

……

最後我在水果攤上買了半筐大芒果，黃澄澄的清香撲鼻，然後我們把兩輛車的車門都打開，人坐在外面啃芒果，像幫搞貨運的司機。

我邊啃著芒果核邊看錶，說：「師師也該吃完飯了，咱們一會兒接上她和包子，直接奔她們家。」正說著，李師師打過電話來說事辦完了，然後她不讓我們去接，直接搭車過來了。

李師師到了以後，項羽難得體貼地搶過去付了車費，剝開一個芒果遞給她。

我笑著問：「進展怎麼樣了？」

李師師說：「聊得那叫一個開心呀，我要是個男的，估計張冰都得愛上我了。」

我凝重地說：「她不會是已經愛上你了吧，為什麼那麼多追求者她都不搭理，她的性向會不會有問題？」

李師師輕抬玉腿踢我一腳，然後問秦始皇：「跟她說話的人你都拍了嗎？」

秦始皇扔了芒果皮，調出相機裡的照片來，嬴胖子拍照有一絕，那就是不管拍什麼人什麼場景，都跟殺人現場似的，相機裡美麗的大學校園被他拍得一片肅殺，各式人等的頭像跟晚清的懷舊照片一樣。

李師師像個黃金鼠一樣捧著芒果，斜過頭去看著，忽然指點道：「這個就是她們學生會主席。」

我們大嘩，紛紛圍住秦始皇，只見相機的小螢幕裡是一個蒼白的中分頭小眼鏡，笑得一臉猥瑣，還有幾顆暴牙。

我們正看著，只覺一片烏雲壓頂，抬頭一看，項羽正貓著腰俯瞰著這裡。

我激動地雙拳一碰，說：「看來羽哥少了一個主要競爭對手，張冰怎麼可能看上這傢伙，你瞧他那德行。」

李師師說：「那可說不定，這小子特別會來事，腦瓜子相當快，還會忽悠，據說還很有才，隨便買本地攤雜誌就有他的文章。」

我問：「張冰對他感覺如何？」

李師師道：「可能還不錯，你別看他長成那樣，追他的小女生可多呢，可這小子放出話了，非張冰不追。」

我皺眉道：「不好，烈女怕纏郎，張冰別被人家溫水燉了，最後死得不知不覺。」

秦始皇翻著照片，上面的男生高矮胖瘦、媸妍俊醜，真可謂紛紛雜雜。我用腳尖在地上畫了個圈圈，然後又在周圍點了無數的點兒，一拍發愣的項羽說：

「看見沒，這個圈就是嫂子的城堡，這些點兒就是各路諸侯，城堡已經危在旦夕，遲早失守，現在就看是誰第一個攻克它，羽哥，你要再不出手，就要後悔莫及了。」

項羽眉頭緊皺，默默不語。

秦始皇忽然伸出腳來，把圓圈周圍的小點兒都擦了，說：「消滅掉，都消滅掉。」

我暴跳道：「嬴哥，你就別跟著添亂了，你統一七國還講究個合縱連橫呢，這麼多諸侯你殺得過來嗎？」

我又看看錶說：「現在咱們去接包子，攻城掠地的事晚上回去仔細商量。」

在車上，我問李師師：「你是怎麼跟張冰攀上話的？」

李師師說：「開始我實在也沒好辦法，只好跟在她後面，結果她們上舞蹈課，跳的正好是我以前跳過的那支曲子《劍器》，我就找了個藉口進去，然後說我也是學舞蹈的，就跳到一起了，現在張冰叫我師姐呢，她們舞蹈老師也很歡迎我以後常去。」

「你說你是哪個學校畢業的？」

「是呀，她們也這樣問我。」

「那你怎麼說？」

「我就說『你們看呢？』然後她們說『看樣子你起碼是中央舞蹈學院的』我就說『是』。」

我聽得乍舌不已，稱讚道：「表妹真是美貌與智慧兼具啊。」

我跟包子說好，要她在她們店門口等我，她已經換了一身清爽的牛仔服，手裡提著兩個俗氣的禮盒站在那裡，我把車開到她身邊，她鑽上來，看見一車人都在，有點意外地說：「咦，你們都去啊？」

李師師笑著遞給她一個芒果，然後把禮盒接過去放好，說：「表嫂，怎麼去你家還得你自己買禮物啊？」

包子瞟了我一眼，跟她說：「你表哥是豬腦子，每次空手去都讓我媽說，慢慢地我也就習慣了，乾脆都我買好，到了門口再讓他提著。」

她看見一大堆芒果，說：「這回倒是學好了，還懂得買水果了。」然後她又見芒果下面壓著一個紙箱子，問我：「那是什麼？」

我邊開車邊說：「豬頭，讓你媽做了給你補腦子的。」

我們的車一路奔向鐵路。

包子家就住鐵道邊上，平房，夜裡睡著睡著，一過火車就跟地震似的。

住在這裡唯一的好處就是擁有一個大院，家家戶戶如此，所以我們的車一開到就吸引了一大幫本地鄉鄰的注意。

等我和包子一下車，就被熱心的鄰居圍觀，包子讓我提著禮盒，自己去叫門，我把那把康乃馨塞在她懷裡說：「給你媽的。」

包子接到花愣了一下，馬上順手扔回車裡，裝做沒事人一樣等著她媽開門。

包子她媽一邊來開門一邊問：「是強子嗎——」

我說：「姨，是我。」

每次都是這樣，包子去叫門，但她媽無一例外喊的是我的名字，這一招旨在召喚鄰居：看我女兒領著男朋友回來了。

經她媽這麼一叫，兩邊的鄰居果然都出來，把胳膊支在矮牆上，笑著跟我打招呼：「小強來啦。」語氣裡透出幾分看戲的意思。

我還不能罵，只能連連點頭：「來了來了。」

包子她媽接過我手裡的禮盒，擰著脖子喊：「來就來，買這些幹什麼？」

這時二傻端著一堆芒果闖進去，一古腦都放在臺階上，我跟她媽解釋：「都是我朋友。」

接著劉邦抱著箱子進了院，這時包子她爸閃亮登場，慢悠悠地一挑竹簾出來，看了看芒果和禮盒，走到紙箱前，沉穩地說：「這是什麼呀？」然後就提出兩條紅彤彤的大中華菸來，鄰居們都「喲」的一聲。

包子她爸不動聲色地把菸放在一邊，又提出兩盒精美的茅臺酒來，鄰居們一片驚嘆，在我們這個地方，一次送這麼多東西，那怎麼說都算是重禮了。

包子也很吃驚，過了好一會才咬著我耳朵說：「你不是想用假菸假酒把我爸弄殘了吧？」

這時有人喊：「喲，小強發財了吧，來一趟開兩輛車。」包子這才發現項羽是開著「現代」跟著我們來的。

包子她媽按每家一個給鄰居們發著水果，她爸拆了一包中華給人敬菸，鄰居們一抽是真菸，愈加讚嘆，都羨慕地說：「老項，女婿夠孝順的啊。」

她爸抽著菸，呵呵地笑。看來這些禮物果然很得他歡心。平時要有人這麼說，這老傢伙準會說：「什麼女婿呀，包子的朋友，朋友。」

老兩口長足了臉面，這才把我們都讓進去。

老項打量了李師師一眼，我忙說：「這是我表妹。」

包子她媽拉住李師師的手，嘆道：「呀，這閨女怎長的呀，有對象了嗎？」

李師師臉一紅，包子急忙把她媽拉開，這時項羽低頭進來了，包子她媽臉色一變，跟包子她爸悄悄說：「這強子是提親來了還是搶親來了？」

老項把包子她媽打發出去做飯，把我讓在炕桌上，其他人都坐在底下，有點像梁山聚義的意思。我跟她爸沒什麼話說，說實在的，我有點怕老項，包子跟她爸聊了幾句就幫她媽做飯去了，剩一家子男人吸溜吸溜地喝茶。

劉邦率先站起，滿臉堆笑說：「項老，老聽小強跟我們說您呢。」

老項：「哦？」

「小強可是最佩服您了……」

老項冷冷一笑：「就因為他數學考了廿六分吧？」

「咳咳咳……」我一口水嗆得劇咳起來。

「嘿嘿，瞧您說的。」看來老項確實比當年的老呂難對付得多，劉邦被一刀斬於馬下。

秦始皇撫杯道：「項老哥，歪餓們（我們）強子可絲（是）個好娃。」嗯，這招不錯，以長輩的身分出來為我搖旗吶喊。

老項：「嗯，我們家包子也不錯吧？」

這是怎麼了，橫眉冷對的？以前我來雖然不說特別熱情，那也是有說有笑的啊。

項羽一看自己不出馬說不過去了，騰地站起，威風凜凜地說：「項老叔，你也姓項啊？嘿嘿。」

只聽屋裡噗噗的噴茶聲連綿不絕，我今天倒楣就倒在這姓項的身上了。

現在只剩乖巧的李師師，還沒等她發難，老項衝院子裡喊了一聲：「她媽，需要人手幫忙嗎？」意思很明確：女孩子就應該出去幫忙做飯。

李師師起身，幽怨地說：「我還是去搭把手吧。」

於是我們再次陷入冷場，眾人都目光灼灼地盯著我，意思也很明確：你不是信心滿滿地要搞定你老丈人嗎？

我冷峻地端起茶杯，然後嬉皮笑臉地說：「喝茶喝茶。」

大家立刻都投來鄙夷的目光。

屋裡突然這麼一安靜，就聽二傻的收音機異軍突起地說：「下面是傳統評書時間，今天為您播送的是《呂四娘刺雍正》，表演者……」

老項眼睛一亮，問荊軻：「你也喜歡聽評書？」

荊軻：「是啊，你也喜歡呀？」

老項衝他招手：「來來，上來坐，給我說說昨天那集，我沒聽。」

然後荊軻就坐在我的位置上給老項說評書，我坐他的位置上……

二傻真不愧是一個殺手，往往在最關鍵的時候出奇制勝，而在平時還能耐得住寂寞，把自己隱藏得很深，很深……

吃飯的時候，因為屋裡擺不開，於是秦始皇他們就被安排到了院子裡，大家心照不宣地把我和老項留在了裡邊，因為我們還有些不足為外人道的事要商量。

老項和二傻相談甚歡，可是一見了我又板起了臉，等我們喝了幾杯酒，我壯著膽子說：「叔，咱們是不是把包子的聘金談談？」

老項放下酒杯說：「房子你有嗎？」

「有了……」

「傢俱什麼的……」

「都是我的，不用您操心。」

老項眉頭漸舒，很隨意地說：「那這樣的話，你就給五萬吧。」

我想也沒想說：「行。」

老項一愣，馬上說：「我是說五萬。」

我又說：「好。」

老項嘆了口氣，用筷子點著桌子說：「我記得你酒量可以呀——我說、的、是：五萬！」

我呵呵笑道：「您別老拿我數學考廿六分說事了，我分得清五千和五萬。」

老項意識到我沒醉，這下反倒有點失措了，用筷子夾了個花生皮塞進嘴裡嚼著。

我忽然很想知道我未來的岳父泰山此時此刻在想什麼，就假裝掏出手機看時間，對著他按了「七四七四七四八」，只見上面顯示的是：這小子送這麼重的禮，還不往下壓聘金錢，打的什麼鬼主意，想以後一點一點往回摳？

我噗嗤一聲樂了出來，難怪老項自打進門就不給我們好臉色呢，原來是怕這個時候不好說硬話。

我跟他說：「叔，這五萬塊……」他馬上就露出警惕的樣子。

「您就帶著我姨去旅遊一趟吧，遠了去不了，去去新馬泰，錢花光再老項這下可不自在了，尷尬地拿起菸盒，我急忙抄起火給他點上，他這才發現沒給我發菸，忙抖出一根來給我。

我們抽著菸，老項不自在了半天才說：「小強啊，你給這麼多禮娶包子其實也不算虧，你知道麼，我們項家也是名門之後呢。」

我敷衍著說：「那是那是。」

老項也覺得光說顯得蒼白無力，從炕席子底下拿出一張照片來，問我：「你知道我們這一支是誰的後人嗎？」

我打著哈哈說：「誰啊？」

老項說：「項羽！」

請續看《史上第一混亂》卷三 天馬行空

史上第一混亂 卷二 玩轉歷史

作者：張小花
發行人：陳曉林
出版所：風雲時代出版股份有限公司
地址：10576台北市民生東路五段178號7樓之3
電話：(02) 2756-0949
傳真：(02) 2765-3799
執行主編：朱墨菲
美術設計：吳宗潔
行銷企劃：林安莉
業務總監：張瑋鳳

初版日期：2019年6月
版權授權：閱文集團
ISBN：978-986-352-695-7
風雲書網：http://www.eastbooks.com.tw
官方部落格：http://eastbooks.pixnet.net/blog
Facebook：http://www.facebook.com/h7560949
E-mail：h7560949@ms15.hinet.net
劃撥帳號：12043291
戶名：風雲時代出版股份有限公司

風雲發行所：33373桃園市龜山區公西村2鄰復興街304巷96號
電話：(03) 318-1378
傳真：(03) 318-1378
法律顧問：永然法律事務所 李永然律師
北辰著作權事務所 蕭雄淋律師

行政院新聞局局版台業字第3595號 營利事業統一編號22759935

定價：270元

國家圖書館出版品預行編目資料

史上第一混亂 / 張小花著. -- 初版. -- 臺北市：風雲時代, 2019.03- 冊； 公分

ISBN 978-986-352-695-7（第2冊：平裝） --

857.7 108002518